DE WEG TERUG

Julia Burgers-Drost

De weg terug

Westfriesland

www.uitgeverijwestfriesland.nl

NUR 344
ISBN 978 90 205 3028 5

© 2010 Uitgeverij Westfriesland, Kampen
Omslagillustratie: Jack Staller
Omslagontwerp: Bas Mazur

HOOFDSTUK 1

Een witte wereld.

Ruth Endeveld veegt met de punt van haar mouw het raampje van de bus schoon om beter naar buiten te kunnen kijken. Eindelijk echt winter, en om haar heen hoort ze niets dan gemopper. Een witte kerst? Jawel. Maar daarna moet het afgelopen zijn. Vriezen mag het van de meeste mensen die ze om zich heen hoort praten, wél. En een Elfstedentocht bijvoorbeeld. Dat moet toch kunnen? Maar nee, de sneeuw heeft het ijs bedorven.

Ruth tuurt uit het smoezelige raampje. Schapen staan als vuile bolletjes in de maagdelijk witte wereld. De takken van de bomen langs de weg lijken versierd met plukjes watten. Fietsers hebben het moeilijk op de lang niet schone paden en vlak bij een slootkant staat een auto op een merkwaardige manier geparkeerd, zo lijkt het. Maar waarschijnlijker is het dat de bestuurder in een slip is geraakt.

Goed, de sneeuwval geeft overlast, vooral op de snelwegen.

Thuis was het gemopper ook niet van de lucht. Mam klaagde steen en been dat ze met de fiets aan de hand boodschappen moest halen en papa staat iedere ochtend eerder op om het tuinpad en een stuk van het trottoir schoon te vegen. 'En de volgende dag is het weer hetzelfde liedje!'

Ruth huivert, maar niet van de kou. Mama heeft altijd wat te mopperen. 'De mensen uit de straat vragen me vaak waarom jij zo nodig in de stad op kamers moet. Terwijl je het thuis zo best hebt. Een ruime kamer, alles wordt voor je gedaan. Heb ik ooit geklaagd dat het me te veel was om je was te doen, je kamer te stofzuigen? Je broer, dat is wat anders. Die studeert in Utrecht. Hij kan niet heen en weer. Onze Anne zou er niet over dénken ergens anders te gaan wonen... Ze heeft een goede baan, hier in de stad. Ze verdient best goed, als directrice van de peuteropvang. Maar ze vindt het geldverspilling om een flatje te huren terwijl ze nu lekker kan sparen. Maar jij, je bent écht weg…'

Dat deed pijn. Weg, het klinkt alsof ze afgeschreven is als dochter. Terwijl Pim al jaren de deur uit is; tegen hem wordt nooit zo'n soort opmerking gemaakt.

Ruth zucht, kijkt om zich heen en ontdekt dat ze al bijna bij de halte is waar ze moet uitstappen.

Goed, ze woont niet ideaal. Ze beschikt slechts over één kamer. Weliswaar een ruime kamer, beneden in een groot huis uit de jaren twintig van de vorige eeuw. Ze is niet de enige die er een kamer huurt. Mevrouw Staal noemt zich met recht een hospita. En haar huis een pension.

Ruth strekt haar arm uit om op de knop te drukken, en ze is niet de enige die de bestemming heeft bereikt.

Eenmaal buiten zou ze zich bijna onder de klagers scharen. De sneeuw is hier veranderd in blubber. Voorbijrijdende auto's spatten de viezigheid hoog op. De trottoirs zijn hier en daar schoongeveegd, maar er zijn ook verraderlijke plekjes.

Nee, het was geen onverdeeld genoegen om een weekend thuis te zijn. Ze had voor mam bloemen en een doos chocolaatjes meegebracht. 'Mooi, hoor.' Alsof ze een kind was dat de tafel voor moeder had gedekt.

Het begint te schemeren. De tuinen in de buitenwijk zijn plaatjes, met hier en daar een vrolijke sneeuwpop. De brievenbussen en vuilcontainers hebben witte mutsen op. Lantaarns floepen aan en geven het geheel een aanzicht dat aan een filmdecor doet denken.

Ruth stapt flink door, maar kan het piekeren niet laten.

Ze was thuis nooit echt gelukkig, alsof ze door niemand werd begrepen. Dus was het logisch voor haar dat ze, zodra ze een vaste baan had bemachtigd, op zichzelf ging wonen. Maar bij alles wat ze doet of zegt, hóórt ze haar ouders, broer of zus hun mening geven. En dat hindert. Misschien groeit ze er ooit overheen.

Gelukkig is ze tevreden met haar werk: verzorgster in een meer dan luxe tehuis voor mensen die niet op zichzelf kunnen of willen wonen. Sommigen zijn er tijdelijk, om te herstellen van een ziekte of operatie. Ruth hecht zich snel aan de bewoners, dus bijna ieder afscheid gaat gepaard met weemoed.

Ze kan goed met de collega's overweg, maar een vriendin heeft ze er niet gevonden. In het begin was er de spanning van het zelfstandig zijn. Maar nu het nieuwe eraf is, vraagt ze zich weleens af of dit nu alles is. Ze kan zich natuurlijk opwerken. Ieder jaar een stapje hoger, tot ze misschien ooit directrice van een opvangcentrum kan worden. Misschien doet ze er goed aan een cursus te volgen. Ze kan mevrouw Kolonel, de directrice, om raad vragen. Ze had het slechter kunnen treffen: mevrouw Kolonel is net een moeder uit een ouderwets kinderboek. Grijze krullen, iets te mollig en vriendelijke, héél lichtblauwe ogen. Een vrouw om van te houden, en dat doen de bewoners dan ook.

Ruth waardeert de wijze waarop ze haar werknemers op een fout attendeert. Nooit berispend, maar altijd in een vorm die niet kwetst. 'Als je in het vervolg nu eens dit of dat anders zou doen. Bijvoorbeeld...'

Ruth duwt het tuinhekje van het pension open. Aan de voorkant woont een vrouw die pianist is. Ze mag tot haar verdriet maar een paar uur per dag spelen.

Het klinkt, vindt Ruth, als een klaterende waterval.

De zware voordeur gaat moeilijk open en in het halletje ligt een droogloopmat. Mevrouw Staal, haar huisbaas, houdt niet van vieze vloeren. Ruth veegt haar voeten zorgvuldig en hangt haar jas aan de kapstok. Uit de keuken komen heerlijke geuren. Chinees, vermoedt ze.

Ze heeft in haar kamer een afgescheiden hoekje, een piepklein hokje dat ze haar 'keuken' noemt. Er staat een tafeltje met daarop een elektrische kookplaat, en het aanrecht is niet groter dan een mini tuintafel. Een gootsteen en een plekje voor de afwas. Voor Ruth is het goed genoeg. Tegen betaling mag ze gebruikmaken van de wasmachine en droogtrommel, de badkamer deelt ze met alle bewoners van de benedenverdieping.

Gelukkig is het huis niet gehorig. De muren zijn dik en bovendien zijn de meeste bewoners al wat ouder en erg rustig. Toch doet Ruth haar best niemand overlast te bezorgen. Ze heeft een collectie cd's, maar nooit draait ze de volumeknop te hoog.

Een tv is er niet. Nog niet. De huur is niet mis, een punt voor haar moeder. Van sparen komt dus niet veel.

In de kamer knipt ze de schemerlampjes aan en ze sluit resoluut de overgordijnen, die van zware stof zijn gemaakt. Ze verheugt zich op de lente, haar kamer heeft openslaande deuren naar de tuin. Ach, een mens heeft weinig nodig om gelukkig te zijn. Ze heeft nu alle tijd voor haar hobby: tekenen. Op haar laatste verjaardag heeft ze een enorm grote doos met kleurpotloden gekregen. Maar met aquarel kan ze ook goed overweg. En haar droom is om ooit het schilderen met olieverf onder de knie te krijgen. Maar dat betekent aanschaf van materiaal. En misschien een cursus volgen, want de techniek daarvoor is haar onbekend. Behalve dat wat ze uit boekjes heeft opgepikt.

Ht is alweer etenstijd.

Mam heeft een en ander meegegeven. Sla, een doosje eieren en aardappelschijfjes uit de supermarkt. Zorgzaam, dat is haar moeder altijd geweest. Vooral als het op eten aankomt.

Ruth dekt voor zichzelf een klein stukje tafel. Ze heeft zich voorgenomen nooit met een bordje op schoot te eten. Kleedje, bloemetje erbij. Papieren servet, bord en bestek. Heel af en toe gunt ze zichzelf een glaasje wijn.

Ja, ze is tevreden. Al mist ze wel een paar goede vrienden en vriendinnen. Bellen en mailen doet ze vaak met de jongelui waar ze mee is opgegroeid. Maar dat is toch wat anders dan écht contact. Iemand die spontaan aankomt met een pizza of voorstelt een bioscoopje te pikken.

Het heeft even geduurd voor Ruth ertoe kwam om een kerk uit te zoeken waar ze zich thuisvoelt. Niet die waar ze vanaf haar kindertijd naartoe moest. Ze wilde een 'vrolijke' kerk.

Het heeft thuis de nodige discussies opgeleverd, maar ze weet wanneer ze moet zwijgen en wanneer te spreken. Misschien levert de kerkgang vrienden op.

Ach, was ze maar wat vlotter. Sommige mensen trekken als het waren, anderen aan als stroop een zwerm insecten. Maar het heeft ook voordelen om niet vrijmoedig te zijn. Het behoedt haar voor relaties die achteraf vervelend blijken. En zie maar eens af te komen van iemand die je deur platloopt. Dat is haar moeder ooit overkomen. 'Die aardige mevrouw die hier pas is komen wonen... Leuke relatie, nette mensen... Heel wat anders dan die en die.' Het eind van het liedje was dat mam deed alsof ze niet thuis was en dat ze leugentjes opdiste om de vrouw weg te houden. Want ruziemaken wilde ze niet, ze moest vooral haar naam van 'die aardige mevrouw Endeveld' behouden.

Na de eenvoudige maaltijd doet Ruth haar afwasje. Ze besluit vroeg in bed te kruipen met een boek dat ze van thuis heeft meegenomen. Morgenochtend moet ze vroeg beginnen. ·

Ze wast zich bij de kleine gootsteen, vanochtend heeft ze thuis uitgebreid gedoucht.

Gelukkig hoeft ze geen uniform te dragen, zoals in veel verpleeghuizen het geval is. Wel zijn er bepaalde kledingeisen. En ze mag nooit vergeten de badge op te doen waarop haar naam staat te lezen.

Voor ze in bed stapt, draait ze de kamerdeur op slot. Je weet maar nooit... Eén bovenraampje moet open, ze houdt heel erg van frisse lucht, ook al is de temperatuur buiten onder nul.

Het bed en de matras zijn van goede kwaliteit. Mevrouw Staal is een degelijke vrouw en dat is tot in details te merken.

Het boek boeit en al snel is Ruth verdiept in het leven van een vrouw die een leven leidt dat op het hare lijkt.

De volgende ochtend loopt de wekker om zes uur af. Ruth is meteen wakker. Ze rekt zich uit en geeuwt hartgrondig. Een nieuwe dag. Vreemd idee, als ze erover nadenkt dat deze dag letterlijk nieuw is, niet zomaar een datum uit het verleden. Een dag waarop van alles kan gebeuren.

Eenmaal uit bed maakt ze snel toilet. Een witte blouse van stevige stof waarover een vestje zonder mouwen, boven een donkere broek. De badge is op de revers van het vestje geprikt. Haar lange, bruine haar doet ze in een paardenstaart. Toen ze nog thuis woonde, vlocht haar moeder het. Dat vindt Ruth eigenlijk aparter dan haar staart, maar het lukt haar niet zelf een fatsoenlijke vlecht te maken. 'Als het niet kan zoals het moet, moet het maar zoals het kán!' riep haar vader vroeger vaak.

Ze trekt de overgordijnen open, het is buiten nog pikdonker, maar in het licht van de buitenlamp ziet ze dat het weer sneeuwt. Dat betekent niet fietsen, maar met de stadsbus.

Haar ontbijt bestaat uit een kop thee en een beschuit, dat moet genoeg zijn tot de koffie.

Eén van de medebewoners, een buitenlandse man met een onuitsprekelijke naam, is het pad vanaf de voordeur aan het vegen en roept haar een vrolijke groet toe, diè ze beantwoordt met: 'Ook goedemorgen!'

Glijdend en struikelend bereikt ze de bushalte.

Lang hoeft ze niet te wachten en het is geen pretje om geduwd en opzijgedrukt te worden, maar mopperen heeft geen zin.

Een zitplaats is er niet. Ze houdt zich met moeite staande en ergert zich aan de jongelui die naar een speciale school gaan, ver van huis. Ze houden de achterste banken bezet en maken zo veel kabaal dat de chauffeur een berisping door zijn microfoon roept. Met als gevolg dat het lawaai in tumult verandert. Een medereiziger zegt vergoelijkend: 'Het is de jeugd, toch. Wij zijn ook jong geweest!'

Maar anderen gaan daar fel tegen in. Er zijn grenzen. Ruth denkt aan de mensen in het tehuis waar ze naar op weg is. Die zijn zo goed als uitgepraat. Ze vraagt zich af wat een confrontatie met de jongens achter in de bus zou opleveren.

Ze is blij als ze kan uitstappen.

Hier zijn sneeuwploegen al druk in de weer geweest. De wegen zijn geveegd én gestrooid, zelfs de trottoirs die naar de statige villa voeren waar ze naar op weg is, hebben een beurt gehad.

Inmiddels is het bijna zeven uur. Ruth draaft door de gangen, hangt haar jas op in de garderobe en is opgelucht dat ze niet de laatste is.

Zeven uur betekent vergaderen, overdracht van de taken.

Jasperien, Nynke en Jettie begroeten haar met slaperige gezichten en als laatste komt de directrice binnen.

'Goedemorgen allemaal. Een nieuwe week met nieuwe mogelijkheden! Het wachten is op de nachtploeg. Ha, ik hoor ze aankomen!'

Drie vermoeide gezichten. Hilde, Marjon en Luus. 'Koffie!' roepen ze eenstemmig.

Jasperien roept dat ze al bezig is. Midden op de grote vergadertafel staan gevulde thermoskannen en op een schaal liggen flinke plakken ontbijtkoek. Ze schenkt in en deelt uit.

'Hoe was de nacht, dames?'

Mevrouw Kolonel hoeft haar mond maar open te doen of alle gesprekken vallen stil.

Een voor een komen de nachtzusters met hun belevenissen, ze lezen die voor uit een schrift dat ze verplicht zijn bij te houden.

Een patiënte met koorts. Meneer Zwarts had last van duizelingen en is gevallen, gelukkig zonder gevolgen, en mevrouw Van Veen klaagde over slapeloosheid.

Mevrouw Kolonel gaat erop in, ze stelt voor de arts te vragen de dosis voor mevrouw Van Veen te verhogen.

'Het is niet alleen dat ze niet kan slapen, dames. Mevrouw heeft zoveel narigheid meegemaakt dat haar gedachten niet te stoppen zijn. Laten we niet vergeten heel attent voor haar te zijn. Nog meer, Nynke?'

Na drie koppen koffie is de ene ploeg klaar om aan het werk te gaan, de andere om zich voor vertrek klaar te maken.

Tijd om het ontbijt rond te brengen, dit keer mede de taak van Ruth. Mevrouw Kolonel houdt haar even staande. 'Wat ik nog zeggen wil, Ruth, ik heb klachten gekregen van een paar bewoners. Een groepje vrouwen discrimineert een aantal nieuwkomers en schijnt over hen te roddelen. Ze domineren de anderen en dat tolereer ik niet. Wil je tijdens de koffiepauze om halfelf je ogen en oren de kost geven?'

Ruth weet meteen over wie mevrouw Kolonel het heeft. 'Die nieuwelingen komen uit dezelfde wijk. Zogeheten 'dames van stand'. Ik ben bang dat er zoiets doms als jaloezie meespeelt. Lastig, zo'n geval. En begrijpen doe ik het ook niet. Al onze bewoners zijn mensen die lichamelijk niet honderd procent meer zijn. Thuis kunnen of willen ze niet wonen. Waarom zijn ze dan niet dankbaarder?'

Mevrouw Kolonel geeft een kneepje in Ruths schouder. 'Mensen, veel mensen, willen méér. Zijn ontevreden. Kind, het gaat hier net toe als in de grote wereld. Als in de politiek, als op de peuterschool. Ikke, ikke, en de rest kan stikken. Ga jij maar aan het werk en vertel als je even gelegenheid hebt wat je zoal aan de weet bent gekomen!'

Ruth haast zich naar de keuken, waar de kar met koffie en thee al klaarstaat. Een andere medewerkster is bezig de bordjes met brood rond te brengen.

Ruth buigt zich over een vrouw heen die nog diep in slaap is. Ze schuift de gordijnen open en hoopt dat deze bewoonster uit zichzelf ontwaakt. Het is zo vervelend om iemand die diep weg is te wekken.

Haast, altijd weer haast. Personeelsgebrek. Bezuinigen.

Na het rondbrengen is het óp naar de volgende taak. Medicijnen uitdelen en opletten of ze daadwerkelijk ingenomen worden. 'Controleer jij even?' Jasperien heeft alle spulletjes klaarstaan op een blad. Namen op een briefje, daarop de potjes met pillen of de drankjes. Ze zijn gewend om elkaar te controleren, dat is voorgeschreven om fatale vergissingen te voorkomen.

Jasperien loopt met Ruth mee door de gang. 'De mensen hier hebben het zo goed. Ze hebben geen financiële zorgen, nooit gehad. En maar commanderen. Nou ja, niet allemaal natuurlijk. Er zitten ook schatjes tussen. Maar als ik het vergelijk met mijn vorige baan, Ruth, zou je me meteen begrijpen. Wat had de kolonel met jou te smoezen?'

Ruth blijft voor de deur van een kamer staan en pakt de juiste medicijnen van de kar. 'Vrouwen die elkaar dwarszitten. Ik moet erop letten als er koffie wordt gedronken. Dominante kinderen worden dominante volwassenen en dominante volwassenen worden ouderen die…'

Jasperien vult haar lachend aan: '…dominant zijn, en blijven tot hun dood!'

Veel bewoners zijn in staat zichzelf te wassen en aan te kleden, maar lang niet allemaal.

Elastieken kousen aantrekken, behasluitingen dichtdoen. En ondertussen luisteren, de mensen het gevoel geven dat ze gehoord worden. Ruth weet ondertussen dat ze geliefd is bij de bewoners, al weet ze niet waarom. Misschien is het haar reactie op hun gepraat. Ze laat hen in hun waarde, bemoedigt waar nodig, en troosten, ja, daar is ze een expert in.

Later wordt ze opgepiept door mevrouw Kolonel. 'Kom je even naar mijn kantoor? De huisarts is er en ik heb een paar vragen. O ja, breng ook even de zorgmappen mee, wil je?'

Als Ruth wat later op de deur van het kantoor klopt, de mappen onder haar arm, ontdekt ze dat ze zelden gewoon loopt. Het is altijd rennen.

Ze mag bij het gesprek blijven, mevrouw Kolonel betrekt haar er telkens in en legt de arts uit dat de verzorgsters dichter bij de bewoners staan dan zijzelf.

De dokter vertelt dat hij een aanvraag heeft voor een nieuwkomer. 'Een man die zijn eigen zaak nog runt, maar met allerlei klachten in het ziekenhuis terecht is gekomen. Dit zeer tegen zijn zin! Om kort te gaan: hij is uitbehandeld, moet bijkomen van een ingreep, maar mag zich absoluut niet inspannen. Ik dacht meteen aan dit tehuis. De eigen bijdrage is voor deze meneer geen probleem. Komt er wat vrij?'

Mevrouw Kolonel bladert in een boek en kijkt peinzend naar de volgeschreven bladzijden. 'Er ís momenteel iets vrij, maar dat is een prijzige kamer. Zoals je weet, is er vorig jaar opzij van het huis bijgebouwd en die verbouwing is erg duur uitgevallen. Gevolg is dat de appartementen ook prijzig zijn. Kan meneer dat betalen?'

De arts glimlacht. 'Ooit van de naam Van de Wetering gehoord?'

Mevrouw Kolonel rimpelt haar lieve gezicht. 'Even denken. Jawel, maar ik kan hem niet thuisbrengen. Of wacht eens...' Ze heft een mollige wijsvinger op. 'Van de Wetering was vroeger een man die in het vastgoed wereldnaam maakte. Maar die kun je niet bedoelen. Deze Van de Wetering moet jonger zijn.'

De dokter knikt. 'Ik heb het over de zoon van. Hij was eigenwijs, wilde niet de gebaande paden van papa bewandelen en meneer ging op wereldreis. Hij kwam terug en besloot toen toch dat het tijd werd zich ergens te settelen. Papa schonk hem een pand aan de Stationsstraat. Hij richtte de etage als woning in en overdacht wat hij met de winkelruimte zou doen. Zoals je weet een a-locatie.'

'Je maakt me nieuwsgierig. Welke winkel bedoel je?'

Ruth luistert geboeid toe. Het lijkt of de andere twee haar aanwezigheid zijn vergeten.

'Boeken. Niet de echte boekwinkel, maar de tweedehands winkel. Of fraaier gezegd: antiquariaat. Hij schijnt werkelijk unieke exemplaren te bezitten. Eerste drukken van beroemde uitgaven. Alleen staan die niet in de winkel, hij haalt ze slechts tevoorschijn voor de serieuze koper. Wel, die man bedoel ik. En betalen kan hij ook wel!'

Ruth weet welke winkel de dokter bedoelt. Ze heeft er weleens rondgeneusd en vaak wat naar haar zin gevonden ook. Maar de eigenaar kan ze zich niet meer voor de geest halen.

Mevrouw Kolonel richt zich tot Ruth. 'Wees zo lief, Ruth, en haal voor mij een nieuw blok inschrijfformulieren. Weet je waar die in het magazijn liggen? Zo niet, dan vraag je het maar.'

Ruth is al weg. Een nieuwe bewoner. Het is een komen en gaan in dit huis.

Als ze terugkomt in het kantoor, mét de inschrijfformulieren, gaat het gesprek over het MDO. Dat is een multidisciplinair overleg tussen de verzorgers, het ziekenhuis en de huisartsen. Maar ook kan het maatschappelijk werk of een ander soort instelling voor zorg erbij betrokken worden. Dat hangt af van wat nodig is voor de bewoners.

De dokter en mevrouw Kolonel zitten beiden met de neus in een agenda. Die van mevrouw Kolonel ligt op het bureau, een lijvig boekwerk. De arts beschikt over een elektronisch geval dat heel wat minder ruimte in beslag neemt.

Ruth weet wat er zoal op die bijeenkomsten wordt besproken. De dingen die niet goed gaan, dat in de eerste plaats. Soms moeten andere medicijnen worden voorgeschreven of is overplaatsing naar een andere instelling gewenst.

Ruth wacht tot er een gesprekspauze ontstaat en informeert of ze weer aan het werk kan. Mevrouw Kolonel knikt haar warm toe. 'Natuurlijk, Ruth!'

Jasperien is ondertussen klaar met de medicijnronde en kijkt op haar horloge. 'Tijd voor pauze, meid. Ik snak naar koffie.'

Op weg naar de kantine babbelen ze over de patiënten. Ze maken zich beiden bezorgd over een paar dames die hun bed niet meer uit willen.

Gelukkig zijn er ook positieve zaken die de moeite waard zijn om aan te kaarten.

Als ze tegenover elkaar aan een tafeltje zitten, zucht Jasperien. 'En dan wordt er door de buitenwereld vaak nogal meewarig over ons beroep gesproken. Ach, die oudjes... Ze zijn zo goed als afgeschreven en maar bezuinigen, bezuinigen en nog eens bezuinigen!'

Ruth scheurt de verpakking van een koekje open en knikt. 'Er komt heel wat meer bij kijken dan een bed verschonen of iemand helpen aankleden. Ik houd van mijn werk, maar ik moet zeggen dat dit deels komt omdat we zo'n geweldige directrice hebben, Jasperien. In mijn vorige baan was het een en al spanning. Altijd was je bang om op de vingers getikt te worden, ook al wist je dat alles goed was. Nou ja... Laten we een voorbeeld aan de kolonel nemen!'

De werkdag zit er nog niet op.

De lunchtijd, die toch al niet lang is, wordt grotendeels in beslag genomen door een patiënte die angstaanvallen heeft. Ze vertrouwt Ruth het meest van alle verzorgsters en in haar hoge nood klampt ze zich aan de jonge vrouw vast.

Ruth beseft dat haar kennis wat betreft de psyche van ouderen beperkt is. Dáár zou ze meer over willen weten.

Mevrouw Kolonel schiet te hulp, zij is wel op dat gebied grondig geschoold. Ze stuurt Ruth naar de kantine en ontfermt zich liefdevol over de wanhopige vrouw.

Haar onbegrijpelijk verdriet knaagt aan Ruth. Ze voelt zich machteloos, zo weinig te kunnen doen...

Een van de collega's, Jettie, probeert haar op te beuren. 'Kom op, meid, je moet verder. Even aan jezelf denken, verstand op nul en lunchen. Straks hebben ze je weer nodig en dan moet je fris zijn!'

Ruth knikt, ze kent het liedje. Dat zou ze zelf ook tegen een collega zeggen die het even niet meer zag zitten. Maar moeilijk is het wel.

Jettie praat nog even door: 'Een burnout ligt altijd op de loer, je kunt je werk niet mee naar huis nemen. Doe ik ook niet. Als ik thuiskom, eisen mijn kinderen me volledig op en dan kan ik niet zeggen: 'Mama is verdrietig omdat er een mevrouw is overleden.' Het valt te leren, Ruth!'

Ruth knikt en staart naar de belegde boterham waar ze geen trek in heeft. En ze stemt zo opgewekt mogelijk in: 'Het zal wel te leren zijn.'

De komst van meneer Van de Wetering gaat niet onopgemerkt voorbij. Ruth leest op zijn staat dat hij een zware operatie achter de rug heeft, maar niet voldoende is opgeknapt in de tijd die daarvoor staat. In het ziekenhuis is hij uitbehandeld, maar er is geen sprake van dat hij naar huis kan.

Hij sputtert tegen. Goed, hij woont alleen. Maar hulp is te huur! Als je maar betaalt.

Mevrouw Kolonel is geduldig, zoals altijd. 'Luister eens, beste man. U hebt hulp nodig die weet wat verplegen inhoudt. En ook weet wanneer er ingegrepen moet worden omdat er een arts aan te pas dient te komen. Geloof me, het is hier prettig vertoeven als u een beetje meewerkt. Over een paar weken voelt u zich een ander mens!'

Meneer Van de Wetering kijkt door zijn brillenglazen de directrice nors aan. 'Dat mag ik toch niet hopen. Ik blijf graag mezelf. Stel je voor dat ik tegen u zei...'

Er komt zoveel onzin uit zijn mond dat Ruth, die hem naar zijn kamer brengt, op haar lippen moet bijten om niet hardop te lachen.

Ze ruimt zijn spulletjes op in de kast en hangt schone handdoeken en washandjes bij de wastafel. Deze kamer beschikt over een eigen doucheruimte, waar ook een toilet is.

De pieper van mevrouw Kolonel roept haar naar een andere bewoner.

'Zo, meisje, wat is jouw naam? Moet ik zuster en u zeggen?'

Ruth kijkt op haar horloge en ziet dat ze net even tijd heeft voor een praatje. Ze trekt een kruk onder het bed vandaan.

'Zegt u het maar. Het woord 'zuster' doet u zeker te veel aan het ziekenhuis denken? Wel, noemt u me dan maar Ruth. En 'u' hoeft ook niet.'

Dat klinkt goed. Meneer Van de Wetering legt een gerimpelde hand vol ouderdomsvlekken op die van Ruth. 'Doe me een plezier, kind, en zeg Daan tegen me. Het is zo afschuwelijk als je

ouder wordt... Bijna niemand kent je voornaam meer. Daan, oefen het maar even!'
Achter de brillenglazen twinkelen zijn donkere ogen.
Ruth is zo goed niet of ze moet doen wat hij zegt. 'Daan... Daan... Daan...'
'Goed zo.'Daarna begint hij te zingen, met een onverwacht sterke stem: 'Daantje zou naar school toe gaan, maar hij bleef gedurig staan, hier te gluren daar te turen...' Hij lacht schor. 'Dat heb jij op school vast niet geleerd. Wat voor versjes zingen ze tegenwoordig?'
Ruth haalt haar schouders op. 'Dat zou ik niet weten. Vast wel weer wat anders dan ik geleerd heb toen ik tien jaar was. Weet u dat hier vaak gezongen wordt? Dan komt er een mevrouw pianospelen om te begeleiden. Over de grote stille heide; in naam van Oranje, en soms zelfs het Wilhelmus.'
Daan knikt. 'Kun je nog zingen, zing dan mee. Dat boek heb ik nog wel in de winkel. Ben je weleens in mijn winkel geweest, meisje Ruth?'
Ruth knikt. 'En ik heb er wat gekocht ook. Ik vind het trouwens een prachtig pand. Helemaal in oude stijl, de gevel is een plaatje.'
Daan knikt tevreden. 'Als ik hier weg mag, moet je maar eens op bezoek komen. Dan leid ik je rond.'
Ruth hoort de etenskar de gang in rollen.
'Je avondboterham komt eraan. Mijn dienst zit erop, maar morgen zien we elkaar weer. Ik hoop dat u... dat jé lekker slaapt vannacht!'

De volgende ochtend is Ruth om zeven uur weer present. Ze is benieuwd hoe het met Daan gaat.
Zoals vaker gaat Jasperien met de koffie rond. Ze begint gelijk over meneer Van de Wetering. Luus, die nachtdienst heeft gehad, kan niet wachten om haar belevenissen te spuien.
'Iedereen lekker rustig, alleen Daan lag te mekkeren. Ja, ik móét Daan zeggen. Tjonge, die man kan práten. Maar slapen,

ho maar. Toch even met de kolonel over hebben. Die man heeft zijn rust nodig. Enfin, hij zat maar te zaniken dat hij naar Ruth uitkeek! Ruth vóór en Ruth ná! Wat heb jij met die man, Ruth?'

Ruth moet lachen. 'Ik zou het niet weten. Ik denk dat hij eenzaam is en teleurgesteld dat hij niet naar huis mag. Hij zal wel wennen.'

Als Ruth Daan zijn ontbijt komt brengen, straalt hij van vreugde. 'Naar jou heb ik uitgekeken, meisje Ruth! Kom bij me zitten en vertel eens wat voor weer we hebben.'

'Dat zou ik graag doen, Daan, maar ik moet verder. Anders krijgen de anderen hun ontbijt te laat. Misschien mag je binnenkort in de zaal ontbijten. Dat is gezelliger!'

'Mensen... Ik heb geen behoefte aan mensen. Geef mij maar boeken.'

Ruth klapt het dienblad voor hem uit en zet het bordje met brood voor hem neer. 'Koffie of thee?'

'Allebei, graag.' Ruth doet haar mond al open om te zeggen dat dit niet de gewoonte is, het is óf koffie óf thee. Maar dan bedenkt ze: wat zou het ook.

'Ik probeer straks wat tijd vrij te maken voor een babbeltje. Bedenk maar vast waar we het over zullen hebben.'

Ze hoort hem nog mopperen als ze al op de gang staat.

Het is absoluut tegen de regels om lievelingetjes onder de bewoners te hebben. Maar Ruth kan er niets aan doen dat Daan haar favoriet is.

Meer dan eens snoept ze van haar werktijd een minuutje af om even bij hem op bezoek te gaan.

'Hoe zou je het vinden, meisje Ruth, als je mijn persoonlijke verzorgster zou worden? Mijn huis is groot genoeg. Je zou een zitkamer én een slaapkamer kunnen krijgen. Je zou alleen een beetje op mij moeten passen. En misschien zou je af en toe wat in de winkel kunnen doen, want ik weet zeker dat mijn vaste klanten me missen.'

Ruth hapt naar adem en schudt haar hoofd. 'Ik heb hier nog geen vast contract, echt, al zou ik willen, ik kan mijn baan niet zonder meer opzeggen. Ik ga mijn kansen niet verspelen. Bovendien weet ik zeker dat niet één arts u toestemming zou geven om naar huis te gaan. Kom, we trekken u, ik bedoel je, er wel doorheen! Ik zal een lijstje meebrengen als ik weer langskom, met alle activiteiten die hier plaatsvinden. Je mag natuurlijk niet aan alles meedoen, nog geen gym bijvoorbeeld, maar knutselen...'

Met diepe minachting roept Daan: 'Knútselen! Dat noemden ze vroeger fröbelen. Waar zie je me voor aan? Ik ben een kérel!'

Het is inderdaad niets voor Daan van de Wetering om kraaltjes te rijgen of ingewikkelde figuurtjes te vouwen van kleine blaadjes. Ruth beweert dat er ook dingen zijn die de meeste mannen leuk vinden. 'Macramé, figuurzagen, computerspelletjes...'

Daan trekt een vies gezicht. 'Figuurzagen... daar heb ik zestig jaar niet aan gedacht. En computerspélletjes! Mens, ik heb mijn hele administratie thuis op de computer staan en koop en verkoop alles via dat ding. Spélletjes...'

Helaas krijgt Daan geen bezoek en op Ruths vraag of hij kinderen heeft, kan hij alleen nors grommen, zodat ze niets wijzer wordt.

Op een ijskoude dag stapt er een man binnen die bij de balie naar meneer Van de Wetering informeert. Ruth, die baliedienst heeft, staart de man verbaasd aan.

Toch bezoek voor Daan!

Hij stelt zich voor. 'Mijn naam is Eybers. Jean Eybers. En ik kom voor Van de Wetering.' Met een zwierig gebaar neemt hij zijn hoed af en hij leunt nonchalant over de balie. Doordringende, bijna zwarte ogen, een knap gezicht en zeer goed gekleed.

Ruth raakt in verwarring door de manier waarop deze Eybers

haar aankijkt. Alsof ze samen een rol spelen in een stomme film uit de jaren dertig.

Ruth richt haar blik op de computer, alsof ze daar inspiratie moet opdoen om de man te woord te staan. 'Meneer Van de Wetering dus.'

Ze wantrouwt deze 'heer'. Waarom, kan ze niet verklaren.

'Gaat het hier zo? Moet ik aangekondigd worden en is het mogelijk dat zijne koninklijke hoogheid Van de Wetering mijn verzoek kan weigeren?'

Ruth doet haar best als een professionele baliemedewerkster over te komen. 'Meneer Van de Wetering is hier om te herstellen van een operatie en moet het rustig aan doen. Ik zal voor u zien of hij in staat is bezoek te ontvangen. Neemt u even plaats, ik ben zo terug.'

Eigenlijk zou ze een collega moeten inschakelen, maar ze kan het niet over haar hart verkrijgen Daan door bezoek te laten overrompelen.

Zijn kamer is niet ver van de ingang, ze rept zich ernaartoe. Zonder kloppen haast ze zich naar binnen. Daan zit rechtop in de kussens, zich duidelijk te vervelen.

'Je hebt bezoek. Ik wil de man ook wel afpoeieren, hoor. Hij heet Eybers.' Ze kijkt hem vol verwachting aan.

Daan trekt hetzelfde gezicht als toen ze over knutselen begon. Vies. 'Díe snuiter. Laat je niet in de war brengen door zijn uiterlijk, daar is alles onoprecht aan, de bedrieger. Maar laat maar komen, ik heb wel zin in een potje herrie.'

Ruth aarzelt, beseft dat ze de balie niet langer onbemand kan laten en haast zich terug.

'U bent welkom, maar niet langer dan een kwartiertje. Die deur door brengt u in het nieuwe gedeelte en dan is het de eerste deur aan de rechterkant.'

Jean Eybers zendt haar een stralende lach en loopt met snelle pas de nieuwe afdeling op.

Ruth denkt: zwierig. Alles aan de man is zwierig. Tot en met zijn snor toe. Een snor die waarschijnlijk het litteken van een hazenlip verdoezelt.

Ze blijft onrustig tot de bezoeker weer terugkomt. Ruth is bezig een naam van een bezoeker in het daarvoor bestemde boek te noteren en beseft dat ze vergeten is Jean Eybers naam op te schrijven.

'Madame, het was me een genoegen om kennis te maken. Ik heb Van de Wetering beloofd snel terug te komen. Weet u iets van zijn lichamelijke toestand? Bij wie moet ik om inlichtingen zijn?'

Hij leunt op de balie als een cafébezoeker aan een bar. Ruth deinst onwillekeurig achteruit. 'Bent u familie? Nee dus. In dat geval kan ik u niet verder helpen, meneer.'

Een betoverende glimlach. 'Dat zullen we nog weleens zien. Tot gauw, schoonheid.'

Zo gauw Ruth een minuutje tijd heeft, haast ze zich naar de kamer van Daan van de Wetering. 'Was dat een vriend van je? In dat geval: gecondoleerd!'

Daan grijnst. 'Zou hij wel willen. Die man is een bedrieger eersteklas. Misschien vertel ik je nog weleens iets over hem. Ha! Er is niets leukers dan dat soort kerels aan het lijntje te houden. Bedriegers moeten bedrogen worden, dat is hun lot.'

Hoofdschuddend laat Ruth Daan alleen met zijn pleziertjes.

Toch probeert ze op een ander tijdstip hem aan het praten te krijgen. Het wil er bij haar niet in dat deze man nooit getrouwd is geweest. Het kan natuurlijk best zijn dat er geen kinderen zijn gekomen, maar stel dat die er wél zijn, in dat geval vindt Ruth het een noodzaak dat ze hun vader komen bezoeken. Ze fantaseert er lustig op los.

Misschien is er sprake van ruzie, een bijna onoplosbaar conflict. Gezien de leeftijd van Daan, vindt Ruth dat die eventuele kinderen naar hem om moeten zien.

Ze probeert er met een van de collega's over te praten. Maar ze krijgt het advies: afstand houden. Niet te veel wroeten in de levens van de bewoners. Het is goed als ze zelf willen praten, maar het is de taak van de verzorgsters niet om ongevraagd zich te verdiepen in zulke zaken. Privacy staat immers hoog in hun vaandel!

Het is volgens Jasperien schrikken als op een middag het voltallige bestuur op bezoek komt. 'Let op mijn woorden, Ruth. Dat betekent misère. Op financieel gebied, of iets met de organisatie. De kolonel mag dan het roer stevig in handen hebben wat betreft het leidinggeven hier, maar als het erop aankomt, heeft ze niets te vertellen. Wacht maar af!'

Ook de andere verzorgsters zijn onrustig geworden. Ruth, vrij nieuw in de groep, denkt optimistisch dat het allemaal wel zal meevallen.

Die gedachte kan ze de volgende dag laten varen. Mevrouw Kolonel piept haar op en verzoekt of ze meteen op kantoor wil komen. Nietsvermoedend beent Ruth door de inmiddels vertrouwde gangen, klopt op de deur en stapt het kantoor in.

Ze werpt een blik op mevrouw Kolonel en stelt vast dat de directrice bezig is ziek te worden. Haar huid is grauw en de vriendelijke trek is van haar gezicht weggevaagd.

'Ruth, ga zitten. Ik heb zulk vervelend nieuws.'

Bezuinigen en nog eens bezuinigen. Te beginnen bij het personeel. Ze besluit met: 'Jij bent hier het laatst binnengekomen, meisje, dus vindt men het logisch dat jij de eerste bent die een ontslagbrief krijgt. Ik kan je niet zeggen hoe het me spijt!'

Ze heeft tranen in de ogen, en haar handen beven.

Ruth staart haar aan. Ze rekende op een vast contract, al was het maar voor een jaar. Maar dit… dit is schrikken.

'Wanneer… Toch niet meteen? En ik vind het hier zo fijn, wat erg!'

Mevrouw Kolonel is het roerend met haar eens. Het personeel moest eens weten hoe erg zíj het vindt om iemand te ontslaan. Vooral als het een kracht is als Ruth: blijmoedig, doortastend en gelijkmatig van humeur. 'Het spijt me zo. Maar ik kan je verzekeren dat als de situatie verandert, ten goede verandert, jij de eerste bent die weer een kans krijgt om hier te werken.

23

Ondertussen moet je proberen elders aan de gang te komen. Je krijgt van mij een getuigschrift waar geen werkgever omheen kan...' Een schrale troost.

'Alleen ik... niemand anders?'

Mevrouw Kolonel zegt dat er meerdere ontslagen zullen volgen. 'Maar ze doen het kalm aan, dat is me beloofd. Het is niet anders, Ruth!'

Ruth zou willen huilen, stampvoeten als een opstandige puber. Maar ze beheerst zich, gaat staan en zegt dat ze hier met plezier heeft gewerkt en dat ze hoopt dankzij het getuigschrift ergens anders aan de slag te kunnen.

Ze houdt het nieuws nog even voor zich. Alleen Jasperien neemt ze in vertrouwen omdat zij iets vreemds bemerkt aan Ruth. 'Ik dacht het al, meid. En je bent vast de enige niet. Enfin, maar hopen dat je snel wat anders vindt!'

Ook Daan merkt dat er iets mis is met Ruth. Ze doet té opgewekt. 'Kom straks een praatje maken, voor je naar huis gaat!' Hij smeekt het bijna. Ruth zegt het razend druk te hebben en snelt zijn kamer uit.

De volgende dag vertelt ze het aan haar collega's. 'Het is vast net een rij dominostenen!' klaagt Jettie. 'Let op: eerst Ruth, dan ik, daarna de volgende. Eén voor één kieperen we om en dat was het dan.'

Ontslagen personeel betekent voor de anderen nog harder werken, sneller lopen.

Een van de medewerksters weet te vertellen dat er een campagne gaande is om vrijwilligers aan te trekken. 'Goedkope krachten!'

Ruth kan Daan niet blijven ontlopen. Op een gegeven moment trekt hij haar aan haar hand naar zich toe en ze schrikt van de kracht die hij toont. 'Ik moet verder, Daan... ik... Laat me los, ja?'

Daan drukt zijn bril wat vaster op zijn hoofd. 'Jij zit met iets, meisje Ruth, en ik wil weten wat dat is. Heb ik iets verkeerds gezegd? Of heeft die kwast Jean Eybers mij in een kwaad daglicht gezet?'

Ruth schudt verward haar hoofd en pas als ze op de rand van zijn bed gaat zitten, laat Daan haar hand los.

'Ik ben ontslagen, Daan. Dat is het. En omdat ik het eerst wilde verwerken, heb ik het nog niet verteld. Nou ja, nu weet je het...'

Daan schudt zijn hoofd. 'Kunnen wij als bewoners er niets aan doen? Een actie beginnen? Een rondschrijven? Pleidooi houden? Zonder jou is het hier een dooie boel. Ik kijk steeds uit naar jou en geloof me, ik zei pas nog tegen de controlerend arts dat het aan jou te danken is dat ik me beter voel.'

Hij trekt een gezicht alsof hij een paar lelijke woorden wil gaan spuien. Maar hij beheerst zich. 'We vinden wel een oplossing. Ik kan toch slecht slapen en 's nachts komen de beste ideeën. Vertrouw Daan maar, meisje Ruth. We verzinnen wel iets!'

Ruth buigt zich naar hem toe en kust hem op het voorhoofd. Tegen de regels, maar die lapt ze nu aan haar laars.

Bij de deur blijft ze staan, kijkt naar hem om. 'Dag Daan, toch maar welterusten...'

Naar huis door de kou. Vandaag irriteert het pianospel van de medebewoonster haar. Binnen ruikt het naar kerrie en uien. Ze griezelt ervan. Tegen de gewoonte in.

Het is koud in haar kamer. Nóg wel haar kamer. Hoelang nog kan ze de huur opbrengen?

Dat betekent zo goed als zeker naar huis terugkeren, met hangende pootjes. 'Zie je wel' en 'Zei ik het niet?' slikken. Doen wat haar dominante moeder voorstelt. Eten wat de pot schaft. Niet meer naar de kerkgemeenschap waar ze met zo veel plezier naartoe gaat.

Ze houdt het niet uit in de inmiddels vertrouwde kamer en besluit een eind te gaan lopen. Het is nog steeds erg koud, maar de meeste trottoirs zijn goed begaanbaar.

Lopen tot ze doodmoe is, dat is haar plan.

Het is stil in de straten, ze kijkt naar binnen bij de huizen waar de overgordijnen niet zijn gesloten. Mensen die om een tafel zitten achter een bord eten. Weer anderen hangen voor de tv, met of zonder kinderen. Na een halfuur ontdekt ze dat ze in haar onbekende buurt terecht is gekomen. Winkels, rechts en links. Een videotheek, een wasserette, een bescheiden bloemenzaakje. Op de hoek groept een stel jongens samen. Ze hebben ergens pret over, hun gelach schalt over de straat. Als Ruth ziet dat ze een zak patat in de hand houden, voelt ze haar maag knorren.

Ze loopt langs hen heen, moet een paar schunnige opmerkingen aanhoren en versnelt haar pas. Daar, een cafetaria. Ze bedenkt zich niet en duwt de deur open.

Er zit een familie aan een tafeltje, een vader met drie kinderen. Ze vraagt zich onwillekeurig af of het 'papadag' is in verband met een scheiding of omdat mama werkt. Ze loopt naar de toonbank en doet haar bestelling: patat met mayo en een kroket.

Ongezond eten, maar wat zou het? Ze knoopt haar jas open en gaat met haar buit zitten. Ze wordt vanbinnen weer wat warmer en het is of met een volle maag de situatie wat minder erg is.

De familie vertrekt met veel gelach en Ruth kijkt ze na. Hoe zou het zijn om een eigen gezin te hebben? Iemand die bij jou hoort, die je kunt vertrouwen? Iemand die er voor je is, een schouder om tegen aan te leunen. Ze heeft er opeens erg behoefte aan.

Ze bestelt een kop koffie.

Of het gesmaakt heeft? Dat vraagt de vriendelijke jongeman die achter de toonbank druk in de weer is.

'Veel te lekker!' Ruth hoort dat haar stem bijna weer normaal is.

Ze moet dankbaar zijn. Ze is gezond. Er zijn altijd mogelijkheden. Er ís werk, ook al is het misschien niet waarvoor ze is opgeleid. En ja, ze is ook nog jong genoeg om aan iets nieuws te beginnen. Morgen meteen! Al is het kantoren schoonmaken, of vrijwilligerswerk om 'van de straat te zijn'.

Kortom, ze mág van zichzelf niet klagen.

Als ze de weg naar huis terug zoekt, begint het weer te sneeuwen. Dikke vlokken zijn het, die aan haar jas blijven hangen en de wereld wat lichter doen lijken.

Ze opent haar mond en probeert, net als toen ze een kind was, vlokken op te vangen.

Bijna had ze de moed verloren. Zo gemakkelijk is het om af te glijden. Gelukkig kwam ze op tijd tot bezinning.

Het leven schenkt na de nacht één dag tegelijk.

Haar handen diep in de zakken van haar dikke jas, het hoofd opgeheven zodat ze de koude vlokken voelt smelten. Nee! Ze geeft haar verworven zelfstandigheid niet zonder meer op.

Vandaag is vandaag, ze kan niets meer doen om haar situatie te veranderen. Maar morgen, dan is er weer een nieuwe dag met nieuwe uitdagingen. Je moet ze alleen willen zien én ze weten te vinden!

HOOFDSTUK 3

Sinds bekend is geworden dat Ruths dagen in het luxe verzorgingshuis zijn geteld, zijn de collega's allerliefst voor haar. Ze komen met ideeën, tips, en uitgeknipte vacatures uit kranten. Jasperien zegt dat Ruth op internet moet kijken. 'Ga met je tijd mee, meid! Heel wat directies benutten internet om personeel te werven.'

Ruth verzucht dat ze thuis geen computer heeft. Wat Jasperien doet roepen dat ze de kolonel moet vragen of ze die van het huis mag gebruiken. 'Ik zie wel...' doet Ruth vaag. Ontslag, terwijl ze zich voorbereidde op een vaste aanstelling. Het kan raar lopen.

De dagen lijken nog nooit zo snel te zijn gegaan als nu, vindt ze. Telkens weer een stapje dichter bij de dag dat ze voor werk het bed niet uit hoeft.

Daan voelt zich verwaarloosd. 'Je werkt mijn herstel tegen, meisje Ruth. Ik lig maar te wachten tot je lieve snuit om het hoekje van de deur kijkt!'

Ruth belooft van haar eigen pauze af te zien om een kwartiertje bij Daan door te kunnen brengen.

Zo gezegd, zo gedaan. Ze drinkt haar koffie staande en steekt het bijgeleverde koekje in de zak van haar broek. Op naar Daan!

Zijn gezicht klaart op als hij haar ziet. Hij grabbelt op het nachtkastje naar zijn bril en plant hem met een zwaai op zijn neus. 'Kan ik je beter zien. Zo, hoe gaat het met meisje Ruth?' Ruth gaat op een stoel zitten en trekt een zielig gezicht. 'Zoals je ziet: ik lijd. In stilte, maar toch. Zoeken en zoeken naar een nieuwe baan. Anders moet ik vervelende maatregelen nemen: de huur opzeggen en met hangende pootjes naar huis.'

Ze peutert de verpakking van haar koekje en breekt het in twee stukjes, ze biedt Daan een helft aan.

'Wat ben je weer gul!' vindt Daan. En daarna: 'Is het zo erg om weer thuis te moeten wonen?'

'Dat klinkt niet erg aardig, ik weet het. Maar het zit zo: het is net of ik niet in de familie thuishoor. Mijn moeder dweept met alles wat mijn zus doet of zegt. En mijn vader is zó trots op zijn studerende zoon, dat wil je niet horen. Alsof iemand met een titel hoger aangeschreven staat dan een putjesschepper.'

Daan beweert dat die niet meer bestaan. 'Alles gaat automatisch. Vroeger had je beroepen waar nu niemand meer iets van weet. Heb jij ooit een bedelaar aan de deur gehad? Of iemand met een koffertje waar garen en band in zat? Toen ik een kind was, kwam er een aardappelboer door de straat. En een man die een handkar met appels duwde en zijn waren luid roepend aanbood. Een ijscoman met een bel... tingelingeling... de ijscoman! En wij, kinderen, rennen, met een stuiver of een dubbeltje in de hand.'

Ruth zegt dat de wereld nu eenmaal verandert. 'Maar toen had je werkelozen, en nu nog. Dat is onveranderd.'

Daan gaat rechterop zitten en steekt een triest verhaal af over mannen die ontslagen werden en geen cent uitkering kregen. 'Dát was armoe, meisje.'

Ruth grinnikt als ze bedenkt dat Daan zelf nooit aan den lijve heeft ondervonden wat het is om geen geld tot je beschikking te hebben.

'Is die ene man, die met hoed en snor, nog weleens op bezoek geweest?' informeert ze als ze van onderwerp wil veranderen. Daans gezicht wordt een en al rimpel. 'Je bedoelt die dandy. Praat me niet van die man. Ik kan maar één eigenschap van hem opnoemen: vals. Maar laten we het over jou hebben.'

Ruth trekt haar neus op. 'Volgens een collega moet ik op internet gaan zoeken naar vacatures. Ik zou niet weten waar ik geschikt voor ben, behalve voor dit beroep. En in de zorg is het op alle terreinen bezuinigen. Ik zou de hoge heren en dames uit Den Haag weleens willen meemaken als ze een maand of langer in een ziekenhuisbed moesten liggen of in een verzorgingstehuis, waar personeelsgebrek is. Niet onder de douche, en ze hebben hier of daar iemand úren op een

postoel laten zitten… gewoon vergeten. Alles haastje-repje.'
Daan kijkt ernstig. 'Tja, daar moest wat aan gedaan worden.
Vroeger namen de mensen hun ouders in huis. Punt uit. Opa
en oma staken een handje uit, hielpen met de kinderen en
schilden de aardappels. Maar tegenwoordig kan dat niet meer.
Wat zou jij zelf doen?'
Ruth kleurt. Ze denkt aan de negatieve dingen die ze over haar
ouderlijk huis heeft verkondigd. Maar als de nood aan de man
kwam, zou ze er voor hen zijn. Ook al zou haar privéleven
erbij in schieten. Ze zegt het Daan in een paar woorden.
'Ja, jij wel.' Daan zucht en is even met zijn gedachten ver weg.
'Ik stap zo weer op,' kondigt Ruth aan.
'Niet doen. Ik ben wat aan het uitbroeden. Binnenkort mag ik
naar huis, mits er iemand is die een oogje op me houdt.'
Ruth schiet in de lach en zegt: 'Je bedoelt: minstens twéé
ogen.'
'Ja, ja, spot er maar mee. Ik moet naar huis en ik wil naar huis.
Het is hier best hoor, ik heb geen klagen. Maar er gaat niets
boven je eigen huis. Weet je, meisje, ik ruik hier geen boeken,
en dat steekt. Ik zeg niet dat ik aan het werk wil, je voelt zelf
het best wat je kunt en wat niet. Dus, nu kom ik bij jouw probleem: ik vraag je of je wilt solliciteren naar de baan als huisgenoot van een eenzaam man, of je bereid bent hem af en toe
gezelschap te houden en te steunen als hij iets wil doen wat
nog niet mag, plus als bijbaan helpen in de winkel.'
Ruth staat op van haar stoel en brengt hem terug naar de tafel,
waar ze hem onder het blad schuift. 'Solliciteren. Nou, ik zal
erover nadenken. Moet je mijn cv ook hebben? Dan weet je
alles van me, Daan. Toe, hou me alsjeblieft niet voor de gek.
Daar kan ik op het moment helemaal niet tegen!'
Ze keert hem haar rug toe en denkt: was het maar geen fantasie. Meende hij het maar.
'Kom hier, jij!' commandeert de man.
Ruth draait zich verschrikt om. Zo heeft nog niet één bewoner
tegen haar gesproken, niet op die toon.

Daan steekt een hand uit. 'Je denkt dat ik daas, maar dat is niet het geval. Ik meen ieder woord. Tot voor kort zou ik er niet over peinzen om een poging te wagen je hier weg te halen. Maar nu je met de rug tegen de muur staat, denk je er misschien anders over. We zouden er beiden mee geholpen zijn. En je hoeft je niet af te beulen in mijn huis. Twee keer in de week is er een hulp voor het grove werk. En als het moet, brengt ze een meisje mee. Er is een glazenwasser en ik heb een tuinman. Nou? Wat wil je nog meer? Je kunt op de zolderverdieping wonen. Kamer, slaapkamer, douche. Je zou wel voor deze man moeten koken, en als je dat niet kunt, volg je een cursus of je koopt een kookboek voor beginners. Kind, ik wil zo graag naar huis...'

Ruth begint te geloven dat Daan het meent. Hij biedt haar een baan aan, niets meer en niets minder. Ze meent te weten dat hij binnenkort weer in staat is zijn leven op te pakken, dus dat hij gezelschap nodig heeft, is een smoesje. Maar bij hem inwonen...

Dat zou in het begin gemakkelijk en veilig zijn. Want nog steeds is hij patiënt. Daar komt nog bij dat ze zelf altijd graag heeft gelezen en als Daan zegt dat hij de geur van boeken mist, begrijpt ze hem best.

Thuis, thuis zullen ze een baantje als boekverkoopster in een winkel voor tweede- en derdehands boeken afkeuren.

Komt nog wat bij: ze kan toch ieder moment afhaken, als ze een job in de branche die haar bekend is vindt?

Daan ziet de afspiegeling van haar gedachten over haar gezicht glijden. Ze is een open boek voor hem.

Ruths pieper gaat af en ze komt gelijk in actie. 'Lieve Daan, we denken er allebei serieus over na!' En weg is ze.

Nadenken doet ze de hele dag.

'Waar zit jij met je gedachten?' Mevrouw Kolonel houdt haar in een van de gangen staande.

Ruth wiebelt van haar ene been op het andere. Zou ze

mevrouw Kolonel in vertrouwen nemen? Wat is erop tegen? 'Nou... Iemand heeft me een merkwaardige baan aangeboden.' Het verhaal is snel verteld.

Mevrouw Kolonel reageert enthousiast. 'Meneer Van de Wetering is niet de eerste de beste. Hij kan zich iedere mogelijke hulp veroorloven. Het is waar dat hij een paar weekjes in de gaten gehouden moet worden. Dat weet je zelf. Revalideren is geen peulenschil. En die winkel van hem, dat is iets bijzonders. Hij is beroemd in het hele land vanwege zijn antiquariaat. Ik heb weleens gehoord dat hij heel Europa door reist om bepaalde uitgaven te kopen en geloof me, die gaan voor het dubbele van de hand. Vaak werkt hij ook in opdracht. Dus wat dat betreft zit je goed. Maar het is wel heel wat anders dan een baan in een verzorgingshuis, Ruth. Misschien kun je het tijdelijk doen, om niet in een gat te vallen?'

Ruth vindt haar reactie positief. Ze knikt. 'Ik moet toch wat doen.'

Mevrouw Kolonel houdt haar nog even staande. 'Denk erom dat je een goed contract krijgt. Als het zover mocht komen, laat het me dan weten!'

De dooi valt in en brengt de nodige ellende met zich mee. Het is nog lang geen lente. De straten zijn smerig en de auto's hebben allemaal dezelfde kleur: die van opgespatte modder.

Ruth heeft het voorstel van Daan een paar dagen laten rusten en heeft hem bewust ontlopen.

Ze mag Daan erg graag, maar om hem als baas te hebben, is misschien heel anders dan als patiënt. Ze heeft het er met collegaatjes over gehad tijdens de pauzes, en stuk voor stuk vinden ze het een aardig idee. 'Je moet toch iets doen, en zie maar eens iets te vinden! Je hoeft niet eens te solliciteren.'

Aarzelend deelt ze Daan mee dat ze is over te halen.

Daan knikt zelfbewust. 'Dat wist ik toch. Enfin, ik zal je mijn sleutelbos geven, dan kun je het huis inspecteren en de zolder bekijken.'

Ruth grinnikt en ziet opeens een lichtpuntje. 'En boekengeur opsnuiven.'

Ze lachen saamhorig.

Omdat de straten weer begaanbaar zijn, is Ruth op de fiets naar haar werk gegaan. Daar heeft ze nu gemak van, want naar de Stationsstraat, waar de winkel van Daan is gevestigd, is de busverbinding ingewikkeld.

Ze neemt Jasperien in vertrouwen. Die zegt: 'Sterkte ermee en ook veel succes. Ik zou graag met je mee gaan, maar dat lijkt me niet correct. Ik ben benieuwd naar je bevindingen.'

Het mag dan een paar graden boven nul zijn, de temperatuur werkt toch niet echt mee. Ruth zit te huiveren op haar zadel als ze door de straten rijdt.

De Stationsstraat snijdt de stad bijna in twee stukken, zo lang is hij. Aan het begin staan herenhuizen, in het midden zijn de winkels en aan het eind begint het industrieterrein.

En natuurlijk is de spoorbaan met het station vlakbij.

Ruth telt de huisnummers. Als ze er bijna is, stapt ze af en ze legt het laatste gedeelte lopend af. Etalages kijken, zien wie haar buren worden.

De etalage van de boekwinkel ziet er keurig uit. Vlak achter het raam ligt een serie ouderwetse prentenboeken, daarachter een dikke encyclopedie waar in deze tijd waarschijnlijk niet veel belangstelling voor zal zijn. Het internet bedient de moderne mens wat dat betreft op zijn wenken.

Een paar meisjesboeken van ver voor de tweede wereldoorlog met linnen kaften, trekken de aandacht. Ze zien er nog netjes en weinig gelezen uit, vindt Ruth. Op het omslag brave meisjes met pagekopjes en schoentjes die nu weer mode zijn.

Ze haalt Daans sleutelbos uit haar tas en zet haar fiets tegen de gevel. Er zit een sticker op het raam: 'Zet uw fiets waar u moet zijn.'

De deur laat zich met gemak openen en hoewel ze weet dat Daans winkel geen verlopen zaakje is, verbaast haar toch de chique uitstraling van het pand. Het is gerenoveerd, maar alles is in stijl gebleven. Boven het etalageraam en boven de deur is een venster van glas in lood. Nergens is een barstje te zien. Zodra de deur open is, ruikt ze de boeken. Ze glimlacht. Dit mist Daan dus.

Langs de wanden staan keurige rijen boeken op planken, met ertussenin stellingen die er stuk voor stuk netjes uitzien. Niemand hoeft te zoeken: er staat duidelijk vermeld waar wat staat. Kinderboeken, prentenboeken, oorlogsdocumentatie, romans, literatuur en lectuur, geschiedenis en religie, spanning. Voor elk wat wils.

Ruth loopt langzaam door de rijen en knikt. Tweedehands, maar geen rommel.

De toonbank lijkt antiek, maar blijkt bij nadere beschouwing nieuw. Ernaast staat een ronde tafel van notenhout met een paar stoelen eromheen. Erop een blad met schone kopjes en een thermoskan. Ruth tilt hem op om te controleren of er geen restje verschimmelde prut in zit.

Tot haar verrassing vindt ze nog meer boeken in een nevenvertrek, dat met de winkel is verbonden door een boog in plaats van een deur. Wandplaten, gebonden uitgaven van kranten en tijdschriften. De Spiegel, Uitkijk, Week in Beeld, Moeder, Katholieke Illustratie. Maar ook zijn er oude uitgaven van de nog bestaande damesbladen en opiniebladen, oude en wat nieuwere. Maar wat graag zou Ruth even willen bladeren in deze tijdschriften, even zien waar haar oma's en moeder zich mee bezighielden in vroeger jaren.

Strips: Bruintje Beer, Tom Poes, oude Donald Ducks... Het is er allemaal.

Ze krijgt met de minuut meer plezier in deze locatie.

Een voor een opent ze deuren die toegang tot de rest van het huis geven. Een toilet, waarschijnlijk ook voor klanten. Alles modern en gemakkelijk schoon te houden.

Een andere deur biedt toegang tot de bovenverdieping. Een ruime trap waar de herstellende Daan vast niet veel moeite mee zal hebben, denkt Ruth.

Ze is verrast als ze de woonruimte van Daan ziet. De meubels zijn waarschijnlijk stuk voor stuk antiek, ook nog eens waardevol en smaakvol bij elkaar gezocht.

Het is schoon in het huis, het ruikt naar boenwas. De ramen blinken, lang leve de glazenwasser!

Ze gaat op zoek naar de zoldertrap, die zich blijkt te verstoppen achter een deur in de hal. Ze is zo benieuwd wat ze daar aan zal treffen!

De trap is iets smaller dan de andere, maar toch gemakkelijk te beklimmen.

Een overloop, met weer een aantal deuren. Ruth vraagt zich af of dit wel de zolder is. Misschien is er nóg een verdieping. Ze besluit eerst hier maar een kijkje te nemen.

De eerste deur die ze opent, laat een huiskamer zien, die gezellig is gemeubileerd met meubels die niet spiksplinternieuw zijn, maar minstens zo smaakvol als die in Daans appartement. Ruth loopt naar het raam. Het is een ouderwets schuifraam, maar het laat zich gemakkelijk openen. Het uitzicht laat een stukje stad zien, het station en het winkelcentrum verderop.

Nog nieuwsgieriger geworden gaat ze op zoek naar de slaapkamer. Dat is een verrassing: het eerste wat ze ziet, is een hemelbed. Ze lacht hardop en voelt aan een van de vier pilaren of ze stevig genoeg zijn. Een bed met een baldakijn.

Vaste vloerbedekking, dat is nog eens wat anders dan het koude laminaat in het huis van mevrouw Staal. Aan de wanden hangen alleraardigste olieverfschilderijen.

Verder zijn er nog een kledingkast, een toilettafel en een commode. Ruth knikt goedkeurend. Ze zou toch wel dwaas zijn om hier niet te willen wonen! En zie toch: er is zelfs een piepklein keukentje. En de douche is moderner dan die van thuis. Kortom: het huis krijgt een tien plus.

Ze sluit het raam in de kamer en kijkt nog eens goed rond. Het ziet er hier niet naar uit dat er tot voor kort iemand gewoond heeft. Niet in de kasten. Misschien heeft Daan het gerenoveerd met het oog op verkopen. Ooit.

Ze daalt de trap af en ontdekt dan pas dat Daans verdieping een geweldige keuken heeft. En een deur die naar een groot balkon voert. Ze kan het niet nalaten daar een kijkje te nemen. Zo kan ze de tuin van bovenaf bekijken. Een gazon, een strak aangelegd pad en een terras. Nuttig, degelijk. Misschien dat Daan in de zomer potten met eenjarigen plaatst.

Ze is nog een deur vergeten. Die is op slot, maar ze is zo vrijmoedig om net zo lang met de sleutelbos in de weer te gaan tot ze de juiste sleutel heeft gevonden. Hier vindt ze het kantoor van Daan van de Wetering. Er staat alles wat een zakenman nodig heeft. Een computer met toebehoren, weer rijen met boeken en waarschijnlijk kostbare schilderijen aan de wanden. Op de vloer ligt een kleed dat, vindt Ruth, in een paleis niet zou misstaan.

Ze sluit de deuren zorgvuldig en loopt naar beneden.

Geld, denkt ze. Alles ademt hier geld. Nergens is op bezuinigd. Is het mogelijk kapitaal te maken met tweedehands boeken? Of teert hij nog op het familiekapitaal? Rijk worden van oude boeken? Ze gelooft het niet. Maar ze kan ook niet geloven dat Daan met zaakjes bezig is die het daglicht niet kunnen verdragen.

Ze dwaalt nog even tussen de boeken door, ontdekt dat er nog een kantoortje is en een kleine keuken.

Alles blinkt en het ziet er niet uit als een huis waarvan de bewoner afwezig is.

Met zorg sluit ze even later de winkeldeur. Stel je voor dat ze slordig was en een inbreker op de gedachte kwam een kijkje te nemen. Ze griezelt ervan. Maar het is pas echt schrikken als ze een hand op haar schouder voelt. Als door een wesp gestoken keert ze zich om.

'De vriendelijke dame uit het zorgcentrum!' fleemt de stem van de man die Daan onlangs nog 'de dandy' noemde. Hij neemt met een elegante zwaai zijn breedgerande hoed af en zijn donkere ogen lonken haar tegemoet. Ruth houdt zich voor dat deze man háár type niet is.

'Meneer Eybers, als ik me goed herinner.'

Ze probeert koel te spreken, zoals haar moeder doet als ze bij een winkelier klaagt dat de waren die hij haar heeft verkocht, niet in orde zijn.

'Geweldig, u hebt zelfs mijn naam goed onthouden. Mag ik vragen wat u deed in het pand dat aan mijn vriend de heer Van de Wetering toebehoort?'

'Dat gaat u niets aan, meneer. Goedendag!'

Ruth heeft even moeite met het slotje van haar fiets en trapt bijna van zich af als de dandy een hand over de hare legt en het slotje open laat springen. Hij geurt naar lelietjes-van-dalen.

'Ik woon in het pand achter dat van Van de Wetering. Het is maar dat u het weet... Ik zag u daarstraks op het balkon, vandaar mijn vraag!'

Ruth fietst weg en ontdekt even later dat ze de verkeerde kant heeft gekozen. Enfin, het is te hopen dat de dandy heeft begrepen dat ze hem niet moet!

Daan had niet anders verwacht dan dat Ruth enthousiast over zijn huis zou zijn. Ze treft hem aan, zittend op een stoel aan de tafel. Voor zich heeft hij uitgespreide kranten liggen. 'Kom erbij zitten. Je bent toch vrij? Laten we overleggen, want je zult een salaris moeten ontvangen. Ik hoop toch wel dat je de zolder goed genoeg vindt om te bewonen!' Hij plant zijn ellebogen op tafel en kijkt Ruth strak aan.

'Goed genoeg? En dat noem je een zolder. Ik ken wel andere zolders, Daan. Die bij jou is gewoon een verdieping. Als je ermee adverteerde, zou je schrikken van de reacties.'

'Juist. En wat vindt mevrouw van de winkel?'

Ruth zegt geen verstand van dit soort zaken te hebben, maar wat ze heeft gezien, vond ze imponerend. 'En alles zo netjes gerangschikt. Soort bij soort en ook nog op alfabet. Het doet huiselijk aan, Daan. Kun je echt leven van de inkomsten?'

De vraag klinkt onbescheiden, vindt Ruth, maar als toekomstig medewerkster mag ze dat toch zijn?

'Zeker, want ik moet het niet alleen van de boeken hebben die je in de schappen zag staan. Ik handel ook in de zeer waardevolle exemplaren, maar die staan niet in de winkel. Ze zijn voor de liefhebber, en soms haal ik ze van verre. Tja, dat is een circuit waar weinig mensen oog voor hebben. Maar de echte verzamelaars weten me te vinden. En soms bestellen ze een en ander!'

'Wat doe je dan? Ga je dan op boevenpad, net als de lui die een bepaalde auto bestellen bij een misdadiger die op zijn beurt het gewenste model hier of daar ontvreemdt?'

Daan is beledigd. Waar ziet ze hem voor aan? 'Je maakt me belachelijk. Maar nu ter zake.'

Ruth kleurt. 'Sorry, Daan. Ik maakte een grapje omdat ik absoluut geen verstand heb van die branche. Misschien ben ik er toch niet voor geschikt.'

Daan bromt en legt zijn bril op de krant. 'Een kassa kan iedereen leren bedienen. Maar je zult meer moeten doen. Het loopt namelijk zelden storm in de zaak, dus je zult veel tijd moeten besteden aan het sorteren van nieuwe exemplaren. Dozen vol worden er vaak gebracht. Sterfgevallen, verhuizingen, zolderopruimingen, ik heb er baat bij. Ik verkoop alleen ongeschonden exemplaren, behalve als het om bijzonderheden gaat. Maar dat is snel geleerd. Kijk naar de datum van uitgave. Eerste drukken zijn voor bepaalde verzamelaars begerenswaardig. Je dagen zullen met de zaak gevuld zijn.'

Ruth zegt dat het huis superschoon is.

'Dankzij mijn hulp. Een duizendpoot: Ronnie Hartog. Maar koken doet ze niet. Dus haal ik altijd hier of daar een hapje of ik ga ergens eten. Maar als jij bij me komt wonen, kunnen we dat veranderen. Dan eten we na zessen. Of wordt je dat te veel?

Ronnie wil wel meer werken, maar dan komt ze in tijdnood.'

Ruth vergelijkt de taak die ze zou krijgen met die van nú. Om

zeven uur present zijn, als ze dagdienst heeft. Rennen en vliegen tot het tijd is om naar huis te gaan, en bij de nachtdienst
is het al niet veel anders.

'Ik denk dat ik het wel aan zou kunnen. Maar of jij tevreden
met me bent...'

Daan zucht en kijkt bedroefd. 'Ik ben in principe geen lastig
mens. Maar ja, als je lichaam het laat afweten...'

Ruth probeert hem op te beuren. Het gaat toch zo goed? 'Als
een mens ouder wordt, Daan, moet hij zijn levensstijl aanpas-
sen. Dat heb ik in dit vak wel geleerd. Kleiner wonen, soms
is een verzorgingstehuis een optie. Dat betekent afstand van
je spullen doen. Valt vaak niet mee, heb ik gehoord. Jij bent in
de gelegenheid mensen voor je te laten werken en te blijven
waar je bent. Dat is een luxe, Daan. Het had ook anders
gekund.'

Ruth kent Daan nog niet zo goed dat ze had moeten begrijpen
dat hij een hekel heeft aan bemoeizucht. 'Je hoeft me niet te
zeggen hoe ik leven moet! Ik kan nog steeds voor mezelf denken. Goed, je neemt dus in principe de baan aan. Zitten we
nog met mijn verzorging. Ik mag nog niet naar huis, maar ik
zou de benen kunnen nemen. Ik zit hier maar, ik lig hier maar.
Af en toe mag ik naar wat ze de sportzaal noemen en moet ik
verdragen dat ze me benaderen als een kind van drie. Enfin,
het heeft de langste tijd geduurd. Wil je een proeftijd of wil je
meteen verhuizen?'

'Wil jij mij op proef? Dat zou ik me voor kunnen stellen. En
wat heb je nog aan verzorging nodig? Iemand die je afremt
als je te snel wilt? Ik geloof dat je in je eigen omgeving sneller op zult knappen. Als je je dan maar aan de controles
houdt.'

Daan slaat met de vlakke hand op tafel, zijn bril die daar ligt,
maakt een sprongetje.

'Dan nemen we maatregelen. Ik zal mevrouw Kolonel met een
bezoek vereren en zeggen dat we gelijk vertrekken. Hoe lijkt
je dat?'

Ruth houdt even haar adem in. Snel, gaat ze nu zelf te snel? Maar de keuze is niet moeilijk. Het huis is geweldig om te bewonen, de winkel trekt haar aan en Daan, ach, ze is dol op de oudere man.

'Goed.'

Daan steekt een hand uit en die van Ruth verdwijnt er helemaal in. 'Geweldig, Ruth.'

Ruth knikt en krijgt opeens haast op weg te komen. Om na te denken.

Als ze opstaat, wordt er op de deur geklopt en een Ruth onbekende vrouw gluurt om het hoekje. 'Heb je bezoek? Kom ik ongelegen?'

Daans lach buldert door de kamer. 'Jij komt als geroepen, Ronnie. Deze jongedame komt me in de winkel helpen. Ruth-en-een-achternaam.'

Ruth steekt haar hand uit. 'Endeveld, Ruth Endeveld. En jij bent de huishoudelijke hulp?'

Een aardige vrouw, midden dertig met een open gezicht. Een verzorgd uiterlijk en bescheiden opgemaakt. 'Dat betekent dus dat Daan binnenkort thuiskomt! Dat wordt tijd. Ik weet niet hoe vaak ik mensen heb moeten teleurstellen door te zeggen dat de winkel gesloten is.'

Daan gromt.

Ronnie zet een tas met schone kleren op het bed en zoekt in het nachtkastje naar vuile was. Ruth maakt van de gelegenheid gebruik om weg te glippen.

Ze snakt naar koffie en besluit een kijkje in de keuken te nemen. Daar treft ze niet alleen Jasperien, maar ook Jettie en Nynke.

Ze hoort ze praten over de komende MDO-vergadering. Bespreking met instanties over de bewoners. Ruth houdt haar pas is en kijkt aarzelend de keuken in. Het gaat haar niet meer aan. Op de geplande datum is zij niet langer hier werkzaam, en even steekt het heel erg.

Ze dwingt zichzelf opgewekt over te komen. 'Ha, jullie daar,

is er nog koffie?'
Drie verraste gezichten.
'Ga je overwerken of zoiets?' roept Jettie.
Ruth vertelt van haar plannen en ze ziet aan de gezichten dat
ze op z'n minst verbaasd zijn. 'Dat zal een hele verandering
zijn, Ruth. Wat dapper van je. Tussen de boeken, en dan nog
wel afdankertjes. Lijkt je dat echt wel wat?'
Ruth legt uit – dat probeert ze althans – dat er veel belang-
stelling is bij mensen voor dit soort boeken. 'Verzamelaars,
mensen die boeken van een bepaalde schrijver zoeken en
nieuwe uitgaven niet kunnen betalen. Maar ook kinderboeken.'
Ruth krijgt haar koffie en geleund tegen het aanrecht neemt ze
genietend kleine slokjes. 'Komt nog bij dat Daan van de
Wetering nog wel even patiënt is. Maar... Jullie zouden mijn
kamers moeten zien!'
'Kamers?'
Ruth doet met vreugde verslag.
'Dat lijkt mij ook wel wat!' komt Nynke.
Jasperien verschikt haar badge en zegt: 'Mocht het niet bevallen, dan kun je altijd weer verder zoeken. Maar nu val je tenminste niet in een gat.'
Ruth zet haar kopje in de vaatwasser en zegt: 'Zo is het maar
net. Nu ga ik naar huis. Tot morgen dan maar weer!'
Besneeuwde straten waren soms een ellende, maar de regen
die bij stromen neervalt is ook niet je van het. Druipnat komt
Ruth thuis. De pianiste laat een vrolijk walsje horen. Elders in
de gang kibbelen twee personen om de parkeerplaats voor het
huis. Ruth hangt haar natte jas aan de daarvoor bestemde
kapstok en hoopt dat hij morgen droog is.
Op haar kamer laat ze de dag nog eens de revue passeren.
Verhuizen. Ze zal de kamer moeten opzeggen, dus de lente zal
ze niet door de openslaande tuindeuren kunnen bewonderen.
Raar idee dat hier binnenkort iemand anders zal zitten.
Ze heeft van huis weinig meegenomen. Misschien is haar

vader zo lief om haar te verhuizen. Er valt nog heel wat te regelen, en ook is daar de vrees: doet ze er goed aan?
Een antwoord heeft ze ook paraat: dat kan alleen de toekomst leren!

HOOFDSTUK 4

Een vrije dag, wat een weelde. Al had het niet veel gescheeld of Ruth zou een zee van vrije dagen hebben.

Het eerste wat ze doet na haar ontbijt, is naar het centrum fietsen en een cadeautje voor haar moeders verjaardag zoeken. Moeilijk, want voor haar gevoel heeft mam al alles wat haar hartje begeert.

Ze ziet een beetje tegen het bezoek op, want het is de hoogste tijd dat ze vertelt over de veranderingen die haar te wachten staan.

Hoewel het nog winter is, hangen de etalages al vol met voorjaarskleding. Ruth kijkt erlangs, ze heeft weinig te besteden. Maar dat gaat veranderen!

In een zaak voor huishoudelijke artikelen vindt ze een luxe nootmuskaatrasp die volgens de verkoopster prima werkt. Het ding is niet goedkoop en dat doet Ruth aarzelen: het moet ook niet goedkoop lijken. Misschien helpt het als het erg mooi wordt ingepakt. De verkoopster helpt haar op weg en denkt mee.

'Ik ken dat probleem. Maar als u er nu een leuk trommeltje bij zoekt en dat vult met nootmuskaatjes? En een pakje servetten... alles leuk ingepakt?'

Ruth stemt in met het idee. Ze vindt een trommeltje waar kruiden op zijn afgebeeld. Er is van alles en nog wat te koop, alleen geen nootmuskaat. 'Dat pak ik dan thuis wel in. Geeft u me het papier maar mee.'

Ze vindt dat ze best aardig is geslaagd en als ze terug is in huis, maakt ze zich klaar voor het bezoek. Ze moet zich nog haasten als ze de bus van tien uur wil halen! Dat betekent thuis met koffietijd.

En nu maar hopen dat de familie niet al te negatief is over haar besluit. Dat zou een domper op de toekomst zetten.

Waarom trekt ze zich hun mening toch zo aan? In de ogen van haar ouders kan ze toch niet veel goed doen.

Eenmaal in haar geboortedorp kijkt ze gespannen om zich heen. Er is niets veranderd, alles is nog bij het oude. Wat had ze dan verwacht?
Bij het uitstappen wordt ze door een oude bekende gegroet. 'Alles goed? Ik moet instappen, tot ziens!'
Ruth reageert met een lachje en een knik van haar hoofd. In de stad is ze een passant, ze kent alleen de huisgenoten en de mensen uit het tehuis. Halverwege de ochtend is het dorp uitgestorven. Ze loopt door de bekende straten waar ze als kind heeft gespeeld en gefietst.
Daar, het huis van haar ouders. Niet langer haar thuis. Ze is 'weg', ze hoort er niet meer bij.
Zoals verwacht zit de kamer vol met mams vriendinnen en buurvrouwen van links en rechts, plus die van de overkant.
Ruth wordt meteen ingeschakeld. Koffie inschenken, cake snijden en de nieuwkomers gebak aanbieden. Op een zijtafel staan de cadeautjes uitgestald. De gesprekken gaan over de laatste dorpsschandaaltjes, de misstanden in de wereld en natuurlijk de kleinkinderen. Daar kan Ruths moeder nog niet over meepraten.
Opeens wordt Ruth bij het gesprek betrokken: ze moet vertellen hoe het in het verzorgingshuis gaat. Ruth gaat erbij zitten en vertelt over een bewoner die in het gebouw de weg kwijt was en zijn kamer niet kon vinden. 'Dat is wel een uitzondering, hoor, de meeste mensen zijn geestelijk behoorlijk goed. Maar het is dan ook een particulier tehuis. De sfeer is goed en er komen niet van die toestanden voor die je weleens op tv ziet. Al is het wel rennen en draven, je komt altijd tijd tekort en je zou vaker een praatje willen maken.'
Bezuinigen, de regering zou dít moeten doen, dát anders. Ruth is blij als ze zich in de keuken kan terugtrekken. Tegen twaalf uur schenkt mevrouw Endeveld een glaasje likeur, waarna het gelach nog luider opklinkt.
Ruth schrikt als de achterdeur openvliegt en haar zus binnenstormt. 'O gelukkig! Je bent er al. En druk aan het opruimen!'

Anne omhelst haar en feliciteert Ruth met mams verjaardag. 'Fijn dat je er bent. Mam kan al die drukte natuurlijk niet alleen aan en ík kan zo moeilijk vrij krijgen.'
Anne ziet er goed uit. Het haar, dat dezelfde kleur als dat van Ruth heeft, is zorgvuldig opgestoken.
'Ik ga gauw naar de kamer, kan ik mams vriendinnen nog even begroeten.'
Ruth zet de vaatwasmachine aan. De glazen zal ze zo dadelijk wel met de hand doen.
De telefoon rinkelt en in de gang is het net een kippenhok vol kakelende dieren.
Pas tegen halfeen keert de rust weer terug. Ruth voelt zich nu al moe. Alsof ze er een werkdag op heeft zitten.
Anne komt een blad met glazen brengen, zet dat met een lachje voor Ruth op het aanrecht en keert terug naar de kamer.
Ruth vult de gootsteen met warm water, doet er een beetje afwasmiddel bij, en opeens merkt ze dat de tranen uit haar ogen druppen. Gans die ze is. Wat wil ze toch? Niets anders dan erbij horen. Niet altijd het vijfde rad aan de wagen zijn.
De rest van de dag verloopt zoals verwacht.
'Wat is dat voor een ding? Een rasp! Hoe verzinnen ze het.'
Drie beeldig ingepakte cadeautjes. Anne reageert: 'Niet het vele is goed, maar het goede is veel.'
Laat in de middag arriveert Pim, tot ieders verrassing in een autootje. 'Nee, niet van een vriend geleend. Net zo lang gespaard tot ik me er zelf een kon veroorloven!'
De begroeting is allerhartelijkst. 'Jongen toch, had je dat wel moeten doen?' schrikt vader, en moeder geeft haar zoon een knipoog.
Ruth kijkt toe; haar vader geeft Pim een klap op zijn rug. 'Meneer de dokter! Hoe gaat het met de studie?'
Mama haast zich het lekkerste stuk taart uit de koelkast te halen. Speciaal bewaard voor Pim.
Anne plaagt: 'En hoe staat het met de liefde, broertje?' Pim zegt dat ze daar niets mee te maken heeft, maar kleurt daarbij.

'Je komt vast thuis met een medestudente. Voor jou geen meisje zonder graad of hogere opleiding!'
Dan pas ziet Pim zijn jongste zus staan. 'Dag, zuster Endeveld. Alles goed met de patiënten?' Ze krijgt geen zoen, zelfs geen hand, maar een tikje op haar kruin.
'Zó goed dat ik het verzorgingstehuis vaarwel zeg.'
Ze gooit het in de groep, zogezegd.
'Kraam geen onzin uit. Dat is in deze tijd ongepast.' Dat is haar moeder, die om Pim heen loopt te drentelen. En pas een half-uur later komt ze met: 'Dat was toch niet gemeend, Ruth? Dat met je baan?'
Ruth probeert kalm te blijven en knikt. 'Toch wel, mama. Ik heb ook al een nieuwe baan, waar ik intern kan.'
'Welk tehuis dan? Je zult het nooit meer zo comfortabel krijgen als nu het geval is.'
Opeens is alle aandacht voor haar.
'We hebben een patiënt die in goeden doen is. Woont in een prachtig huis. Hij is nog hulpbehoevend, maar dat is snel verleden tijd, mag ik hopen.'
'En wat dan, moet je dan wéér op zoek naar een baantje? Denk toch aan de toekomst. Je moet je pensioen opbouwen!' schrikt nu ook haar vader.
'Het geval wil dat mijn patiënt een eigen zaak heeft, waar ik kan werken.'
Anne ergert zich. 'Waarom ben je zo zuinig met informatie? Echt iets voor jou. Wat voor zaak? Moeten we raden?'
Ruth verzamelt nieuwe moed.
Ze probeert de winkel van Daan zo fraai mogelijk te beschrijven, maar ze wordt al snel in de rede gevallen. Tweedehands boeken... Mooi woord: antiquariaat. Het mocht wat.
'Wat een ander wegdoet, verkoopt die man. Ruth dan toch, was je zo ongelukkig in de zorg?' Dat is haar vader. De enige die nog weleens voor haar opkomt.
'Pa, er vielen ontslagen en wie het laatst gekomen is, gaat als eerste eruit. Zo werkt dat, en omdat ik niet wil zitten duimen-

draaien of me door jullie wil laten onderhouden, heb ik bewust deze stap gezet en ik sta er volledig achter. Daan is een geweldige man. Een heer. Als jullie zijn huis konden zien...'
'Zeker ook met tweedehands meubelen ingericht!' schampert haar moeder. 'Arme jij!'
Ruth verheft haar stem. 'Heet antiek tegenwoordig ook al tweedehands?'
Meer kritiek wordt haar bespaard, dankzij de bel. Buurvrouw-achter, een dame op leeftijd, heeft zich door een nichtje laten brengen. 'Ik kom haar over een uurtje weer ophalen.'
Buurvrouw-achter wordt op de bank geïnstalleerd en kwebbelt aan één stuk door. 'Snoepen, dat mag ik eigenlijk niet. Maar ik zeg maar zo: uitzonderingen moeten er zijn. Ja toch? Heerlijk dat gebak!' De bonbons gaan er ook in als koek en als Anne met wijn rondgaat, wil buurvrouw-achter ook graag een glaasje.
Na een halfuur grijpt ze naar haar hart, legt een hand op haar keel en valt achterover.
'Pim!' roept mevrouw Endeveld. Pim is net zo geschrokken als de anderen en kijkt hulpeloos van de een naar de ander. 'Kom nou, mam... Ik bén nog geen arts! Maak maar wat kleding los zodat ze goed kan ademen.' Hij voelt haar pols en roept dat pa maar beter de dokter kan waarschuwen.
Zo gezegd, zo gedaan. De opgeroepen dokter zegt niet ver uit de buurt te zijn en inderdaad, na tien minuten stopt hij voor de deur. Buurvrouw-achter is ook een patiënte van hem en hij weet precies wat eraan schort. 'Als ze zich niet aan haar dieet houdt, krijgt ze dit soort aanvallen.' Al snel is buurvrouw-achter weer volkomen bij haar positieven. Ze kijkt beschaamd de dokter aan.
'Ik was even vergeten...'
De dokter zwaait met een vinger en zegt dat ze de deur niet meer uit mag zonder een gebruiksaanwijzing op haar jurk gespeld.
Anne haalt koffie en gebak. Zittend naast buurvrouw-achter

peuzelt hij de taart op, en informeert naar de bezigheden van de kinderen.

'Onze Pim studeert medicijnen, dat weet u toch nog wel?'

'Zozo. Hoelang moet hij nog?'

Pim zegt: 'U kunt beter vragen: hoe kort ben je al bezig? Nou, voorlopig zit ik nog goed, ginds.'

Al snel ontstaat een gesprek, want de arts heeft op dezelfde universiteit zijn bul gehaald. Ruth ziet haar ouders glimmen en hoort haar vader zeggen: 'Zie je dat, academici onder elkaar... Een wereldje apart, moeder.'

In zijn blik ligt ontzag.

Het nichtje van de buurvrouw is vroeger dan afgesproken en schrikt als ze hoort dat tante onwel is geworden. 'Kom morgen maar langs met je tante,' adviseert de dokter. 'Het is mogelijk dat haar medicijnen aangepast moeten worden.'

De dokter krijgt een nieuwe oproep en ook hij vertrekt.

Ruth ruimt ongevraagd de kopjes en glazen op en terwijl ze daarmee bezig is, hoort ze haar moeder vragen: 'Je blijft toch eten, jongen?'

'Het is dat we uit eten gaan, ma, anders was ik niet gekomen.'

Plagerij, weet Ruth, maar met een ondertoon van waarheid. Uit eten? Daar is haar niets van gezegd.

'Wanneer komen de ooms en tantes dan, mam?'

Mevrouw Endeveld zet een voet op de onderste tree, ze is van plan zich gepast voor het etentje te kleden. 'Die heb ik zaterdagavond uitgenodigd. Het wordt me te druk om alles op één dag te hebben. Denk jij erom dat je je haar wat fatsoenlijker doet? Opsteken, zoals Anne bijvoorbeeld?'

Ruth kijkt in het verweerde spiegeltje dat in een hoekje in de keuken hangt. Ze draagt het haar zoals de meeste jonge vrouwen, weet ze. Los, met hoogstens een speldje om het uit haar gezicht te houden. Wat is daar mis mee?

Om haar moeder te plezieren, doet ze het in een paardenstaart en ze trekt een paar plukjes los om het wat speelser te maken. Uit eten, een hoogtepunt in hun gezin.

Ze neemt zich voor alles te nemen zoals het komt. Zich niet te ergeren als ze ertussen wordt genomen of over het hoofd gezien.
Nog een uurtje of twee, dan zit ze weer in de bus!
En: ze hoeft vandaag niet te koken. Dat is ook wat waard.

De bus van tien uur, die kan ze halen. 'Je vindt de weg wel alleen!' zegt haar moeder als ze hun jassen aantrekken.
'Zal ik niet...' begint haar vader. Hij wil zijn dochter naar de bushalte begeleiden.
'Ben je mal, lieverd. Ruth vindt haar weg wel alleen. Overal staan lantaarns, ze hoeft niet door het donker!'
Afscheid, hier een kus, daar een kus en weg is ze.
Voor haar was de dag niet bepaald een genoegen. Academici onder elkaar... De toon waarop pa dat zei, vond Ruth bijna zielig. Wetend dat haar vader 'slechts' mavo heeft gedaan en dankzij allerlei avondstudies hogerop is gekomen. Hogerop: ook een woord dat vaak gebezigd wordt.
Wel, zij, Ruth, gaat lagerop. Ze probeert de gebeurtenissen van de dag weg te duwen, en als dat niet lukt ze te ontkrachten. Wat zijn woorden nu helemaal? Ze zien haar als de jongste en dat zal altijd wel zo blijven. Mama en Anne zijn erg *close* met elkaar. Vroeger zei haar moeder vaak: 'Als je een derde kind krijgt, heb je als je gaat wandelen geen derde hand om het vast te houden.'
Ach, toen zij vastgehouden moest worden tijdens een wandeling, was Anne al lang op een leeftijd dat ze op eigen benen kon gaan en staan. Maar nee, Anne moest en zou naast mama lopen.
Ruth schudt haar hoofd. Hoog tijd dat ze het zelfmedelijden aanpakt. Ze is niet langer acht jaar, en dat ze nog steeds over het hoofd wordt gezien, is misschien wel haar eigen schuld.
Maar ze heeft nu veel om naar uit te zien! Zo is het maar net.
Toch droomt ze die nacht dat ze verdwaald is in een donker bos en dat niemand haar komt zoeken.

Eindelijk is het zover: Daan mag naar huis. Ruth en zijn hulp, Ronnie Hartog, hebben het huis op temperatuur gebracht, voor verse snijbloemen gezorgd en de koelkast gevuld. Ronnie zegt blij te zijn dat Daan vaste hulp krijgt.

Ze waarschuwt Ruth dat hij af en toe nogal merkwaardig kan doen. 'Ik weet niet wat hij allemaal heeft beleefd in het verleden en ook ben ik er nooit achter gekomen of hij getrouwd is geweest. Wat dat betreft is hij zo gesloten als een pot, Ruth. Maar geloof me, hij is trouw, en als je in de problemen zit, schiet hij je te hulp. Ik werk graag voor hem. En als jij er soms met hem niet uitkomt, kun je me altijd bellen.'

Dat is voor Ruth een opluchting. Want diep vanbinnen was er de vrees dat ze tegen onverwachte problemen zou kunnen aanlopen.

Het afscheid in het verzorgingstehuis is hartelijk. Ze krijgt bloemen van de collegaatjes en mevrouw Kolonel omhelst haar met de woorden dat zodra er weer plaats is, ze het Ruth zal laten weten. 'En mocht je in de buurt zijn, kom dan langs voor een bakje troost. We willen graag weten hoe het met je gaat. En met meneer Van de Wetering ook, natuurlijk.'

Uiteindelijk heeft Ruth haar vader niet gevraagd om haar te helpen verhuizen. Ze was het tijdens haar moeders verjaardag glad vergeten. En ze valt de familie niet graag lastig, dus heeft ze simpelweg een verhuizer gebeld die aan een busje genoeg had.

Wat de man deed zeggen: 'Juffie, jij had aan een ouderwetse handkar genoeg gehad!'

Nu hangen en liggen haar kleren keurig in de kasten en staan haar boeken op een plank. Alle hebbedingetjes hebben een plekje gekregen en maken dat het haar eigen kamer is geworden. De bloemen die ze op haar werk heeft gekregen, staan in een grote vaas op de grond.

Op de ochtend dat Daan naar huis mag, is Ruth al vroeg gearriveerd. Daan zit glunderend op een stoel voor het raam. 'Ik zag je komen, meisje Ruth! Je komt mij verlossen. Mijn koffertje is gepakt, het gebak voor de verzorgsters is gebracht en niets kan mij nu nog weerhouden. Ik zou naar buiten willen stormen. Wat doet het weer?'

Ruth trekt hem aan beide handen uit zijn stoel. 'Ik heb voor jou de zon besteld. Hij prikt al door de wolken heen. Niets vergeten, Daan?'

Ze kijkt speurend rond. Nu hoeft ze niet te treuren dat een patiënt vertrekt, ze gaat met hem mee.

Mevrouw Kolonel komt aangelopen met een stapel papieren in haar hand. 'Die moeten mee, Daan. Daar staat alles over je behandeling in.' Ze duwt ze Ruth in de hand en geeft Daan een arm. 'Kom op, meneer Van de Wetering, de afscheidscommissie staat klaar!'

Bij de voordeur hebben de dienstdoende verzorgsters zich tegenover elkaar opgesteld en ze vormen een mini-erewacht. Ze wensen Daan het allerbeste toe en roepen: 'Tot ziens, of nog beter: niet tot ziens!' Dat is de geijkte wens die ze bij een afscheid uiten.

Ruth voelt dat ze glundert.

Een taxi staat zacht brommend klaar en de chauffeur zet Daans koffer in de bak.

Daan snuift diep de buitenlucht op en zwaait naar de achterblijvers. Ruth wuift ook en voelt zich even supergelukkig.

Daan zit naast de chauffeur en kijkt genietend om zich heen, vooral als ze het terrein af rijden. Ruth blikt nog even achterom. Een afgesloten periode. Zo is het en zo voelt het ook.

Ja, ze heeft het goed gehad in deze baan. Nu is het vooruitzien!

Ronnie staat klaar om hen binnen te laten. Niet door de winkeldeur, maar door de hoofdingang die Ruth bij haar eerste bezoek niet eens heeft opgemerkt. Ze ging ervan uit dat het de deur van het buurhuis was. Via deze ingang komen ze in een portaaltje dat naar de hal voert en waar ook de trap naar boven is. Maar Daan wil nog niet naar boven.

'De koffie staat klaar!' roept Ronnie verontwaardigd.

Daan schudt zijn hoofd en wil naar de winkel.

'Boekengeur opsnuiven,' weet Ruth.

Hier en daar streelt Daan de rug van een boek, hij betast de houten stellingen. En inderdaad: hij snuift hoorbaar.

'Alles is er nog. Mijn balie, het kantoortje, de keuken.'

Ronnie geeft hem een arm en zegt op warme toon: 'Wat dacht je dan? Dat iemand het zou wagen wat dan ook te veranderen, Daan?'

Daan hoort haar niet eens en mompelt: 'De gedachte aan dit alles hield me op de been. Of liever gezegd: maakte dat ik het in dat ellendige ziekenhuisbed kon uithouden. En nu, nu ben ik thuis. Kom, laten we naar boven gaan, meiden.'

Eenmaal boven is het hetzelfde liedje: Daan loopt tastend en keurend rond in de kamers. In zijn kantoor loopt hij naar een schilderij. Het is een vrouwenportret. Hij streelt met een vinger langs de lijst, wat Ronnie doet roepen: 'Als je naar stof zoekt, Daan, zul je niets vinden.'

Hij schudt zijn hoofd en fluistert in Ruths oor: 'Daarachter zit mijn kluis.'

De koffie smaakt anders dan in het ziekenhuis en het verpleegtehuis.

Ruth heeft ondertussen de meegekregen papieren op Daans bureau gelegd. Er staat genoteerd wanneer hij voor controle naar de specialist moet. Ze voelt opeens de verantwoordelijkheid voor Daan zwaar op haar drukken. Daan, een man die aan haar is toevertrouwd. Aan haar alleen.

Ronnie neemt na de koffie afscheid en zegt dat ze voor Ruth aantekeningen op de kalender in de keuken heeft gemaakt, onder andere wat haar werktijden zijn. 'Ik heb mijn adres en het nummer van mijn mobiel er ook op gezet.'

Tegen het middaguur ziet Ruth duidelijk dat Daan vermoeid raakt. Maar hij wil het voor hem normale ritme weer oppakken. 'Geen gezeur. Eten om halfeen. Dat ben ik zo gewend. Dan even rusten en daarna húp, aan de slag!'

Ruth maakt het eten klaar, ze heeft het zich vandaag gemakkelijk gemaakt. Een kant-en-klare salade, een biefstukje en voorgekookte aardappeltjes die ze opbakt.

Daan wil in de woonkamer eten. 'Niks geen gedoe aan de keukentafel.'

Ruth dekt de tafel met een daarvoor bestemd kleed van zwaar linnen. Alles in dit huis, weet ze nu, is van hoge kwaliteit. Het bestek is van zilver, het servies van een beroemd merk.

Daan geniet. Hij zit weer op zijn eigen plaats in de kamer, met uitzicht op de straat. En dan ook nog eens met een tafelgenoot op wie hij erg is gesteld. Het leven is hem weer goed gezind. Hij heeft geluk gehad, weet hij.

Na het eten gaat hij even op bed liggen met de bedoeling Ruth, zodra ze heeft opgeruimd, op de hoogte te stellen van haar taken. De winkel, bijvoorbeeld...

Ruth ruimt op en gaat daarna in de kamer op Daan zitten wachten. Het is haar duidelijk dat hij door de slaap is overmand.

Pas tegen drie uur hoort ze gestommel.

'Je had me moeten wekken, meisje Ruth! Ik ben niet gewend mijn tijd te verslapen!' moppert hij.

Ruth neemt stelling en zegt resoluut dat Daan nog patiënt is en recht heeft op een middagslaapje. 'Verbeeld je nou niet, lieve Daan, dat je, nu je thuis bent, álles meteen moet kunnen. Zo werk het niet.'

Ze zet een pot thee, en als ze tegenover elkaar in de erker zitten, geeft Daan schoorvoetend toe dat Ruth gelijk heeft. 'Maar ik had zo graag de winkel meteen geopend.'

Ruth schudt haar hoofd.

'Nu ben jij er toch. Ik heb geen oppas nodig. Jij kunt het beneden runnen en als je me nodig hebt, bel je naar boven.'

'Zo gaan we het ook doen. Afgesproken. Maar eerst moet je een paar dagen heel kalm aan doen. Om te wennen. Een stukje wandelen, desnoods in de tuin. Misschien wil je bezoek en moet ik vrienden uitnodigen?'

Daan zucht. 'Nog niet. Vrienden, zei je... Ach, ik kan heel goed alleen zijn. Het is een bijzonderheid als een mens tegen iemand op loopt die méér is dan een voorbijganger, zoals jij. Gebeurt het, dan is het een cadeautje van boven, Ruth. Zo moet je dat zien. Goed, jij je zin. Zoek de tv-gids eens voor me op, wil je. En dat doet me eraan denken dat jij op de zolder geen tv hebt, daar zullen we wat aan doen. Het kan voorkomen dat jij iets wilt zien wat mij niet boeit en andersom. Ik zal er morgen voor bellen en alles laten installeren. Je hebt zelf een cd-speler en alles wat erbij hoort?'

Een tv, zomaar voor haar gekocht. 'Dat is te gek, Daan. Ik ga er wel voor sparen.'

Daan lacht honend. Geld, ach, wat is nou geld. 'Jij spaart maar voor je uitzet. Ik heb nog geen concurrentie, is het wel? Geen vrijer, hier of daar verstopt?'

Ruth lacht hem uit. 'Wie ziet mij nou staan, Daan. Ik heb geen vlotte babbel. Mijn opleiding is heel gewoon. En mijn uiterlijk, nou ja. Ik ben gezond en dat is het belangrijkste, toch?'

Daan schudt zijn hoofd. 'Het is dat ik je niet wil missen, anders zou ik een vent voor je regelen. Voorlopig dus maar niet. Nog geen spijt van de baan?'

Ruth schudt haar hoofd. Ze voelt zich thuis in dit mooie huis. Zodra het begint te schemeren, sluit ze de zware overgordijnen. Daan wil nieuws kijken. En de krant, er is toch wel een krant bezorgd?

Ruth haalt de post uit de brievenbus en een tijdje houdt Daan zich daarmee bezig. Een stapeltje officieel uitziende brieven legt hij op zijn bureau; daarbij mompelt hij iets onverstaanbaars voor zich uit.

Na het avondeten geeft Ruth hem zijn medicijnen. Hij grijpt haar hand als ze het glas water wil aanpakken. 'Meisje Ruth, beloof me dat je me niet in de steek laat.'

Zijn ogen staan zo angstig achter zijn brillenglazen dat Ruth even niet weet wat te zeggen.

Ze drukt zijn hand en zegt: 'Een man een man, een woord een

woord, Daan. Ik ben dan wel geen man, maar ik houd me aan een gegeven woord. Ik laat je nooit in de steek.'
Het zijn maar woorden, maar beiden voelen dat er een diepere betekenis achter zit. Alsof ze een verbond hebben gesloten. En eindelijk verdwijnt Ruths ongerustheid over de genomen beslissing. Ze heeft de juiste keuze gemaakt.

HOOFDSTUK 5

Het bed is prima, de slaapkamer ook, en het huis is top. Maar dat betekent nog niet dat er de eerste nacht lekker geslapen wordt. Ruth woelt en draait, denken wordt tobben en wakker liggen is een ramp.

Af en toe hoort ze een trein voorbijrazen, hemelsbreed is het station niet ver.

Tobberijen genoeg.

Allereerst is daar Daan. Hij schijnt géén vrienden te hebben, dat is vreemd. Of ze zou Jean Eybers onder die noemer moeten scharen. Oudere mensen klagen vaak dat hun familie- en vriendenkring wordt uitgedund, voornamelijk door de dood.

Ze moet toegeven dat haar familie ergens een beetje gelijk had door kritiek op haar nieuwe baan te hebben. Want er zit geen toekomst in dit werk. Hoelang kan ze het doen? Tot Daan het opgeeft, of opnieuw ziek wordt en misschien sterft?

Als uiteindelijk de slaap zich over haar ontfermt, is het ver na middernacht.

Ze wordt wakker door het gerinkel van de wekker. Meteen staat ze naast bed, getraind als ze is!

Maar ze hoeft niet naar het verzorgingstehuis, niet door de regen te fietsen of te wachten tot de bus komt.

Ze doucht zich haastig, kleedt zich aan en doet haar haar in een paardenstaart.

Zou Daan al wakker zijn? Nee dus.

Ze legt zijn medicijnen klaar, zet een pot thee, al weet ze niet of hij misschien liever koffie heeft.

Ze dekt de tafel in de kamer en luistert intussen of ze hem hoort stommelen. Misschien wacht hij wel tot ze hem een kopje thee brengt. Toch maar even kijken.

Met bonzend hart klopt ze op zijn slaapkamerdeur, gluurt om een hoekje.

Daan schiet overeind. 'Heb ik me verslapen? Tjonge, dat heb

je als je niet door de een of andere zuster of broeder wakker wordt gemaakt. Wat een weelde, meisje Ruth!'
'Kopje thee op bed?'
'Dat is voor zieke kerels. Ik fris me even op en dan kom ik eraan.'
Gehuld in een ochtendjas van dikke stof komt Daan even later de kamer in, zijn haar gekamd, maar zonder bril.
'De tafel al gedekt. Geweldig. Laten we gaan eten.'
Hij vouwt zijn handen en bidt. Ruth geneert zich dat ze, sinds ze uit huis is, nauwelijks voor haar eten bidt en dankt.
Hoe of ze heeft geslapen?
Ruth bekent dat ze niet zo goed heeft geslapen.
'Ik ook niet. Ik lag maar te denken aan jou. Of je het uit zult houden met een ouwe kerel als ik. Misschien gaan de boeken je tegenstaan. Dat soort dingen.'
Ruth bekent op haar beurt dat ze zelf over Daan heeft liggen tobben. Daar moet hij om lachen, een bulderende lach die haar nog onbekend is.
'Dan nemen we ons voor het tobben aan anderen over te laten. Laat me eens kijken wat je voor beleg hebt gekocht. Ik ontbijt graag goed. Prima, honing en kaas, aardbeienjam, beschuit.'
Halfnegen, Daan kijkt op de antieke klok die aan de wand tegenover hem hangt. 'Eigenlijk behoort de winkel nu open te gaan, al doen de meeste zaken dat niet voor negen uur. Enfin, langzaamaan komen we er wel weer in.'
Ruth schuift zijn medicijnen dichter naar zijn bord, en ook het glas water.
'Ach ja, je verloochent je oude beroep niet. Zo, wat gaan we vandaag doen?'
Ruth somt op: 'Ontbijtboel opruimen. Bedden rechttrekken, wasje in de machine. Koffiezetten, kijken wat we zullen eten, tussen de middag en vanavond. Misschien moet ik boodschappen doen?'
Daan slaat met een vuist op tafel. De kopjes rinkelen. 'Dat

soort bezigheden doe je tussendoor. Ik bedoel: wat doen we met de winkel? Ik zal je rondleiden en leren hoe je de kassa moet bedienen.'

Ruth knikt braaf en vraagt zich hardop af hoe ze de 'tussendoordingen' moet klaarkrijgen.

Afruimen? 'Welnee, zoiets gaat vanzelf. Telkens als je naar de keuken gaat, neem je iets mee. Zo doen we dat. Ik kleed me aan en die tijd kun jij gebruiken voor afruimen, als je dat zo nodig vindt. Als we tussen de middag brood eten, hoef je niet eens af te ruimen, meisje Ruth!'

Ze moet er uiteindelijk om grinniken. Een mannenhuishouden. Dat wordt wennen!

Maar als Daan zich weer bij haar voegt, keurig gekleed en nogal sterk geurend, volgt ze hem naar beneden.

'Mag je dat allemaal al wel? Je doet alsof er niets aan de hand is.'

Daan luistert niet eens en staande in de winkel, tussen de rijen boeken, balt hij een vuist en slaat zich op de borst. 'Ik ben er weer, jongens. Aan de slag!'

Het eerste wat hij doet is het bordje 'gesloten' omdraaien. 'We zijn open!' glundert hij, en die woorden zijn nog niet koud of de deur wordt opengegooid.

'Goeiendag!' roept een postbode, die met uitgestoken hand op Daan af stevent. 'Je bent er weer. Geweldig! We hebben je allemaal gemist!'

Ruth vraagt zich af wie die 'allemaal' wel mogen zijn.

Daan neemt de post in ontvangst en gaat stralend in op de praatjes van de postbode. 'Nee, niet zeuren over mijn gezondheid, man. Zie je dat meisje daar staan? Dat is mijn nieuwe hulp. Zo nodig is ze mijn ogen, mijn handen en wat nog meer mogelijk is. Misschien zelfs wel een opvolgster in het vak, wie zal het zeggen. Nou, tot morgen dan maar weer, en mocht je een blauwe envelop voor mij tegenkomen: doe die maar gelijk bij het oud papier!'

De man loopt lachend de winkel uit.

Daan legt de post op de toonbank, die hij balie noemt. 'De eerste kassa-les.'

Hij rust niet voor Ruth blindelings met het ding overweg kan. Ze krijgt tips over eventuele mensen met 'vlugge handjes'. 'Zelfs oude boeken zijn het soms waard gepikt te worden. Oogjes open. Altijd alert zijn. Kom, nu een ronde langs de rijen.'

Dat had Ruth al gedaan, maar onder leiding van de eigenaar bekijkt ze het toch van een andere kant. De prijzen staan met potlood voor in elk boek geschreven. 'Prijzen moet je kunnen bijstellen. Als boeken te lang staan, prijs ik ze af. En nu nog wat anders.'

Hij wil haar meetronen naar het kamertje naast de winkel, maar de deurbel dwingt hen te reageren. 'Volk!' roept een ruwe stem.

Daan steekt groetend een hand op naar de nieuwkomer. 'Ha, Arendsen. Weer een vrachtje voor me. Prima, loop maar mee. En jij ook, Ruth.'

De man brengt een krat gevuld met boeken mee en loopt nog twee keer naar zijn auto om nog meer te halen.

Daan pakt er hier en daar een boek uit, tuit zijn lippen en houdt zijn hoofd scheef. Het onderhandelen begint.

Als de man weg is, vertelt Daan dat je vaak boeken gratis krijgt overhandigd. 'De mensen willen ervan af en zijn allang blij dat ze niet bij het oud papier hoeven. Aan ons de taak ze te prijzen en op de goede plaats weg te zetten. Als de schappen vol zijn, moet je ze opslaan in die kast daar. Kom, wat is dit boekje waard, denk je?'

Ruth zou het niet weten. Een zo te zien alledaagse roman waarvan het papieren omslag is verdwenen. 'Dat maakt het natuurlijk al wat minder waard.' Ze stelt het vast en Daan knikt goedkeurend.

'Eh... ziet er verder goed uit. Zelfs geen ezelsoren. Tja, nieuw zal het zo'n zestien, zeventien euro kosten. Misschien iets meer. Maar in deze staat? Vijf euro? Of is dat te weinig?'

Daan wijst op de naam van de schrijver. 'Dat is een bekende meneer die veel gevraagd is. Dus maak er maar zevenenhalf van.'

Een stapeltje boeken wordt zonder meer afgekeurd. Nee, die gooit Daan niet weg.

'De kerk hier verderop in de straat houdt in het najaar een braderie. Of hoe je zoiets noemen wilt. Opbrengst is voor een kerkklok of zo. En die krijgen van mij de afdankertjes, die ze best goed verkopen. Winst dus. Weggooien kan altijd nog.'

De winkelbel rinkelt enkele malen. Blijde klanten die op hun gemak een ronde langs de rijen doen. En het blijft niet bij kijken. De kassa rinkelt.

Toch vraagt Ruth zich opnieuw af of een winkel als deze werkelijk genoeg oplevert zodat iemand in zijn onderhoud kan voorzien.

Opeens ontdekt Ruth dat Daan wit wegtrekt, ze schrikt ervan. Moest de kolonel eens weten. Ze grijpt hem bij een arm.

'Daan, ga alsjeblieft in het kantoortje zitten. Dan breng ik je een kop koffie.'

Daan gehoorzaamt braaf en lijkt blij te zijn om te kunnen pauzeren. Na het tweede kopje krijgt hij weer praatjes, en kleur in zijn gezicht.

Ruth veert op om naar de winkel te gaan als ze de bel hoort, die werkelijk een indringend geluid produceert.

Ze deinst terug als ze ziet wie de binnenkomer is. De dandy.

'Een bijzonder goede morgen, schoonheid. Hoe gaat het met ons?' Een zwaai met zijn hoed, een buiging. 'Ik heb gehoord dat meneer terug is. Doe geen moeite, ik weet hem zelf te vinden.'

Ruth staart de onsympathieke man na, die resoluut naar het kantoortje beent. Hij kijkt bij de deur om. 'Ik ruik koffie, graag met suiker en melk!'

'Mooi niet!' mompelt Ruth. Eerst afwachten of Daan het haar vraagt. Niet dus.

Staande achter de toonbank prijst ze een stapel kinderboeken.

Als ze potloodkrabbels ziet, gumt ze die weg. In één boekje vindt ze een briefje in een kinderlijk handschrift.

Liefe mammie, wort je gouw beter? Het is niet leuk in huis sonder jouw. Mirjam.

Ze kan er niet toe komen het papiertje weg te gooien en stopt het onder in een lade van de toonbank. Door de gesloten deur heen hoort ze de lach van Eybers. Wat wil die man toch van Daan?

Zou Daan gewend zijn de winkel tussen de middag te sluiten? Ze denkt aan de andere zaken in deze straat. Een kledingzaak, een opticien, een schoenenwinkel, een telefoonwinkel en een apotheek. Misschien moeten ze het juist hebben van de mensen die tussen de middag een stukje lopen, etalages kijken en misschien willen kopen.

Als dat zo is, moet ze in het vervolg maatregelen nemen zodat ze tussen twaalf en één wat te eten krijgen.

Het duurt nogal lang voordat de bezoeker vertrekt. Dat doet hij met net zo veel poeha als bij het binnenkomen. Hij zwaait met een vinger naar Ruth. 'Jij ondeugd... Je deed net of je mijn bestelling niet gehoord had. Dat gebeurt niet nog eens, afgesproken?'

Daan lijkt nogal opgefokt als hij zich weer in de winkel laat zien. 'Ik kan die man wel wat doen. Wat rustig was het toch toen ik in het ziekenhuis lag en hij dat nog niet wist. Ik zal je vertellen waarom hij me zo lastigvalt. Hij is een doordrammer eersteklas. Hij runt met succes, moet ik toegeven, een antiquariaat. Eerste drukken en oude, zeer oude boeken. En nu is hij aan de weet gekomen dat ik net voor ik ziek werd een en ander heb ingekocht en hem net voor was. Nu wil meneer tegen elke prijs mijn exemplaren hebben om door te verkopen, zodat een klant van hem zijn verzameling compleet heeft.' Daan haalt even moeizaam adem en vervolgt dan: 'Verkopen doe ik op mijn tijd, aan mensen die ikzelf uitkies. Ik wacht namelijk op een man uit Keulen met wie ik een goede relatie onderhoud. Want kijk, Ruth, dit hier is aardig, maar ik word er niet rijker van. Ook niet armer, dat hoor je me niet zeggen. Als ik wat opgeknapt ben en jij bent ingewerkt, ga ik op reis. Mijn klanten weten niet waar ik ben gebleven. Ik vertrouw erop dat jij niets naar buiten brengt van wat we hier bespreken. Kerels als de dandy hebben vaak handlangers met vriendelijke gezichten. En die werken met plezier voor hem. Ze schuwen zelfs een inbraak niet.'

Ruth luistert met grote ogen. Lieve help, er is hier meer gaande dan ze dacht. Tweedehands boeken, een schijnbaar onschuldige branche. Dat er zo veel achter kan steken, was haar tot op heden onbekend!

Ze laat Daan uitpraten en komt dan met haar vragen over de tijden van winkelsluiting.

Daan aarzelt. 'Tja, vroeger was ik altijd open tot zes uur. Als ik nu boven een boterhammetje eet, doe ik daarna een klein dutje. Zoals mevrouw Kolonel heeft voorgeschreven. Kun jij dat aan? Tussen de middag scharrelen er nog weleens kantoorlui door de winkelstraten. Vandaar. En dankzij jou hangt het bordje 'open' nu aan de goede kant!'

Daan krijgt gelijk. Een paar boekenwurmen uiten hun genoegen over het feit de zaak weer open te vinden en zwijgend begeven ze zich naar de boeken van hun keuze. Eén man komt bij de toonbank met een stapel kinderboeken. 'Thuis heb ik een zieke hummel. Voorlezen is het enige dat haar kalmeert.'

Afrekenen, boeken in een plastic tasje. Een prettige klant.

De volgende is een verzamelaar van oude strips. Tot zijn genoegen heeft hij Tom Poes-boekjes gevonden. 'Deze zijn echt oud... Ze zijn opnieuw uitgegeven, maar ik kies voor deze.'

Ruth begint te begrijpen dat de winkel van Daan een vaste klantenkring heeft.

Ze sleept, tussen de bedrijven door, een krat nieuwe exemplaren naar de winkel en bekijkt ieder boek op de manier van Daan.

Daar, één uit een serie. Ze loopt naar de stellingen om te zien of er al meer van staan.

Vier delen, het eerste ontbreekt, en ze krijgt een schokje van plezier als ze ontdekt zelf deel één in handen te hebben. Eigenlijk zou de serie compleet verkocht moeten worden, bepeinst ze. Maar wat als er iemand komt die al jaren naar een van deze boeken zoekt?

Een mens kan ook te georganiseerd zijn, bedenkt ze. De boeken zijn om te verkopen, niet om te koesteren.

Tegen halftwee wordt het minder druk en als ze Daan van de trap hoort stommelen, is ze verheugd hem positieve mededelingen te kunnen doen.

Tien minuten voor zes haast een echtpaar zich de winkel in. 'Kan het nog even?' Ze rennen langs de stellingen, plukken er hier en daar een boek tussenuit. De vrouw is het eerst bij de toonbank met een flinke stapel boeken in haar handen. 'We gaan met vakantie en voor ons is het geen vakantie als we zonder leesvoer zitten.'

Ruth tikt de bedragen aan en glimlacht. 'Ik hoop dat u een fijne tijd zult hebben,' wenst ze hun bij vertrek.

Ze begint plezier in het werk te krijgen.

Het contact met klanten is weer zo anders dan met de bewoners van het zorgcentrum.

Ze maakt de kassa op en draait het bordje 'gesloten' naar de voorkant. Op een paar spotjes na gaan alle lampen uit en dan kan Ruth met een gerust hart naar boven gaan. Daan zit voor de tv naar het nieuws te kijken.

Eten? Ja, daar is het tijd voor.

Ruth bekijkt de inhoud van de koelkast. Tijd voor het eten... Alsof ze het op tafel kan toveren. Maar er zijn nog voorgekookte aardappeltjes, en ze vindt tartaar en sla.

Ze voelt haar voeten danig en schopt haar schoenen uit onder de keukentafel. Al gauw ruikt het lekker naar boter en gesnipperde uitjes. Ze bakt de aardappeltjes goudbruin en maakt

ondertussen de salade klaar, waar ze alles wat er maar even bij past in kiepert, tot een fijn gesneden appeltje toe.
Ze dekt de tafel in de kamer en waarschuwt Daan dat het eten bijna klaar is.
'Dat heb je gauw gefikst. Maar ik heb ook niet stilgezeten.'
Daan vertelt dat hij heel wat heeft getelefoneerd. 'Ik heb mijn relaties laten weten dat ik weer in de running ben. Sommigen hadden me al afgeschreven. Zo gaat dat in de zakenwereld.'
Daan is een gezellige prater en weet onderhoudend te vertellen. Maar nooit laat hij iets los over zijn eigen leven. Ruth probeert ernaar te raden, stelt slinkse vragen, maar Daan reageert niet zoals ze zou willen. Wel hoort hij háár uit naar het leven voor ze elkaar leerden kennen. Ze vertelt over het gezin waarin ze opgegroeid is. Ze vertrouwt hem toe dat ze zich vaak afgewezen voelt omdat haar prestaties onder de maat zijn vergeleken bij die van Pim en Anne.
'Onzin. Wie dat beweert, kent jou niet, meisje Ruth. Jij hebt kwaliteiten. Waar verkijk jij je op? Een titel? Mag ik lachen?'
En dan laat hij zich ontvallen dat hij letteren heeft gestudeerd.
'Jawel, afgestudeerd. En toen? Ha! Toen ging ik in de tweedehands boeken. Ja, dat kun je ook zonder titel. Ik gebruik 'm dan ook nooit. Waarom zou ik?'
Ruth is verbaasd. Haar vader zou hem eens moeten horen!
'Wat zijn de waarden in een mensenleven. Geld? Hoge positie? Aanzien? Eer krijgen van mensen? Moet je daar je identiteit uit halen? Mag ik lachen. Je wordt allemaal naakt geboren en niemand ontkomt aan de dood. Rijkdom? Je raakt het allemaal kwijt.'
Hij veegt met een aardappeltje zijn bord schoon. Heft zijn vork op en zegt: 'Echte rijkdom, Ruth, is als je Jezus kent. Hij wil je hart vullen met liefde en Zijn aanwezigheid. Dát is geluk! Uitzicht op de eeuwigheid, hoe dat ook moge zijn.'
Ruth luistert met grote ogen.
Ze knikt en kan niet anders dan zijn woorden beamen.
Daan buigt zich naar haar over. 'Ik ben een verzamelaar. Maar

niet ten dode, zoals mijn zogenaamde vriend Jean Eybers. Die zou, als het moest, over lijken gaan.' En in één adem komt erachteraan: 'Hebben we nog een toetje, of hoe zit dat?'

Ruth schudt haar hoofd, niet omdat er geen toetje zou zijn, maar ze kan zijn manier van spreken niet altijd meteen volgen. 'Tuurlijk. Moment.' Ze neemt de gebruikte borden en het bestek vast mee naar de keuken, vist een paar kant-en-klare puddinkjes uit de koelkast en zet Daan er een voor.

'Je weet me altijd weer te verrassen, Daan. Ik kan nog heel wat van je leren.'

Ruth ruimt na het eten de keuken op en bereidt vast een en ander voor wat betreft de maaltijd voor morgen. Ze zet een potje koffie en gaat bij Daan in de kamer zitten. Hij is in de weer met brochures waarin titels staan van kostbare boeken die moeilijk te verkrijgen zijn.

Ruth wil vroeg gaan slapen. 'Daan, kan ik nog wat voor je doen? Je hebt je medicijnen voor vandaag gehad.'

Daan schudt zonder op te kijken zijn hoofd. 'Het idee dat jij binnen handbereik bent, doet wonderen. Slaap lekker, morgen bestel ik je tv. Dag kind.'

Ruth kruipt met een boek van beneden in bed en is er al snel in verdiept. Ze leest tot haar ogen protesteren, dan pas knipt ze het licht uit. Ze is van plan de dag en al het gebeuren daarin te overdenken, maar haar lichaam denkt er anders over. Ze slaapt tot de wekker zijn plicht doet door luidruchtig te ratelen.

De volgende dagen verschillen niet veel van de eerste. Wel wordt Ruth steeds zelfverzekerder. Als mensen hulp willen bij het zoeken, weet ze waar ze moet kijken.

Tussen de bedrijven door pakt ze de kratten uit om de nieuwkomers te controleren.

Volgens Daan staan er in de kelder nog meer kratten. Op een rustig moment gaat ze poolshoogte nemen en dan is het goed schrikken: er staat nog een muur vol kratten te wachten.

Op een kelderplank vindt ze dichtgevouwen dozen en nieuws-gierig als ze is, maakt ze er een open en ontdekt ze stapels en stapels ansichtkaarten. Vooral veel stadsgezichten. Het ver-rast haar, want ze weet intussen dat hier veel belangstelling voor bestaat. Mensen sparen kaarten met molens, kerken en ansichten uit een bepaalde streek of plaats.

Ze sjouwt één doos mee naar boven met de bedoeling ze te sorteren.

'Wat doe jij nou?' verbaast Daan zich terwijl hij een paar boe-ken in een rek schuift.

Ruth vertelt hem wat ze van plan is. 'Ik wil de kaarten sorte-ren, Daan, en ze zo op een tafel zetten dat mensen gemakke-lijk overzicht hebben en weten waar ze moeten zoeken. Kijk, ik heb hier al tien kaarten van Bartje uit Drenthe. Ik ga straks schoenendozen halen... Goed idee?'

Daan haalt zijn schouders op. Hij waardeert het dat Ruth ini-tiatief neemt. 'Doe dat dan maar meteen. Hier vlakbij is een schoenenzaak, die hebben wel wat voor je. En als ik nu eens de behangtafel uit de kelder haal? Die kan best tegen die muur daar, als we één rek verschuiven.'

Ruth verbiedt hem met klem te gaan sjouwen. 'Dat doe ik wel. Ik ren eerst even naar de schoenenwinkel, ben zo terug.'

Met armen vol dozen komt ze terug, een winkelmeisje loopt lachend achter haar aan. Ook zij heeft een stapel dozen tegen zich aan en zodra ze de winkel binnenstapt, rollen ze uit haar handen. 'Je zegt het maar als je nog meer nodig hebt!'

Ondertussen heeft Daan toch de behangtafel naar boven gehaald en hij trekt zich niets van Ruths gemopper aan. Het winkelmeisje lacht nog steeds als ze de deur achter zich dicht trekt.

'Wat valt er te lachen?' informeert Daan.

'Zomaar, eigenlijk lachten we om niets. Maar ik héb dozen. Is het goed als ik een laken uit de kast haal om over de tafel te leggen? Het is zo'n lelijk ding.'

Daan vindt alles best.

Hoofdschuddend kijkt hij toe hoe Ruth het laken tot kleed uit-roept en de dozen op een rij zet. Met stift schrijft ze op kaart-jes wat er in de dozen komt. 'Ik doe het per provincie, Daan!'
'Je doet maar, meisje.'
Het sorteren van de kaarten kost dagen en dagen, het moet natuurlijk tussen de bedrijven door.
Als het de werkdag van Ronnie Hartog is, haalt Ruth opge-lucht adem; ze komt er zelf niet toe boven wat dan ook onder handen te nemen. Ze ziet wel wat er moet gebeuren, maar een mens kan nu eenmaal maar op één plaats tegelijk zijn.
'Ik heb Daan al vaker gezegd dat hij wat met die kaarten moet doen. Weet jij iets van de prijzen? Sommige zijn uniek, die kos-ten vaak wel twintig euro. Kijk maar op internet!'
Ruth is verbaasd. 'Dan moet ik ze stuk voor stuk prijzen. En echt, ik weet er geen snars van. Alleen dat sommige mensen allerlei beurzen afkleppen om die ene kaart te vinden.'
Ronnie beweert dat Ruth erin moet groeien. 'Komt vanzelf wel. Ga maar eens speuren op internet. En o ja: ze moe-ten, als je het goed wilt doen, stuk voor stuk in plastic hoes-jes.'
Ronnie werkt als een razende. Het is alsof ze vierhandig is. 'Dat is nou mijn talent,' zegt ze bedaard als ze voor thee pau-zeren.
Ze worden gestoord door de winkelbel. Geen klanten, maar een man met een enorme doos. Hij kan er net langsheen kij-ken en vraagt waar hij moet zijn. Ruth krijgt een vermoeden en roept Daan.
Die glundert. 'Ha, jouw tv, Ruth. En heb je aan de laptop gedacht?'
's Avonds kan Ruth in haar eigen kamer tv kijken óf aan het werk op de laptop. Ze komt tijd tekort. Al snel heeft ze de sites gevonden die Ronnie heeft genoemd. Verkopen via internet, dat is ook nog een optie. Maar voorlopig waagt ze zich daar niet aan. Eerst moeten alle dozen uit de kelder uitgezocht zijn en daar is ze nog wel even mee bezig.

Maandagochtend is de winkel, zoals meerdere in de Stations-straat, gesloten. Aanvankelijk had Ruth het plan om zich op de kaarten te storten, maar opeens bedenkt ze dat ze er goed aan doet eerst weer eens naar huis te bellen. Laten weten dat het goed met haar gaat. Ze moet ervoor waken haar ouders te irriteren.

Ze laat zich in een van de gerieflijke stoelen van Daan weg-zakken en kijkt ondertussen naar buiten. Het is nog rustig op straat. Af en toe hoort ze een trein stoppen of voorbijrazen.

Het nummer van thuis kent ze uit haar hoofd, maar het duurt even voor er wordt opgenomen en áls dat eindelijk gebeurt, is het niet zoals verwacht haar moeder, maar de huishoudelijke hulp. Ruth herinnert zich dat Rita altijd op maandag komt 'helpen' – zo noemt ze het zelf.

'Ha, die Rita! Mag ik mijn moeder even?'

Rita kucht een keer, last een pauze in. Ruth denkt: komt er nog wat van?

'Het zit zo. Je vader is gevallen. Hij heeft een hersenschudding en ligt in het ziekenhuis. Je moe...'

Ruth vliegt nog net niet tegen het plafond en roept: 'Waarom weet ík dat niet? Wanneer is dat gebeurd?'

Het blijkt dat haar vader op zaterdag van de trap is gegleden en ongelukkig terecht is gekomen. 'Je moeder was zo van streek, ze ligt nu net op bed. Ze heeft het hele weekend niet geslapen, zegt ze. En je zus is ook niet helemaal in orde. Je moeder wilde het me eerst niet vertellen. Maar ze kon het toch niet voor zich houden...'

Ruth knikt. Ja, zo is moeder. 'Wat heeft Anne dan? Griep?'

Alsof dat een schande is. Zelfs een Anne kan toch ziek wor-den?

'Nee, ze is overspannen. Ze noemen het tegenwoordig toch anders... burnout?'

Nee maar, hoe is dat mogelijk!

'En nu heeft ze een afspraak gemaakt met een spychiater...'

Ruth verbetert automatisch. 'Juist, een psychiater.'

'Dat zei ik toch. Ze is er voor het eerst heen en je moeder schaamt zich ervoor.'

Ja, dat was te verwachten.

'Dus iedereen heeft iets... Ik denk dat ik straks kom, Rita. Ik weet niet hoe laat, dus zeg het nog maar niet. Tot straks.'

Ruth verbreekt de verbinding en probeert haar gevoelens op een rij te krijgen. Pa in het ziekenhuis met een hersenschudding. Dat is niet mis, maar niemand vond het belangrijk om haar, Ruth, in te lichten, en dat steekt.

Dat Annes uitvallen geheim moet blijven, tja, dat was te verwachten.

Schrik, bezorgdheid en boosheid strijden om de voorrang. Ze zoekt Daan op, die beneden in het kantoortje in zijn administratie zit te rommelen.

'Daan, heb je er wat op tegen als ik naar huis ga? Naar mijn ouders. Er is daar van alles aan de hand.' Ze vertelt het in een paar woorden.

'Nee toch. Natuurlijk moet je gaan!'

Ruth kijkt op haar horloge en zegt dat ze de bus van tien uur nog kan halen. 'Die stopt bij het station.'

Daan gaat staan en leunt met beide handen op zijn bureau. 'Heb jij dan geen rijbewijs? Ik dacht dat tegenwoordig iedere achttienjarige daar meteen mee begon.'

Ruth knikt. 'Natuurlijk wel. Maar veel ervaring heb ik niet. Mijn moeder verbood me in mijn vaders wagen te rijden. Waarom heb ik nooit goed begrepen, maar ik denk dat ze me niet zo vertrouwde.'

Daan gromt. 'Dan neem je mijn wagen maar. Staat in de garage achter.'

Ruth zet grote ogen op. 'Garage achter? Ik heb nooit gezien... O, die muur is dus de achterkant van de garage?'

Daan knikt en lacht haar hoofdschuddend uit. 'Hier zijn mijn sleutels. Ik denk dat er nog voldoende brandstof in zit. En zo niet, dan tank je maar. De deur kun je automatisch openen met de afstandsbediening die in het handschoenenvak ligt. Je

ziet maar wanneer je weer terugkomt, en ik wens je sterkte.'
Hij gaat weer zitten en buigt zich over een papier.
Ruth is even met stomheid geslagen. Zomaar je auto meege-
ven. Dat is nieuw voor haar. 'Wel, bedankt Daan, ik zal zorgen
dat ik zonder één schrammetje terugkom.'
Ze schiet een dik vest aan en pakt haar handtas, de sleutels
klemt ze in haar hand.
De achtertuin is nog zo goed als onbekend terrein, het weer is
er niet naar geweest om er een kijkje te nemen én ze heeft in
huis het nodige te doen.
Als ze op het stenen pad blijft, houdt ze haar schoenen schoon
en droog. Daar, de achterkant van de garage, ze ontdekt opzij
een deur. Deze deur is niet op slot, het is even zoeken naar de
knop van het licht.
'Hebbes.'
Dat is schrikken.
De auto van Daan is een Mercedes. En zo te zien vrij nieuw.
Aarzelend kijkt ze om zich heen. Stel je voor dat ze de macht
over het stuur verliest. Of het verkeerde pedaal op het verkeerde moment intrapt. Ze bijt op haar onderlip en spreekt
zichzelf in gedachten toe.
Ze schuift op de bestuurdersplaats en houdt even haar adem
in. Dat is nog eens wat anders dan het wagentje van papa. Ze
zoekt en vindt de afstandsbediening en even later zoeft de
deur open. De straat achter heeft ze nog nooit bekeken. Het is
een rustige straat met aan de overkant huizen. Ze start de
motor, die gehoorzaam reageert. Aan niets is te merken dat de
wagen maanden buiten gebruik is geweest.
Langzaam rijdt ze de garage uit en ze sluit de deur met de
afstandsbediening. Daarna draait ze de auto richting
Stationsstraat. Pas als ze de stad uit is, durft ze rustig adem te
halen. Ze is het rijden niet verleerd en het besturen van de
Mercedes gaat gemakkelijker dan ze vreesde.
De bus van tien uur laat ze achter zich en even later rijdt ze
over de provinciale weg, richting thuis. De gedachte aan haar

vader, die in het ziekenhuis ligt, komt telkens weer naar boven. Pa ziek, Anne uit de roulatie. Dat is te veel voor mama, weet ze.

Het is een hele gewaarwording om haar eigen straat in te rijden in déze auto. Ze parkeert de wagen aan de overkant en stapt uit.

Ze drukt op het knopje van de sleutel en de deuren springen op slot.

Ze loopt met trage passen naar de voordeur. Na drie keer bellen hoort Rita haar nog niet. Had ze maar een huissleutel, maar die heeft ze nooit gehad. 'Je belt maar,' was de reactie als ze erom vroeg.

Rita komt ten slotte aan geklepperd op haar Zweedse muilen. 'Ik was achter bezig, maar kom erin. Je moeder ligt nog op bed met hoofdpijn. Schrikken, hè?'

Ruth ontdoet zich van haar vest en mikt het over een stoel. 'Arme mam. Ik zal een aspirine voor haar pakken. En een glas water.'

Rita gaat door met haar werk terwijl Ruth in het medicijnkastje rommelt. Ze wil naar boven lopen, maar dan hoort ze haar moeder de trap af komen. Ze kijkt verlangend omhoog. 'Mam dan toch! Dat is schrikken! Hoe gaat het?'

Ruths moeder blijft halverwege de trap staan en zegt nijdig: 'Was jij het die maar belde en belde? Ik sliep net, voor het eerst in twee dagen!'

Ruth kijkt bedremmeld en laat het aspirientje zien. 'Dit helpt vast...'

Mevrouw Endeveld komt naar beneden en kijkt van Ruth naar het glas water. Dan geeft ze impulsief Ruths hand, waarin de pijnstiller ligt, een stevige mep. 'Jij weer!' klaagt ze.

Tranen springen Ruth in de ogen. Niet van pijn, maar van schrik en ongeloof. Mama die haar van zich af slaat, zo voelt het.

Het aspirientje rolt over de vloer tot onder de verwarming. Ruth weet even niet wat te doen. Weggaan? Mam aan haar lot overlaten? Als ze toch niet welkom is en geen goed kan doen?

Een sleutel in het slot, Anne stapt naar binnen. Ze is bleek en ziet er onverzorgd uit.

'Hé, wat kom jij doen, Ruth?'

Ruth doet een stap achteruit. 'Hetzelfde als jij, denk ik. Kijken hoe het met de familie gaat. Beetje laat kreeg ik te horen dat papa een ongeluk heeft gehad.' Ze zou meer willen zeggen, maar ze heeft het lef niet.

Rita kijkt om het hoekje van de keukendeur. 'Zal ik koffiezetten, mevrouw Endeveld? Of hebt u liever thee?'

Anne hangt haar blazer zorgvuldig over een hanger en slaat haar armen om haar moeder heen. 'Koffie, Rita.'

Ruth loopt achter hen aan de kamer in. Mam en Anne laten zich op de bank vallen.

'En, vertel eens, kindje.'

Anne haalt diep adem en kijkt naar Ruth.

'Ik wil wel weggaan, als je dat liever hebt,' zegt Ruth timide.

Anne schudt haar hoofd. 'Ik kan niet anders zeggen dan dat de arts een prima man is, hij begreep zonder veel woorden wat er bij mij aan schort. Hij wil het eerst met medicatie proberen en ik mag twee maanden niet werken. Het is niet anders. Medicatie én gesprekstherapie, dat is de methode om me weer lekker in mijn vel te laten zitten!'

Ruth zit vol vragen. Onlangs is ze thuis geweest, toen was er niets bijzonders aan Anne te merken.

Rita komt zonder kloppen binnen met de koffie, ze heeft beide handen nodig om het blad vast te houden.

'Zo, dit is als een medicijn voor jullie. Ik ben zo vrij geweest die lekkere koek aan te snijden. Roep maar als er nog een ronde moet komen.'

Mevrouw Endeveld grijpt naar haar hoofd en legt het tegen de rugleuning terwijl Ruth zich haast om de kopjes rond te delen.

'Mijn ontbijt,' zucht Anne. Ze kijkt naar haar moeder. 'Mama heeft veel te veel aan haar hoofd. Dat met papa, ik in de ziektewet, zorgen om Pim en dan jij, Ruth, met die rare baan van je.'

Ruth doet haar mond open om zich te verdedigen, maar bedenkt zich bijtijds. Ze drinkt haar koffie en staart naar de twee op de bank. Zou mama zich niet schamen omdat ze haar volwassen dochter impulsief een mep heeft gegeven? Afwijzing, zo voelde het. Terwijl zij de enige van de drie kinderen Endeveld is die erg veel op hun moeder lijkt. Uiterlijk dan, want vanbinnen is ze zelf milder, en lang niet zo voortvarend als Anne en Pim.

De stilte die valt is pijnlijk. Ruth waagt het te vragen wat er dan met Pim aan de hand is. Prompt grijpt mevrouw Endeveld naar haar zakdoek.

Anne zwijgt, kijkt naar haar moeder en zucht: 'Nou ja, je komt het toch wel te weten. Pim heeft een vriendin waar wij niet blij mee zijn. Ze is te jong en nogal eigentijds. Ze is de dochter van een autodealer en nu heeft ze Pim overgehaald om bij haar vader te gaan werken, want die heeft geen manlijke opvolger. Dus heeft Pim zijn studie laten varen.'

Dat komt bij Ruth hard aan, omdat ze weet dat haar ouders zo trots op dit kind zijn. Hun enige zoon. Een 'fout' meisje, studie gestopt, 'foute' baan. Ze krijgt medelijden met haar moeder, die nu onhoorbaar snikt.

Anne pakt het kopje koffie van tafel en probeert haar moeder te laten drinken.

Ruth probeert te troosten. 'Er is gelukkig niemand dood of ernstig ziek. Anne wordt wel weer beter en pa toch ook? En Pim heeft altijd al gedaan waar hij zin in had. Toch?'

Dat zijn de feiten, maar zo willen moeder en Anne het niet zien.

Rita komt ongevraagd nog eens met de koffiepot langs en verdwijnt weer stilletjes als ze de sfeer heeft geproefd.

'Ik wil naar papa. Op welke afdeling ligt hij? En wat is zijn kamernummer?' Ruth is gaan staan.

Mevrouw Endeveld dept haar ogen en kijkt Ruth aan. Ze noemt automatisch de afdeling en het kamernummer. 'Maar hoe wil je er komen? Er gaat een bus, geloof ik, maar van tijden weet ik niets.'

Ruth recht haar rug en wenst dat ze voldoening zou kunnen vinden in haar antwoord. 'Ik ben met de wagen. Dus ik kom er wel, mama.'

De wagen? Nee, geen gevoel van triomf.

Anne draait zich om en kijkt de straat af. 'De wagen van wie? Een taxi, bedoel je?'

'Nee, ik mocht van mijn baas zijn wagen lenen om zo snel mogelijk bij papa te zijn. Wel, ik bel nog weleens. Dag.'

Ze grijpt haar vest in de gang van de stoel en rept zich naar buiten. Rita is aan het ramen zemen. 'Sterkte, Ruth. Je hebt een mooie auto bij je.'

Ruth knikt.

Ze stapt in de Mercedes en start de motor, maar voor ze wegrijdt, kijkt ze nog even naar het huis. Mam en Anne staan naast elkaar voor het raam. Ruth steekt een hand op, maar wacht niet af of er een reactie komt. Ze dringt haar tranen terug. Hoog tijd dat ze volwassen wordt. Maar niet zoals Anne. Bij haar is de navelstreng nooit doorgeknipt, lijkt het. Nee, aan haar zus moet ze geen voorbeeld nemen.

Ze dwingt zich haar aandacht bij het verkeer te houden. Ze vindt met gemak een parkeerplaatsje, er is op het moment nog geen bezoekuur.

Om verdwalen te voorkomen, informeert ze bij een dame aan de balie welke route ze moet nemen. 'Nummer twaalf, dan vindt u het vanzelf. U kunt kiezen tussen de trap of lift.'

Met de lift is ze in een mum van tijd waar ze moet zijn. Kamernummer, deuren tellen. Als ze er nu maar bij mag!

Ze houdt een verpleegkundige aan, wetend dat het hier ook haasten is, net als in het verzorgingstehuis.

'Meneer Endeveld? U bent een dochter? Het gaat best de goede kant op, maar we houden hem toch nog even. U mag tien minuutjes bij hem, de dokter is al langs geweest.'

Ruth schrikt als ze haar vader in deze steriele omgeving ziet liggen. Doodstil. Alsof hij in diepe slaap is. Gelukkig ligt hij niet aan een batterij machines.

'Papa, ik ben het.'

Hij opent traag zijn ogen en dan plooit zich een brede glimlach om zijn mond. 'Dag meisje, ben je erg geschrokken?'

Ruth kust hem en streelt met een vinger over het verband. 'Nou en of. Alleen hoorde ik het vanochtend pas.'

Haar vader probeert te knikken, maar dat schijnt hem pijn te doen. 'Tja, ze wilden je ontzien, denk ik. Hoe gaat het in de nieuwe baan?'

Ruth pakt een stoel en neemt een hand van haar vader in de hare. 'Lieve pap, word alsjeblieft gauw weer beter!'

Weer die lieve glimlach, die als balsem op de wond is.

'Mijn baan? Ik ben zo druk als een klein baasje. Maar alles is zo geweldig georganiseerd...' Ze beschrijft de zaak, het huis.'

En niet te vergeten: Daan. 'Kom maar eens kijken als je beter bent, papa. Misschien vind je dan ook nog wel boeken van je lievelingsschrijvers. Nu ben ik bezig ansichten te sorteren. Dat ís me een werk. Daan, dat is mijn baas, zegt dat ergens ook nog dozen met oude postzegels zijn. Maar daar heb ik helemaal geen verstand van. Zegt me ook niets!'

Tot haar verbazing begint haar vader te glunderen. 'Ik heb als jongen postzegels gespaard. Heel fanatiek. Samen met opa. Mijn vader was zo mogelijk nog feller. We gingen beurzen af en correspondeerden met andere liefhebbers. Ergens, ik zou niet weten waar, zal de verzameling nog wel liggen.' Hij sluit zijn ogen even en grijnst. 'Wie weet kom ik je helpen uitzoeken, Ruth. Als therapie...'

Ruth geniet van het contact dat ze met haar vader heeft. Zou hij het weten van Pim? En van Annes burnout?

'Het is wat, thuis, pa. Allemaal hebben ze wat.'

'Anne komt er wel weer bovenop. Ze hebben je zeker niet precies verteld wat er aan de hand is?'

Ruth schudt haar hoofd. 'Maak je niet te druk, papa.'

'Anne heeft een relatie gehad met de vader van een van de peuters. Een gescheiden man. Nogal heftig. Opeens besloot hij zijn vrouw terug te willen en zo is het gebeurd. Anne was er kapot van. Toen kwam er van alles los. Problemen met een collega, bestuurskwesties. Dat soort dingen. Heeft tijd nodig. En Pim?'

Er biggelt een traan over de wang van meneer Endeveld. Ruth veegt hem weg met haar duim, heel voorzichtig, alsof ze hem pijn zou kunnen doen.

'Dat is zo jammer. Maar het zit er niet in. Die studie, bedoel ik. Hij heeft een paar tentamens verknoeid, dat wisten wij dus niet. Hij hield zich groot. Enfin, op het moment dat ik van de trap viel, schoot er zó veel door me heen. Ik dacht een doodssmak te maken. En het was zo raar, Ruth, alsof mijn leven in die drie seconden aan me voorbij trok. Pim? Die komt er wel, maar op zijn manier. Het is voor je moeder moeilijker.'

Ze zwijgen en luisteren naar de geluiden die tot hen doordringen. Een rammelend wagentje dat door de gang wordt getrokken of geduwd. Ruth ziet zichzelf lopen met medicijnen of de etenskar.

Er klinkt gelach op, en haastige voetstappen, alsof er meerdere Rita's voorbij klotsen.

'Ik moet weer gaan, papa. Maar ik kom gauw terug. Je mag zeker niet lezen of puzzelen, of tv kijken?'

'Rust, Ruthje. En je weet niet half hoe goed me dat doet. Als ik dat geweten had...'

Ruth plaagt: 'Dan was je vast en zeker veel eerder van de trap gevallen!'

Haar vader drukt haar hand en glimlacht.

Ze kust hem en voelt zich getroost. 'Weet je hoe ik hier ben gekomen?'

Zijn ogen zijn nu dicht bij de hare. 'Met de bus? Toch niet op de fiets? Dat is een best eind.'

Ruth schudt haar hoofd en zegt: 'Met de Mercedes van de baas. Van Daan. Tjonge, wat een luxe, papa!'

'Klinkt goed. Teken dat die man je vertrouwt. Pas goed op jezelf, kind.'

Ruth legt een hand op zijn voorhoofd. En dan hoort ze zichzelf zeggen: 'Ik houd van je, papa.' Ze schrikt er zelf van, zulke dingen worden in hun gezin nooit verwoord.

'En ik van jou. Fijn dat je geweest bent, kijk goed uit!'

Ze scheurt zich los en voelt, ondanks dat haar vader hier ligt, een soort vreugde, diep vanbinnen. En nee, ze heeft geen zin om die gevoelens te determineren!

Even later zit ze weer achter het stuur en eist het verkeer haar volle aandacht en zelfs haar gedachten.

HOOFDSTUK 6

Daan kan goed luisteren, en hij hoort in Ruths verhalen het verdriet dat haar nog altijd kwelt. Het gevoel niet goed genoeg te zijn.

'Ieder mens is uniek, meisje Ruth. Je bent zoals de Schepper je bedoeld heeft, en pas in de eeuwigheid zullen we dingen begrijpen die ons nu nog onbegrijpelijk voorkomen. Maar ik denk dat het ons dan niet meer interesseert. Dan hebben we wel wat anders te doen dan elkaar te beoordelen. Wees blij met wie je bent. Geloof me, dankzij jouw positieve houding ben ik sneller opgeknapt.'

Ruth kleurt bij dat compliment, maar geloven doet ze het eigenlijk niet.

'Je zegt dat je uiterlijk op je moeder lijkt. Misschien is het beste mens jaloers op haar dochter, die dingen kan en doet die in haar tijd onmogelijk waren.'

Ruth schudt haar hoofd. Een moeder die jaloers is op haar eigen kind? Dat wil er bij haar niet in.

Daan zegt eraan toe te zijn om eens een kijkje buiten de deur te nemen. 'Wat dacht je ervan als we ergens gingen lunchen, met alles erop en eraan?'

Ruth is verrast.

'Pak je jas en je tas, dan gaan we op stap. En morgen wil ik naar de kapper. Ik hou van een kort, stevig kapsel. Het krult in mijn nek.'

Ruth beweert dat het hem goed staat, maar Daan trekt zijn neus op.

Ruth mag rijden en Daan wijst de weg naar een restaurantje dat aan de provinciale weg ligt. Het blijkt al snel dat hij daar een goede bekende is.

De eigenaar en Daan meppen elkaar vriendschappelijk op de schouder en ze krijgen een glaasje wijn van het huis.

Ruth is opnieuw verrast. 'Die man is echt blij je weer te zien, Daan.'

Daan grinnikt en bestudeert de kaart. Hij bestelt voor hen beiden en Ruth hoopt maar dat het een goede keus is.

Tijdens het eten vertelt Daan dat hij binnenkort weer op reis wil. 'Ik laat het afhangen van wat de arts zegt. Dus kijk niet zo bezorgd. Helaas kun je niet mee, want de winkel moet open blijven. Ik heb een advertentie opgegeven voor het regionale blad met de woorden: 'We zijn er weer.' Dus zet je maar schrap, het gaat drukker worden.'

Het is zo gezellig om met Daan op stap te zijn, dat ze de gebeurtenissen van deze ochtend van zich af kan zetten. Daan heeft gelijk, ieder mens is uniek en mag er zijn.

Terug in huis gaat Daan een tijdje rusten na zijn medicijnen genomen te hebben. Ruth stort zich op de kaarten. Ze heeft een lijst gemaakt met een indicatie van de prijzen die ze op internetsites heeft gevonden. Tot haar verbazing zijn er zelfs kaarten die honderd euro en meer kunnen opbrengen, maar dat zijn uitzonderingen. Ze heeft lang naar een afbeelding van een kerstman gestaard, maar niet ontdekt waarom de prijs zo gigantisch is. Uiteindelijk zag ze dat het aan de uitvoering en wijze van drukken moet liggen.

Die middag komt Ronnie Hartog weer poetsen. Ze zet thee en als ze samen een kopje drinken en snoepen van de chocolaatjes die Ronnie heeft meegebracht, vraagt deze of Ruth een keertje bij haar op bezoek wil komen. Ze schrijft het adres op een notitieblaadje.

'Lijkt me gezellig.' Ruth kent nog maar weinig mensen in de stad, alleen wat jongelui die ze in de kerk treft. Maar ze is er nog niet toe gekomen ook hun avonden te bezoeken.

Als Ronnie weer aan de slag gaat, komen de herinneringen van de ochtend weer bovendrijven. Ruth houdt zichzelf voor dat het voor alle familieleden een moeilijke tijd is. De schrik van papa's val en het gevolg, dat vindt ze zelf nog het ergste van alles.

Ze weet dat Daan bereid is naar haar te luisteren, maar ze wil zelf afrekenen met wat haar overkomt!

Later die middag maakt ze op verzoek van Daan een afspraak met de artsen in het ziekenhuis die hem geholpen hebben. Ze kunnen vrij snel terecht omdat Daan een patiënt is waarvan alle gegevens bekend zijn, al hoort hij nu niet meer bij de spoedgevallen. Maar dat is wel het geval geweest, weet Ruth. De volgende dag is de winkel om negen uur geopend. Het is marktdag en het blijkt dat veel winkelende mensen gewoonlijk even langs Daans zaak gingen. Dankzij de advertentie is nu bekend dat de winkel weer geopend is.

Ruth heeft het drukker dan ooit en als ze merkt dat Daan in een hoekje staat om de gang van zaken te bekijken, ziet ze aan zijn gezicht dat hij tevreden is.

Vervelender is het dat Jean Eybers binnenstapt en zich tussen de andere klanten mengt. Daan is ondertussen vertrokken.

'Kan ik u helpen?' informeert Ruth als Jean op haar af loopt.

'Wat ik zoek, schoonheid, staat niet in de rekken. Maar het ís er wel. Dus zeg maar tegen je baas dat ik binnenkort terugkom met een voorstel!'

Ruth kan hem wel wegkijken. Als ze ziet dat enkele vrouwen van hem gecharmeerd lijken te zijn, schudt ze haar hoofd. De man is onecht.

Tegen twaalf uur wordt het rustiger. Ruth ruimt de toonbank op, er zijn wat boeken blijven liggen en omdat ze erg ordelijk is, zet ze die meteen terug waar ze horen.

Een blik naar buiten vertelt haar dat het is gaan stortregenen. Ze boft dat ze niet op de fiets naar haar kamer moet!

Opeens stoot iemand de winkeldeur open. Het eerste wat Ruth ziet, is een winkelwagentje uit een supermarkt. Erachter loopt een man met een honkbalpet die het bovenste gedeelte van zijn gezicht bedekt, en een wilde baard verbergt de rest. Er ligt een stuk plastic over de inhoud van de kar en de man is gekleed in een oude regenjas die scheuren vertoont. Ruth kijkt ontzet naar man en kar. Haar blik glijdt naar zijn voeten, die in halfhoge veterschoenen zijn gestoken, maar de veters zijn te kort om door alle gaatjes te kunnen.

Zo'n merkwaardige klant heeft ze nog niet gehad. Wat te doen? Een klant is een klant, zelfs al is het een zwerver.

'Goedemorgen, mevrouw.' Hij werpte een blik op de oude klok aan de wand. 'Ik moet zeggen: goedemiddag. De tijd gaat ook zo snel.'

Ruth knikt, stamelt een groet. De stem van de man is diep, bijna melodieus. En beschaafd ook.

Hij parkeert zijn kar vlak naast de ingang, waar niemand er last van kan hebben. Vervolgens veegt hij zijn voeten grondig op de welkom-mat. Hij kijkt onderzoekend rond en loopt dan resoluut op een rek toe waarin uitgaven staan die Ruth in stilte de 'moeilijke' boeken noemt: wetenschap, religie, filosofie.

Hij is al snel in een boek verdiept en kijkt alleen af en toe op om te zien hoe laat het is.

Ruth vraagt zich af of hij wel een bed heeft om te slapen. Waarschijnlijk is hij een van de vele daklozen in de stad. Hoe komt hij aan eten? Hoe verging het hem afgelopen winter, toen er sneeuw lag? Wat brengt een mens ertoe om voor deze manier van leven te kiezen?

Misschien vált er wel niet te kiezen.

Ze peinst door, merkt niet dat ze de man met haar ogen vasthoudt. Schulden, misschien waren het schulden waardoor hij alles kwijtraakte. Of is hij een ontslagen gevangene die zijn draai in de maatschappij niet kan vinden?

De klokt tikt door en Ruth schrikt als de man in beweging komt. Hij legt een stapel boeken voor haar neus en haalt een beurs uit zijn broekzak. Ruth ziet tot haar ontzetting dat de broek met een touw op de plaats wordt gehouden.

'Eindelijk heb ik gevonden waar ik al lang naar gezocht heb. Dat geeft een mens vreugde. Maar dat zult u als verkoopster wel vaker horen, neem ik aan.'

Beschaafd, een superbeschaafde stem die niet bij zijn uiterlijk past. Ruth tikt automatisch de prijzen aan, maar als ze sjoemelt met een dik boek dat acht euro moet opbrengen en de prijs halveert, merkt hij het meteen. Een fijn glimlachje verschijnt om zijn mond en voor het eerst kijkt ze hem in de ogen. Het zijn mooie ogen, diep donkerblauw.

'Zo doen we dat niet, mevrouw. Ik mag dan niet de eerste burger van de stad zijn, maar u hoeft me ook niet als een berooid persoon te behandelen. Al was het wel een lief gebaar.'

Ruth kleurt tot diep in haar hals en tikt na correctie het juiste bedrag aan.

Ze pakt een plastic tasje en stopt de boeken er in. 'Het regent,' merkt ze op.

'Dat heb ik gemerkt. Maar daar zullen de boeken geen last van hebben. Zo, dat was het voor vandaag, en ik hoop snel weer te komen.'

Ze loopt haastig mee en houdt de deur voor hem open, net als ze dat bij invaliden in wagentjes en moeders met buggy's doet.

Ze sluit de deur achter hem en kijkt boven het bordje 'open' de dakloze na.

Daan kijkt niet op van haar verslag. Hij is eraan gewend, zegt hij, dat er allerlei 'volk' over de vloer komt. Belangrijker vindt hij wat vriend Jean Eybers te vertellen had.

Hij gromt als een beer als Ruth vertelt wat de man zei. 'Ik heb uitgaven die hij wil hebben en voor de driedubbele prijs wenst door te verkopen. Daar doe ik niet aan mee.'

's Avonds, als Ruth in bed ligt, komen de herinneringen aan de zwerver weer bovendrijven. Waar zou hij de nacht doorbrengen? Het regent niet meer, gelukkig maar.

Maar een bankje in een park is geen prettige plek om te slapen. Onder een brug is het ook niets gedaan. Misschien maakt ze zich zorgen om niets en slaapt hij bij een instantie zoals het Leger des Heils.

Maar het idee dat een supermarktkar groot genoeg is om al wat je hebt te vervoeren, beklemt haar dagen na de ontmoeting nog.

De artsen zijn tevreden over Daans toestand en ja, hij mag weer autorijden. 'Maar alles met mate!'

Daan zegt op de terugweg van het ziekenhuis tegen Ruth dat ze niet ongerust hoeft te zijn wat betreft het naleven van de orders. 'Ik heb mijn lesje geleerd, meisje Ruth, en geloof me, ik wil nog een poosje mee.'

De winkel is noodgedwongen bijna twee uur gesloten geweest. Daan gaat een tijdje rusten en informeert of Ruth nog wel aan de kratten met boeken in de kelder denkt.

'Het is mooi dat je een kaartenwinkeltje wilt opzetten, maar de boeken gaan voor.'

Dus sjouwt ze een paar kratten naar boven en het is schrikken als een man binnenstapt met de vraag wat zijn boeken waard zijn. 'Alles ziet er goed uit. Wat geven jullie ervoor?'

Ruth zegt dat de meeste boeken die binnenkomen, gratis afgeleverd worden. 'Doorgaans is men blij de kasten leeg te hebben. Ik zal het meneer Van de Wetering vragen zodra hij beneden komt. Zal ik het u telefonisch laten weten, of komt u terug?'

De man kijkt knorrig en is wantrouwend. 'In dat geval neem ik ze weer mee. Als ik een andere boekverkoper vind, ziet u mij niet meer terug.'

Ruth schudt haar hoofd. Ze weet niets van inkoop, ook niet wat Daan gezegd zou hebben.

Als ze het Daan later op de dag vraagt, haalt hij zijn schouders op. 'Mensen denken vaak dat ze ik weet niet welk bedrag kunnen vragen. In zeldzame gevallen koop ik een vrachtje, maar dan moet het ook om goede titels gaan. Meestal is het gewoon leesvoer. Denk er maar niet aan terug. Boeken in overvloed.'

De volgende dag ontvouwt Daan haar zijn reisplannen. Hij wil naar België. En als hij zich goed blijft voelen, naar Keulen. 'Daar heb ik klanten zitten. En daar koop ik ook vaak voor mijn geheime voorraad, zal ik maar zeggen. Vroeger ging Jean Eybers met mij mee. Je moet bedenken dat Eybers het vak van mij geleerd heeft. Op een gegeven moment begon hij onder mijn duiven te schieten en toen pas had ik hem door.

Enfin, ik ga net zo lief alleen op pad.'

Ruth laat hem node gaan. Ze heeft een lunchpakketje klaargemaakt en een thermoskan met koffie gevuld voor het geval dat nodig mocht zijn.

'Maar reken er niet op dat ik vannacht thuiskom. Ik slaap in een hotel waar ik kind aan huis ben. Of bij vrienden. Maar ik beloof je te bellen voor ik ga slapen. Kijk niet zo ongerust, kind!'

'Neem dan wel je mobieltje mee. Alsjeblieft?' Ze had er bijna aan toegevoegd: 'Ik houd van je, Daan!' Maar ze hield die woorden net op tijd binnen.

Autopapieren, sleutels, tas met foerage, een koffertje waarin kostbare boeken.

Op de terugweg gaat Daan nog enkele adressen langs, dus hij denkt niet eerder terug te zijn dan over twee dagen.

Bij het afscheid zoent hij Ruth vaderlijk op haar voorhoofd. 'Maak er wat van, meisje. Pas op het huis en sluit goed af voor je naar bed gaat.'

'Beloofd!' reageert ze.

Ze kijkt hem na als hij over het tuinpad naar de garage beent. En even later ziet ze hem in de Stationsstraat voorbijrijden. Hij kijkt opzij en claxonneert onnodig lang.

'Dag Daan, goeie reis,' mompelt ze, en opeens voelt ze zich wel heel erg alleen.

Als Ruth aan het werk is en er klanten in en uit lopen, vergeet ze Daan. Maar zodra het avond wordt, de deuren op slot gedraaid zijn en de grote verlichting uit is, bekruipt haar een gevoel van verlatenheid. Ze schrikt hevig als ze, na de winkeldeur zorgvuldig gesloten te hebben, Jean ontdekt. Hij komt lachend vanachter een stelling tevoorschijn.

'Zo, nu kunnen we eens gezellig babbelen zonder flaporen die meeluisteren.'

Ruth wijst naar de deur. 'De winkel is gesloten en u hebt hier niets om deze tijd te zoeken. Zal ik Daan roepen?'

Jean Eybers lacht voluit en Ruth moet toegeven dat hij een mooi gebit heeft.

'Lieve kind, Daan is afwezig. Dus wat let je om mij behoorlijk te ontvangen. Als een vriend, zullen we maar zeggen.'

Hierop was Ruth niet voorbereid, maar ze kent Daans standpunt ten aanzien van deze man. Zo kalm mogelijk loopt ze naar de deur, die ze van slot doet en wijd opent.

'Jij weet toch wel, schoonheid, waar Daan die dure boekjes heeft staan? Ik wil alleen weten óf ze er zijn en of het de juiste uitgaven zijn. Hij hoeft het niet te weten. Doe die deur dicht en wees eens wat gezelliger!'

Jean komt nu vlak voor haar staan, ze ruikt zijn aftershave. Walgelijk, een man die zich zo rijkelijk besprenkelt.

Met iets van wanhoop werpt Ruth een blik op de straat. Meer blauw op straat, een agent die te voet zijn ronde doet. Een sprookje.

'Schoonheid...' Jean buigt zich nog dichter naar haar over en probeert de sleutel uit haar hand te grissen.

Ruth overweegt hem een schop tegen de schenen te geven, maar dan ziet ze een gehaaste man passeren. Zodra hij bijna bij de winkeldeur is, zet ze het op een gillen en roept: 'Meneer daar, verlos me van deze lastige klant!'

De man blijft staan, maar reageert dan razendsnel. Hij zet zijn koffertje tegen de pui en doet een stap naar binnen.

'Tuttut... Laat me los, ja?' protesteert Jean terwijl hij zich uit een sterke greep tracht te bevrijden. Ruth slaat een hand voor haar mond, van pure schrik.

'Dat zal ik zeker doen, zodra u op het trottoir staat. U bent duidelijk niet als klant gewenst.'

Jean, die beslist niet tot de kleinste mannen behoort, voelt zich opgetild worden en voor hij het weet, staat hij buiten. Ruth snikt van schrik.

De redder in nood klopt zijn handen af, pakt zijn koffertje en gaat rustig door met ademen. 'Niet zo goed getraind, die klant van je. Gaat het een beetje?' Hij sluit met een voet de deur en kijkt de weglopende Jean na.

Ruth slikt en slikt, dan pas is ze in staat hem te bedanken. 'Ik weet niet hoe ik ertoe kwam u aan te roepen. Nou ja, toch wel. Die man is geen onbekende van mijn baas en nu die er niet is, trachtte hij zijn kans te grijpen...'

Haar redder steekt een hand uit en stelt zich voor. 'Fabian Schutte, apotheker. Wel, ik ben blij je geholpen te hebben.'

Ruth noemt haar naam en zegt werkelijk bevreesd te zijn voor Jean Eybers.

'Is dat de naam van onze vriend? Ik meen hem weleens gezien te hebben.'

Ruth zegt dat hij in de buurt woont. 'Hij is uit op een stel uitgaven die mijn baas in zijn bezit heeft. Ik ben bang dat Eybers in staat is om in te breken.'

'Gaat het wel? Zal ik een glas water voor je halen? Alleen ken ik hier de weg niet.'

Ruth zegt meer zin in een sterke kop koffie te hebben. Ze hoort zichzelf vragen: 'U ook?'

Ze gaat hem voor naar het keukentje en als hij op een krukje gaat zitten, ziet ze pas dat haar redder een leuke man is van ongeveer dertig jaar. Misschien wat ouder, of jonger. Zo goed kan ze nu ook weer niet schatten.

Hij zegt vriendelijk: 'Zeg maar Fabian en jij, hoor. Ik werk in de apotheek verderop in de straat. Ik zal in het vervolg naar je uitkijken. Misschien ga ik me wel op het lezen storten.'

Het is duidelijk dat hij haar een beetje plaagt om haar te kalmeren.

'Ik zal ernaar uitkijken,' zegt ze, vlot voor haar doen.

De koffie is snel klaar en als ze beiden ervan nippen – de koffie is gloeiend heet – valt er een stilte waarin alleen de geluiden van buiten te horen zijn. Fabian heft een vinger op: 'Daar gaat mijn trein, hoor je hem?'

Ruth verslikt zich bijna in de koffie. 'Sorry, ik wist niet...'

Fabian grinnikt. Zijn glimlach is ontspannen en tovert kuiltjes in zijn wangen. 'Er gaan meer treinen, gelukkig maar. Stel je voor: 'Nee, mevrouwtje, ik kan u niet van dienst zijn, mijn trein komt eraan. Laat die kerel u maar verkrachten.' Hoor je me dat zeggen?'

Ruth schudt haar hoofd. Verkrachten. Zou Jean zo ver kunnen gaan?

Fabian zet zijn inmiddels lege kopje op het aanrecht. 'Maar ik moet me wel haasten als ik de volgende trein wil halen. Ik blijf buiten staan wachten tot ik zie dat jij de deur op slot hebt gedraaid!'

Ze lopen door de schemerige winkel naar de deur. 'Tot ziens, en droom niet van die Jean!' Weer die aanstekelijke glimlach. Ruth lacht nog wat bibberig terug en kijkt Fabian na tot hij uit zicht is. Zeker weten dat ze vandaag van Jean Eybers geen last meer zal hebben!

Deuren op slot, gordijnen gesloten.

Alarm, is het alarm wel aan? Controleren dus. Ruth griezelt nog na als ze aan Jean Eybers denkt. Een knappe kerel om te zien, hij zou zo bij de film kunnen. En harten stelen. Maar het hare in ieder geval niet en nooit!

Als Daan weer terugkomt, sjouwt hij meer bagage mee dan toen hij vertrok. Zichtbaar blij is hij, dat ziet Ruth meteen.

'Alles goed, meisje Ruth?' Ze krijgt een warme blik. 'Help me even mijn auto leeghalen. Ik sta voor de deur met de knipperlichten aan.'

De koffers en dozen zijn zwaar. Allemaal boeken, denkt Ruth. Ze zet verse koffie voor Daan en zichzelf. Gelukkig zijn er even geen klanten, zodat ze in het kleine benedenkantoor kunnen gaan zitten.

Daan lijkt een tevreden spinnende kater. Ja, hij heeft goede zaken gedaan. 'Gekocht en vérkocht. En dan te bedenken dat ik zelf geen liefhebber van die antieke boeken ben. Maar als je de juiste weg weet te vinden, kun je er prima van leven. En hoe was het hier?'

Ruth vertelt zo summier mogelijk wat haar is overkomen.

Daan loopt rood aan en zegt dat hij zeer binnenkort 'dat heer-schap' de les zal lezen. 'En wie was je redder dan wel? Een geluk dat er iemand langskwam die niet bang was.'

'Fabian Schutte. De apotheker.'

Daan knikt, hij kent hem wel. 'Beste kerel. Nodig hem maar eens uit.'

Ruth schiet in de lach. 'Dan moet ik hem eerst wel spreken.'

Als ze na zessen boven komt en Daan zoekt, roept hij dat hij in het kantoor is. 'Kom maar verder, Ruth.'

Ruth kijkt, zodra ze binnen is, verbijsterd. Op het bureau ligt een stapel boeken waarvan zij zelfs kan zien dat ze erg oud zijn. Linnen kaften, sommige met goud bedrukt.

Er staat een schilderij van een vrouw op de grond, waar het heeft gehangen ziet Ruth een kluis waarvan de deur open-staat. 'Even die spullen in veiligheid brengen. Je weet maar nooit. Ik heb geleerd niemand te vertrouwen.'

Na het eten informeert Daan naar de familie van Ruth. Of de rust al is weergekeerd?

'Ik durf bijna niet te bellen. Morgenvroeg, dan bel ik. Zeker weten dat Rita er dan is. Mijn moeders hulp.'

Opeens herinnert ze zich de zwerver die een stapeltje boe-ken heeft gekocht. 'Geen lectuur, maar 'moeilijke boeken'. Die zou je niet uit jezelf aan een dakloze verkopen. Ken jij die man?'

Daan kijkt bedenkelijk en schudt zijn hoofd. 'Maar ik heb wel over hem horen praten. Hij winkelt wel vaker, schijnt het, in deze buurt. Ik zal eens informeren. Wat bezielt een mens om huis en haard te verlaten, zou je denken. Maar ik heb begre-pen dat sommige mensen behoorlijk in de ellende kunnen komen, bijvoorbeeld door een scheiding, slecht geregelde financiën. Dat soort dingen.'

Ruth ruimt af en ziet erop toe dat Daan zijn medicijnen inneemt. Hij heeft haar hulp steeds minder nodig, maar dat was ook te verwachten.

Ze kruipt die avond vroeger dan normaal in haar hemelbed en

fantaseert over Fabian, die haar komt halen voor een uitstapje.
Soms, héél soms, komen fantasieën toch uit? Dat is een
troostrijke gedachte…

HOOFDSTUK 7

Zoals verwacht krijgt Ruth Rita aan de lijn, de volgende ochtend.

'Goed dat je belt! Nu hebben ze je moeder ook al naar het ziekenhuis gebracht, de arme vrouw. Hm? Wat ze mankeert? Tja. Ze had het benauwd en ging tegen de vlakte. Ik heb Anne uit bed gehaald en die heeft de dokter gebeld. Even later: hup, weg in de ambulance. De rust is hier net weergekeerd. Ik zou maar gauw komen, je weet nooit hoe zoiets afloopt!'

Ruth klemt de telefoon tegen haar oor en zou meer details willen horen, maar Rita zegt dat de voordeurbel al voor de derde keer is gegaan. 'Kom zelf maar poolshoogte nemen, Ruth!'

Daan vindt dat ze meteen moet gaan. 'De tank zit vol, dus daar hoef jij je niet om te bekommeren. Ik red het wel, het gaat best goed met me.' Hij roept Ruth na dat ze voorzichtig moet zijn en moet proberen even niet te denken. Wat een opgave.

Ze snikt en zucht, klemt het stuur vast in beide handen en bijna had ze de man achter de winkelwagen, die een zebrapad oversteekt, niet gezien. De zwerver! Niet aan denken dat ze die arme man bijna had aangereden.

De schrik kalmeert haar, maar als ze voor het huis van haar ouders stopt, durft ze bijna niet uit te stappen. Geen sleutel, dus toch maar bellen.

Rita komt aangehold. 'Dat dacht ik al. Arm kind, kom gauw binnen. Nee, ik heb nog niks gehoord, je zus is meegereden naar het ziekenhuis en daar mag ze mobiel niet bellen. Voor je daarheen gaat, drink je eerst een kop sterke koffie! Je ziet eruit als…' Er schiet Rita geen passende vergelijking te binnen, dus sleurt ze Ruth maar mee naar de keuken om haar van hete koffie te voorzien. 'Ik zou best met je mee willen, maar dan komt de boel hier niet in orde.'

Ruth is met haar jas nog aan op een stoel geploft en brandt haar lippen aan de hete koffie. 'Vertel me alles. Alsjeblieft, Rita.'

Rita gaat er ook bij zitten. 'Je moet bedenken dat je moeder heel wat heeft moeten meemaken. Eerst die schrik met Anne... En toen het een miskraam werd, was je moeder meer overstuur dan Anne zelf!'

Ruth verslikt zich en het duurt even voor ze weer normaal kan ademhalen.

'Anne... Ze was zwanger...' Ze wil het vragen, maar schaamt zich dat zij het – als het waar is – niet wist.

'Ja, dat zei ik toch. Je moeder was in alle staten. Ik had haar nog nooit tegen Anne tekeer horen gaan. Uiteindelijk waren ze allebei overstuur, omdat de vriend haar had laten zitten, weet je wel?'

Nee, van die vriend weet Ruth zo goed als niets af. Ze probeert de gegevens te verwerken.

'Nou, het een en ander pakte je zus behoorlijk aan, dus voor de buitenwereld is ze overspannen. Een dekmantel voor de waarheid. Nou, van míj zal niemand die te horen krijgen. Sneu hoor. En zoals ik zei...' Rita drinkt haar kopje achter elkaar leeg. 'Zoals ik zei: toen kwam die miskraam. Ik was er natuurlijk niet bij, je moeder vertelde het me. En verdrietig dat ze was... Dat snapte ik niet, omdat ze zo tekeerging toen Anne vertelde wat er aan de hand was. Een kindje, stel je toch voor. En nu is ze het kwijt. De zielenpoot. Je moeder is zo gek met Anne, ze kan er wel een hartinfarct aan overgehouden hebben. Wil je nog wat koffie?'

Ruth schudt haar hoofd. 'Ik ga meteen. Bedankt.'

Ze haast zich weg en pas als ze op het parkeerterrein van het ziekenhuis is, komt ze tot zichzelf. Diep ademhalen. Misschien hebben ze haar nodig.

Ze moet informeren waar haar moeder ligt, misschien ligt ze al op de operatietafel!

Het wordt voor haar nagekeken. Vanochtend binnengebracht? Ruth hoort haar naam noemen en tot haar vreugde ontdekt ze Anne, die met een weekendtas in de hand op haar af loopt.

De dame achter de balie begrijpt dat Ruths vragen zijn beantwoord en richt zich tot de volgende wachtende.

Ruths gezicht is een en al vraagteken. Anne trekt haar mee naar een rustig plekje, buiten het looppad.

'Mama is ingestort en ik dacht het ergste. De dokter kon geen uitsluitsel geven. Vandaar dat ze hier is gebracht.' Anne zwijgt een moment en zet de tas op de grond. 'Het valt mee, heb ik net te horen gekregen. Hyperventilatie, hoe vind je die? Het had de schijn van een hartaanval. Maar met hyperventilatie is te leven. Nou ja, het was schrikken. Gelukkig hebben we het nog niet aan papa verteld. Pim is nu bij mama.'

Ruth recht haar rug en wijst met een vinger naar haar zus. 'En je kwam niet op het idee míj ook te berichten? Ik neem je dat erg kwalijk.'

Ruth draait zich abrupt om en slaat op goed geluk een gang in. Ze is het beu om over het hoofd gezien te worden. Stel dat er iets onoverkomelijks met hun moeder aan de hand was en zij te laat kwam om haar nog in leven te zien!

Er klinken voetstappen achter haar.

'Ruth, loop niet zo snel. Je gaat de verkeerde kant op.' Anne grijpt haar bij een mouw en dwingt haar te blijven staan. Ruth kijkt woedend opzij.

Anne zegt: 'Je hebt gelijk. Ik wilde je sparen, maar in het vervolg bel ik je meteen. Zo goed?'

Sparen, haar sparen. Ruth zegt op spottende toon: 'En dat moet ik geloven. Wel, het is je geraden om mij een volgende keer niet 'te sparen'. Breng me nu maar naar mama.'

Mevrouw Endeveld ligt op een eenpersoonskamer. Naast haar zit Pim, die zijn moeders hand vasthoudt. Ruth houdt even haar adem in. Mama is wat bleek, maar zo te zien in blakende gezondheid.

'Mama, wat heb je ons laten schrikken.' Ze klinkt kalm.

Pim grinnikt. 'Ons mam weet wel hoe ze haar kinderen om zich heen moet verzamelen. Je fingeert een hartaanval…'

Zijn moeder legt hem het zwijgen op. 'Ik hoop voor je dat je dit nooit hoeft mee te maken, jongen.'

Er komt een verpleegkundige die vertelt dat de dokter voor de zekerheid nog een paar testjes wil doen. 'Dan mag u morgen naar huis.'

Pim zoent zijn moeder en zegt gauw terug te komen. 'Zorg maar voor taart, mama!'

Weg is hij. Anne gaat zitten en het valt Ruth op dat haar zus er erg slecht uitziet. Zwanger, verkering uit, baby verloren. Arme Anne. Ze kan meeleven, medelijden hebben, maar dat zal niet gewaardeerd worden.

Ruth draalt, weet niet wat ze moet doen. Misschien is het beter dat ze vertrekt. Maar ze zal even langs huis rijden om Rita gerust te stellen.

'Ik ga er ook vandoor, mam. Daan staat nu in de winkel en vervangt mij. Ik bel vanavond wel naar huis om te horen of je echt morgen thuiskomt. Pas goed op jezelf, mam!'

Anne lijkt vastgelijmd aan de stoel. 'Ik blijf nog. Als je langs papa mocht gaan: niets vertellen, hoor.'

Ruth schudt haar hoofd. 'Ik wil wel, maar ik moet ervandoor. Dag allebei, tot gauw maar weer.'

Een weggeblazen handkusje, wuiven bij de deur.

Ze loopt met een groepje mensen mee door de gangen, richting hal. Langzaam begint het tot haar door te dringen dat alles in orde is. Mama heeft geen hartkwaal, alleen hebben haar zenuwen het begeven. De zorgen om de kinderen werden haar te zwaar.

Pim een 'gesjeesde' student, de erg geliefde oogappel Anne zwanger, en overspannen door een breuk plus een miskraam...

Ruth loopt door de draaideur naar buiten en blijft even staan om de frisse lucht in te ademen.

Ja, *last but not least*, zijzelf. Ruth, die nergens in uitblonk en tevreden was én is met een bescheiden plaatsje in de wereld. En alsof het niet genoeg is, valt ook nog papa van de trap.

'Ruth!' Ze kijkt om en ziet haar broer Pim op haar af komen. Ze blijft staan.

'Wilde je nog niet wat langer bij mama blijven?' informeert ze. Pim loopt langzaam met haar mee en schudt zijn hoofd. Hij ziet er anders uit, stelt Ruth vast. Vlotter gekleed, ook zijn haar is in een moderne coupe geknipt en het staat hem geweldig.

'Alles goed met jou?' vraagt hij.

'Eh…' Ze is niet gewend dat een van de gezinsleden haar zulke vragen stelt. 'Best wel. Leuk werk, leuke kamers…'

'Meervoud nog wel.'

Ruth haalt de autosleutels uit haar zak en blijft bij de Mercedes staan. Ze kijkt hem vragend aan.

'Het zit zo: mijn vriendin, Tanneke, zou zo graag kennismaken met mijn familie. Tja, ze zijn allemaal uitgevallen, behalve jij. De volgende keer breng ik haar mee en dan wil ze graag met jou kennismaken. Jullie zijn ongeveer van dezelfde leeftijd, vandaar.'

'Tjonge.' Even weet Ruth niet hoe te reageren. Aarzelend zegt ze: 'Dan hoor ik het wel van je.' Ze ontgrendelt de auto met een klik en dan is het Pim die verbaasd is.

'Wat doe jij met zo'n dijk van een wagen?'

'Rijden, wat dacht je dan? Met toestemming van mijn baas. Pim, ik moet er helaas snel vandoor, ik ben er onverwacht tussenuit gebroken. Ik hoor het dan wel van je.' Ze heeft het portier nog net niet dicht als ze roept: 'De groeten aan Tanneke!' Tanneke, de vriendin van Pim. Hoe serieus zou het zijn?

Ze wuift en rijdt weg, voelt de ogen van haar broer in haar rug prikken.

Thuis is Daan een en al belangstelling voor het wel en wee van haar familie.

Ze vertelt alles wat ze weet en zelfs de ontmoeting met haar broer verzwijgt ze niet. Daan gaat weer aan het werk en zegt over zijn schouder: 'Nodig je familie maar eens uit. Als je jarig bent, bijvoorbeeld.'

Het kost haar even moeite om weer met hoofd en hart bij het werk te zijn. Ze ziet dat Daan bezig is geweest kratten boeken

te sorteren en te prijzen. Nu mag zij ze op de juiste plek weg-
zetten.

Iemand heeft blijkbaar zijn of haar hele voorraad evangelische
boeken van de hand gedaan. Er zit van alles tussen, zware en
meer eenvoudige. Ze vist er een bijbels dagboekje uit en legt
dat apart om mee naar boven te nemen. Elke avond, of misschien ochtend, wil ze een klein stukje lezen.

Als de deurbel rinkelt, stapt er een familie binnen, een moeder
met – zo telt Ruth – zes kinderen. Ze groeten allemaal zoals
het hoort en dan zegt de nog jeugdige moeder: 'Het zijn stuk
voor stuk leesbeesten. Sinds ik deze winkel heb ontdekt,
komen we af en toe nieuw leesvoer halen. Maar u heb ik hier
nog niet gezien!'

Ze stelt zich voor, de smalle hand is onverwacht stevig. De kinderen weten waar ze moeten zijn en zelfs de kleinste huppelt
naar de hoek waar de prentenboeken liggen.

Na een halfuur drentelen de kinderen naar de toonbank, waar
hun moeder met Ruth aan het babbelen is. Hoeveel boeken
mogen ze? Als ze dunne uitkiezen, mogen het er dan méér
zijn?

De moeder slaakt een komische zucht en roept dat ze wilde
dat boeken per kilo verkocht konden worden.

Ruth telt de bedragen op en besluit dat ze best korting mag
geven aan deze goede klant. Ieder kind wil zijn of haar boeken
in een eigen tasje en het zelf dragen.

Als het vrolijke groepje is vertrokken, wordt het stil in de winkel.

Zodra Daan binnenkomt, vertelt Ruth dat ze korting heeft
gegeven. 'Die familie hád me toch een stapel boeken… Ben je
het ermee eens?'

Daan zegt het geweldig te vinden dat ze zelfstandig oordeelt.
'Maar nu moet je een boodschapje voor me doen. Ik zag tot
mijn schrik dat mijn medicijnen nodig bijbesteld moeten worden.'

Ruth is verbaasd. 'Ik dacht dat je voorraad nog op peil was. Je houdt het nu toch zelf in de gaten? Moet ik dat weer voor je doen? Ik zal bellen...'

Daan bekent dat hij op zijn logeeradres een doosje heeft laten liggen. 'Dat sturen ze wel op. Maar als jij even naar de apotheek zou willen...' Hij kijkt haar veelbetekenend aan, wat Ruth doet blozen.

'Kan nog net, voor zessen!'

De dagen worden duidelijk langer, maar de temperatuur is nog winters. Ruth huivert in haar dikke vest. Ze bekijkt al lopend de etalages. Het meisje uit de schoenenwinkel rijdt net een rek met aanbiedingen naar binnen. Ze groeten elkaar vrolijk. 'Er staan nog dozen op je te wachten!' roept ze Ruth na.

En dan is ze bij de apotheek. Ze hoopt niet echt Fabian te zien. Hij is iemand uit een andere wereld dan de hare.

Verkeerd gehoopt, want Fabian staat achter de toonbank en is bezig met een lijst waarop hij iets invult. Een assistente helpt klanten die met een recept komen.

Als Ruth aan de beurt is en om het medicijn vraagt, kijkt Fabian op. 'Nee maar, daar hebben we Ruth. Hoe is het?'

Terwijl de assistente het gevraagde medicijn haalt, loopt hij om de toonbank heen om met haar te praten. Hij glimlacht en zegt dat ze elkaar toch wat beter moeten leren kennen. 'We zijn bijna buren. En eh... de ongewenste gast nog ontmoet?'

Ruth schudt haar hoofd en zegt: 'Gelukkig niet. Maar dat betekent niet dat hij in het niets is verdwenen. Je kent hem toch wel?'

Fabian zegt zelf niet in de buurt te wonen. 'Maar ik zal eens informeren. Wat dacht je ervan als we samen eens naar de bioscoop zouden gaan? Of zit je dag en nacht met je neus in de boeken?' Ze lachen om niets, Ruth ziet de ogen van de assistente over haar heen glijden.

'Uw medicijn ligt klaar!'

Fabian pakt het voor Ruth van de toonbank en legt het in haar hand.

'Ik ga niet vaak uit, want veel mensen ken ik hier nog niet. Ik ben behoorlijk bezet geweest toen Daan, mijn baas, pas uit het verzorgingshuis was. Bij een patiënt weet je wat je te doen staat, maar met een herstellende zieke is dat toch wat anders. Je bent soms onzeker of iets wel goed gaat. Daan is een actief mens en neemt vaak te veel hooi op zijn vork.'

Fabian zegt het te herkennen. 'Mijn vader was net zo. Je krijgt zo'n eigenschap er nooit uit. Maar terzake... Ik zal eens kijken wat er alzo draait en dan wip ik even bij je de winkel in. Goed?'

Ruth is verrast. Ze knikt. 'Leuk! Ik verheug me erop. Nou, tot ziens dan maar!'

Op de terugweg huppelt ze nog net niet. Het is lang geleden dat ze een uitje heeft gehad, mede door haar verhuizing naar de stad en haar werk. Vaak avonddiensten draaien maakte het moeilijk om vrienden te maken.

Daan beweert, als ze thuiskomt, dat ze kijkt als een poes die een muisje of een vogeltje heeft verschalkt.

'Klopt. Ik heb een afspraakje!'

Daan legt vaderlijk een hand op haar schouder. 'Als ik een plannetje heb, weet ik hoe dat aan te pakken, en het mislukt zelden!' Zijn lach buldert door de winkel.

Ruth loopt naar boven en mompelt: 'Wat een verbeelding!'

Daan stampt achter haar aan. 'Ik wil je niet kwijt, als je dat soms denkt. Juist niet, maar als je hier in de buurt een scharreltje hebt, dénk je er niet over om te vertrekken.'

'Een scharreltje! Wat een uitdrukking. Bovendien: één keer met iemand naar de film wil nog niets zeggen.'

Daan gaat tevreden achter zijn krant zitten, Ruth houdt zich bezig met de warme maaltijd. Ronnie Hartog heeft een briefje achtergelaten: of Ruth haar wil bellen voor een afspraak. 'Ik had het willen vragen, maar toen ik vertrok, was je zo druk bezig met die moeder met haar stel kinderen. Vandaar mijn briefje.'

Na de vaat in de afwasmachine gezet te hebben, heeft Ruth tijd om te bellen. Ze weet niets van Ronnie, niet of ze getrouwd is of alleen woont. Misschien is ze net zo'n huismus als ze zelf is geweest.

Daan zegt het ook niet te weten. 'Ze kan praten als Brugman, maar vertellen over zichzelf doet ze niet.'

De afspraak is snel gemaakt en Ruth denkt: als het zo doorgaat, heb ik nog een agenda nodig...

Pim met zijn Tanneke, Fabian, en nu ook Ronnie.

De volgende dag lijkt het lente. De lucht is opengebroken, de zon straalt en het is of de mensen op straat vrolijker kijken. Voor het eerst maakt Ruth kennis met de tuinman van Daan, Kees Kruier. Een kleine man met glimmende oogjes en handen als kolenschoppen. Hij schoffelt, harkt het oude blad op en veegt de paden schoon. Als uit het niets komen bloeiende bolletjes tevoorschijn. Kees Kruier lijkt te kunnen toveren.

Hij verdwijnt voor een halfuurtje en komt terug met bakken vol viooltjes. Uit de garage van Daan haalt hij potten en even later zet hij ze her en der in de achtertuin.

Daan is niet verbaasd, dit gaat al jaren zo, vertelt hij. Een knipoog naar Ruth: 'Goed personeel is het halve werk, meisje Ruth!'

Even lijkt het of er die dag weinig klanten zullen komen, maar daar vergist Ruth zich in. Halverwege de ochtend begint het druk te worden. Sommige mensen kent ze, andere zijn nieuw. Ook worden er dozen met boeken afgegeven, zonder dat er om een vergoeding gevraagd wordt.

Eén klant vraagt waarom ze niet op de markt staan, op zaterdag. Ruth is stomverbaasd. 'Op de markt? We kunnen toch niet op twee plaatsen tegelijk zijn? En ik weet ook niet of ik dat wel leuk zou vinden. Bij mooi weer, misschien. Maar in de herfst, als het constant regent, of in hartje winter! Brr!'

'Praat er toch maar eens met je baas over!' houdt de klant vol.

En als hij vertrekt – met een tas vol spannende boeken – belooft Ruth het Daan voor te stellen.

Zoals gewoonlijk wordt het tegen twaalf uur rustiger, dat blijft zo tot de kantoren uit gaan en er meestal veel kijkers binnen-komen. En juist op dat rustige moment wordt de winkeldeur met kracht opengeduwd. De zwerver. Hij heeft dezelfde kle-ding aan als toen Ruth hem voor de eerste keer zag. Alleen lijkt zijn baard gegroeid te zijn. Hij groet beleefd, parkeert zijn winkelwagentje op een ruime plek en loopt resoluut naar de 'moeilijke' boeken.

Wat zou Ruth hem graag uitvragen. Waarom hij dakloos is. Dat in de eerste plaats.

Ze volgt hem met haar ogen en zie, dit keer koerst hij af op de plank waarop de religieuze boeken staan. Hij pakt een exem-plaar, bladert erin en kijkt ernstig. Een gelovige zwerver.

Zou hij verslaafd zijn, drank, drugs? Ze kan het zich bij deze man niet voorstellen.

In gedachten kleedt ze hem in wat ze zelf 'nette kleding' noemt. Opeens kijkt hij op, recht in Ruths gezicht. Zijn don-kerblauwe ogen houden de hare even vast en dan glimlacht hij zowaar. Alsof hij haar gedachten raadt.

Haastig buigt Ruth zich over een nog te betalen rekening.

De zwerver legt een stapel boeken op de toonbank en zegt nog niet klaar te zijn. 'Er is zo veel nieuws binnengekomen, dat verrast me.'

Hij komt terug met een boek over God en de wereldoorlogen. Ruth moet haar idee van het uiterlijk van een dakloze bijstel-len. Deze man heeft geen ogen die tranen of een druppel aan de neus. Zijn baard is te lang, maar ziet er niet onverzorgd uit. Ze vraagt zich af of hij ook ongedierte bij zich heeft. Luizen, misschien vlooien? Vies ruiken doet hij niet. Zou hij beledigd zijn als ze hem afgedragen kleding van Daan zou aanbieden? Ze durft het niet.

De beurs komt tevoorschijn en de man betaalt netjes het gevraagde bedrag. Ruth had hem graag korting willen geven, als ze dat ongezien had kunnen doen.

'Mooi weer, eindelijk!' zegt ze als de beurs weer wordt opge-borgen. En dan gooit ze eruit: 'Waar slaapt u eigenlijk? Wel fijn

dat de nachten niet meer zo koud zijn…'
Ze voelt zich vuurrood worden.
De zwerver kijkt haar even aan met die indringende blik van hem. Dan glimlacht hij en hij lijkt wel tien jaar jonger. 'Dat is vriendelijk gedacht van u. Inderdaad kan het in de winter knap koud zijn, in de nacht. Maar vandaag hebben we een cadeautje!' Hij wijst met een vinger naar boven. 'Zon en een beetje warmte.' Hij knikt en wenst haar verder een fijne dag. Ze loopt snel mee om de deur voor hem open te houden.
'Dank u zeer, jongedame.'
Ze kijkt hem na. Fier rechtop loopt hij. Nee, die man is vast niet verslaafd. Of het zou aan lezen moeten zijn!

's Avonds pakt Ruth haar fiets en ze rijdt naar het door Ronnie opgegeven adres. Ze heeft geen idee waar ze terecht zal komen.
Dwars door de stad gaat het, voorbij het winkelcentrum, richting nieuwbouw. Zou ze soms buiten wonen? Maar nee, ze is op de goede weg, ziet ze als ze langs een scholencomplex rijdt. Volgens haar gegevens moet ze rechtdoor, dwars door een park waar je eigenlijk niet mag fietsen.
Linksaf, en dan moet ze er zijn.
Ze ziet een rustige straat met aan de ene kant het park en aan de andere kant aardige, zo goed als nieuwe bungalows. Wel, als Ronnie Hartog zich zo'n woning kan veroorloven, waarom heeft ze dan een werkhuis? Ruth vindt het maar merkwaardig. Jawel, nummer zeventien.
Ze zet haar fiets tegen het hekje naast de goed gesnoeide heg en zet hem op slot. Aarzelend loopt ze naar de voordeur en ze drukt op de bel.
Er klinkt een zingende gong die niet lijkt te willen stoppen. Ze hoort voetstappen en dan zwaait de deur open. Ronnie lacht haar vrolijk toe.
'Daar ben je dan, welkom. Ik heb de koffie al klaar, en nu maar

hopen dat je van mijn baksel houdt. Ik ben dol op taarten bakken!'

Ze pakt Ruths jasje aan en hangt het keurig aan een hangertje. 'Hier is de kamer, zoek maar een plekje uit, als je wilt.'

Ruth valt van de ene verbazing in de andere. Meubels waar ooit een prijskaartje om 'u' tegen te zeggen aan heeft gehangen, een dik tapijt op de vloer, en de schilderijen aan de wanden zouden weleens echt kunnen zijn.

Ze laat zich op een bank zakken die haar lijkt te verwelkomen. Een plekje om weg te dromen, vindt ze.

Ronnie komt binnen met een volgeladen dienblad. 'Koffie met alles wat erbij hoort, en zelfgebakken taart. Wat kijk je verbaasd, Ruth, dacht je dat ik in een stulpje woonde? Ik zal je dadelijk vertellen over mijn leventje. Maar eerst koffie. Kon je de weg gemakkelijk vinden?'

Ja, het is de Ronnie die ze kent en met wie ze vertrouwd is. Nog steeds weet ze niet of de vrouw een relatie heeft.

'Woon je hier alleen?' Ze stelt de vraag open en bloot.

Ronnie schudt haar hoofd. 'Ik ben degelijk getrouwd. Met Robert. Klinkt goed, vind je niet? Robert en Ronnie. Hij is op zakenreis. Vandaar dat ik het rijk alleen heb en je gevraagd heb om te komen. Bij Daan hebben we niet veel gelegenheid om te praten. Hoe smaakt de taart? Mokka, dat vind ik zelf zo lekker!'

Een stralende glimlach. Nu Ruth erover nadenkt, komt ze tot de conclusie dat die glimlach iets mysterieus heeft.

Ronnie praat over het heerlijke lenteweer. Ze zal, nu het nog licht is, Ruth zometeen de tuin laten zien. 'Eigen ontwerp. Tuinieren is mijn hobby. Heb jij eigenlijk een hobby?'

Ruth knikt. 'Maar het komt er niet van. Ik teken graag, maar ik ben zo bezet, ik zou niet weten wanneer ik ertoe zou kunnen komen. Overdag is er de winkel, 's avonds moet ik voor de warme maaltijd zorgen, en als het avond is, ben ik meestal te moe om met iets zinnigs te beginnen.'

Ronnie zegt een bloemenkas te hebben waar ze plantjes in

opkweekt. 'Ze mogen nog lang niet naar buiten, het kan immers in de nachten nog vriezen. Maar jouw hobby klinkt goed. Als ik jou was, zou ik toch de draad weer oppakken. Heb je iets om naar uit te kijken!'

Ze praten over de winkel, de zaken van Daan. Ruth vertelt over de zwerver en Ronnie zegt hem weleens in de straat gezien te hebben. 'Hij is anders dan de mannen die ik in het park weleens zie. Daar liggen ze vaak op een bankje te slapen. Het heeft zoiets intens zieligs. Wie kiest daar nou voor? Misschien een jongere die zich tegen zijn ouders verzet en niets ziet in de huidige maatschappij. Daar kan ik me wel íéts bij voorstellen... Maar als je aan de winter denkt, dan stel je die gedachte snel bij. Geen vast inkomen, misschien niet eens een uitkering, niemand die blij met je is. Maar die man met de baard is ánders. Alleen al hoe hij loopt: als iemand die van adel is. Zo fier en trots.'

Ruth is het met haar eens.

Dan heeft ze nóg een vraag. 'Wat doet je man voor werk, Ronnie?'

Ronnie lacht voluit en die lach maakt haar net iets anders dan anderen. 'Wat dacht je?' Ze wijst naar een foto die op de schouw boven de open haard staat.

Ze pakt hem op en geeft hem Ruth in handen. Ruth ziet een groepje mensen met op de achtergrond een waterval. 'Mijn man bezit enkele reisbureaus en die foto is op een personeelsreisje gemaakt. Door mij. Die daar, dat is mijn lief.'

Ruth ziet een lange man met een betrouwbaar uiterlijk. 'Wat een leukerd. Maar nu moet me toch nóg een vraag van het hart. Het is me duidelijk dat jij niet móét werken om bijvoorbeeld de hypotheek af te betalen. Dat je bezigheden zoekt, daar kan ik nog in komen. Maar waarom dat poetsen?'

Ronnie kijkt ernstig en zegt, terwijl ze de foto terug op de schouw zet: 'Eerst nog een kopje koffie. Kun je nog een stukje gebak aan?'

Terwijl Ronnie naar de keuken loopt, schieten Ruth allerlei

mogelijke redenen te binnen waarom Ronnie zich als werkster voordoet. Geen geldgebrek, waarom je dan uitsloven bij een ander? Het komt haar voor dat Ronnie onder valse voorwendselen dit werk doet, maar daar is ze toch ook weer geen type voor.

'Tweemaal taart. Ik heb een map vol recepten, wel tien manieren om appeltaart te maken. En cake, daar kan ik me op uitleven. Gelukkig is mijn man een snoeper, die kan eten zonder dik te worden. Je begrijpt dat ik vaak mijn buurvrouwen op de koffie vraag!'

Ruth knikt, maar lacht niet mee. Ze is zo nieuwsgierig naar wat ze in stilte 'Ronnies geheim' noemt. Ze zal toch niet spioneren voor Jean Eybers?

Alleen de gedachte al...

Ronnie valt stil, zet haar kopje en gebaksschoteltje op tafel. 'Ik heb je fantasie geprikkeld, waar of niet?' vist ze.

'Reken maar. Je leidt voor mijn gevoel een dubbelleven.'

Ronnie knikt. 'Daar lijkt het ook wel op. Maar ik zal beginnen bij het begin. Ik heb geen ongelukkige jeugd gehad, maar wel... anders dan een ander. Ik kan het niet goed uitleggen. Mijn moeder hield veel van me, dat zei ze ook vaak, maar ze was bepaald geen knuffelmoeder, was altijd wat afstandelijk. En mijn vader zag ik zelden. Hij was altijd op reis voor zijn werk. Niet zoals mijn man, hoor. Mijn man ís er. Ook al is hij er niet, snap je me?'

Ruth knikt. 'Dat geloof ik wel. Het is trouwens moeilijk om uit te leggen wat je als kind voelde, hoe je iets beleefde. Je beledigt er zo snel anderen mee. Maar ga alsjeblieft door.'

'Ja, dat doe ik. Je hebt als kind niet door dat je ouders ongelukkig met elkaar zijn. Zelfs woordenwisselingen ga je als normaal beschouwen. Je thuis blijft je thuis, tot je in de pubertijd komt. Dan ga je anders kijken en vergelijk je jouw thuis met dat van anderen. Je huis, je ouders, hun en jouw manier van leven, hun kijk op de wereld, de kerk, de buren. Herken je dat?'

Ruth knikt heftig. 'Zeker. Ik voelde me schuldig als ik iets negatiefs dacht. En dan probeerde ik dingen te bedenken waaruit bleek dat mijn ouders op een andere manier uitblonken. Je leefde in twee werelden. Zouden de pubers van nu het er nog zo moeilijk mee hebben?'

Dat kan Ronnie niet beoordelen.

'Ik deed op een gegeven moment een ontdekking: ik kon niet het kind van mijn vader zijn. Dat hoorde ik tantes tegen elkaar fluisteren. Het had iets met de bof te maken. Later las ik ergens dat jongens die in de pubertijd de bof krijgen, later problemen kunnen krijgen met hun vruchtbaarheid. Dus toen ik dat begreep, begon het getob. En nooit durfde ik het aan iemand te vragen. Zo was onze verhouding: niet te intiem worden en weten wanneer je zwijgen moest. Nou ja... Mijn vader overleed jong en mijn moeder begon, zoals ze vaak zei, niet meer aan 'een ander'. Ze heeft mijn man nog leren kennen, maar onze trouwdag niet meegemaakt. Ze is vrij onverwacht aan een hartstilstand overleden. En ik, ik moest in mijn eentje het ouderlijk huis uitruimen. Tjonge, daar zijn wat traantjes bij gevallen, Ruth.'

Daar kan Ruth in komen. Ze huivert ervan.

'Jij denkt: nu komt de aap uit de mouw! Was ook zo, maar niet direct. Ik hoopte natuurlijk dat ik iets zou vinden over wie mijn eigen vader was. Ik twijfelde er toen zelfs aan of mam wel mijn eigen moeder was – misschien was ik geadopteerd. Sommige ouderparen kunnen daar zo moeilijk over doen. Maar ik vond niks in mijn moeders persoonlijke papieren. Geen foto's. *Niente*, niets. Vlak voor ik klaar was met het huis en me al neergelegd had bij de resultaten van mijn zoektocht, kreeg ik bezoek. Een vergeten vriendin van mijn moeder die met grote ogen het zo goed als lege huis door keek. Ik hoor haar nog roepen: 'Waar is je moeder?' Ze woonde in Spanje en het contact was verwaterd. Gaat vaak zo. Zij en mijn moeder waren vriendinnen vanaf de schoolbanken, zoals dat heet. Schoolvriendinnen; tot ze trouwden waren ze dik met elkaar.

Deze vriendin logeerde zelfs een tijdje bij mijn ouders, omdat ze ruzie met haar man had. Enfin...'

Ronnie springt op en rent naar de keuken, om terug te komen met een fles cola light en twee glazen. 'Spraakwater.' Ze zwaait met de fles en vervolgt: 'De vriendin schrok dat mams er niet meer was, ze huilde een poosje en riep toen: 'Je lijkt niets op haar. Je hebt duidelijk alles van de andere kant!' Ze dacht dat ik hét wist. Niet dus. Ik werd onzeker. Zeurde door. Ze lachte opeens en zei: 'Het is dat jij een vrouw bent, anders was het duidelijker. Je hebt dezelfde ogen, die aparte kleur. Ja, hou je vast, Ruth... Ze zei: 'Je bent op en top een Van de Wetering!'

Ruth houdt van schrik haar glas scheef en knoeit op haar kleding. Ze merken het geen van beiden.

'Ik verder vissen, en de vriendin schrok toen ze ontdekte dat ik van niets wist. Ze zei dat mam en 'die knul van Van de Wetering' op de middelbare school al wat hadden. Later raakte dat uit en toen ontmoette ze mijn vader. 'Het werd trouwen. Ik was erbij... Het werd spannend toen de ex ook nog op de receptie kwam.' Er volgden nog wat details die mij uiteindelijk zekerheid gaven. Ik had dus nog een vader. Een echte... En wat doe je dan?'

Ruth valt in: 'Zoeken, natuurlijk. En je denkt dat Daan...'

'Eerst het telefoonboek. Daar stond een rijtje Van de Weterings in. Sommige vielen al snel af. Uiteindelijk begon ik de denken dat het om Daan moest gaan. Kon niet missen. Ik ging boeken kopen en Daan begluren. Inderdaad, mijn ogen zijn hetzelfde als die van hem. Maar toen ik op internet begon te zoeken, sloeg de twijfel toe. De Van de Weterings waren een zeer welgestelde familie. Geld, oud geld, zoals vaak wordt gezegd.'

Ruth bolt haar wangen. 'Familie? Ik heb Daan nog nooit over familie horen praten, jij?'

Ronnie schudt haar hoofd en biecht op dat ze toen ze pas bij Daan werkte, gezocht heeft naar fotoalbums waarin ze het bewijs zou kunnen vinden.

'Hoe ben je ertoe gekomen om bij Daan te gaan werken?' Ruth glimlacht haar lieve lach.

'Dat kwam bij toeval. Ik was weer eens in de rekken aan het neuzen en begreep uit een gesprek dat Daan met een vrouw voerde, dat hij zijn hulp kwijt was. 'Het is om radeloos van te worden. De was stapelt zich op en ik moet toch ook eten! En overal om me heen groeit de rommel. Ik kom achter met mijn administratie...' Hoor je het hem zeggen?'

Ze lachen samen.

'Ik liep wat dichter naar ze toe en bemoeide me met het gesprekje. Toen zei Daan opeens: 'Jij daar, als je niets te doen hebt, kom dan bij mij poetsen!'

En ik dacht: waarom niet? Hij was stomverbaasd toen ik toestemde. Nou, het was in het begin puin ruimen. Daan is ordelijk, maar niet in staat het zo te houden. We konden het samen meteen goed vinden, en lach niet... Hij betaalt me goed!'

Ja, daar kan Ruth over meespreken. Daan is niet gierig.

'En je durft het hem niet op de man af te vragen, Ronnie? Ik zou me nooit hebben kunnen beheersen en had het er vast al een keer uit gegooid.'

Ronnie vertelt dat het, naarmate de tijd verstrijkt, moeilijker wordt. 'Weet je wat ook een handicap is? Hij is welgesteld. Zei ik straks al. En ik wil niet overkomen als een erfenisjager. Ik ben hem sympathiek gaan vinden en nóg hoop ik dat er ooit een familielid opduikt dat meer rechten op een erfenis zou hebben dan ik. Joh, ik kan toch moeilijk waarmaken dat ik de ontdekkingen pas heb gedaan? Moet ik bekennen dat ik onder valse voorwendselen en binnen ben gekomen? Nou, dan kijkt hij me nooit meer aan. Zo is Daan.'

Ronnie schenkt hun glazen nog eens vol.

'Wat een moeilijk verhaal... Wat ben je uiteindelijk van plan?'

Ronnie kijkt verdrietig. 'Toen hij in het ziekenhuis kwam te liggen, wist ik me geen raad. Die arme man... Zo eenzaam toch ook. Wie weet hoeveel pijn mijn moeder hem heeft gedaan? Heeft ze hem niet verteld dat ze zwanger was? Schande, ze hield er buiten haar huwelijk een relatie op na. Mam was vast bang voor haar goede naam en ik geloof dat mijn vader niet eens wist dat je van de bof onvruchtbaar kunt worden. Dat wisten zijn zussen dus wel. Tja. Ik weet niet hoe het nu verder moet.'

Ruth zegt dat zijzelf een type is dat alles eruit gooit. 'Wat riskeer je? Je wilde zekerheid, ja toch? Dat krijg je pas na DNA-onderzoek. Als je te lang wacht, kan het niet meer. Daan kon weleens ruzie met zijn familie hebben. Misschien om een erfenis. Het gaat vaak om geld in familieruzies.'

Dan bekent Ronnie: 'Ik durf het niet, Ruth. Wat als hij me de deur wijst? Dan ben ik hem kwijt... Het moet haast wel dat hij mijn vader is. Ik neem het mijn moeder erg kwalijk dat ze het me nooit heeft verteld. Trouwens, Daan zou het wel leuk vinden om opa te worden.' Ronnie zwijgt veelbetekenend. Het duurt dan ook even voor die woorden tot Ruth doordringen. 'Joh... Jij? Je bent zwanger? Geweldig! Zijn jullie er blij mee? Hoe ver ben je?'

Ronnie pinkt een traan weg. 'Blij? Reken maar. Ik was al bang dat er nooit meer wat van zou komen. Sinds ik het weet, ben ik zo huilerig, zo sentimenteel ook. Gun jij Daan dan geen kleinkind?'

'Haha, dat is voor mij nogal moeilijk. Maar je hebt gelijk, Ronnie. Hij zou blij zijn. En het je kwalijk nemen dat je het niet eerder verteld hebt.'

'Maar ik heb nog steeds geen zekerheid!' roept Ronnie. 'Hoe doe je dat, tegen iemand zeggen: u bent misschien mijn vader?'

Ruth denkt diep na. 'Foto's. Die zouden kunnen helpen als opstapje. Had je moeder geen foto's van vroeger? Klassenfoto's? Neus nog eens in haar spullen.'

Ronnie veert op en haalt uit een muurkast een paar schoenendozen. 'Mijn moeder plakte nooit foto's in. Dat deed ik zelf later wel. Alles zit in deze dozen. Haar eigen babyfoto's. Naoorlogse zwart-witte kiekjes met kartelrandjes. Ik heb erin gezocht, maar nooit iets gevonden wat me aan het denken zette. Had ze maar een dagboek bijgehouden. Wil je ze zien?' Ruth bladert door de stapel foto's. 'Joh, ik zou ze ordenen als ik jou was. Wat heb je aan zo'n rommeltje? Je weet niet precies de data, maar wat geeft dat? Kijk, die is leuk, je moeder met een stel meisjes!'

Nee, Ronnie lijkt inderdaad zo goed als niet op haar moeder. 'En ze zong zo vals als een kraai, terwijl ik een volle, zware alt heb. En zuiver.' Om het te bewijzen, laat Ronnie een riedeltje horen.

Ruth is verbijsterd. 'Jij hebt een stém, zeg, waarom doe je daar niets mee?' En even later grapt ze: 'Daan heeft ook een zware stem…'

Dan komt Ruth op een idee. 'Ik neem een foto van je moeder mee. Of twee, nog beter. Eén toen ze zestien, zeventien was en één uit de tijd dat ze jou verwachtte. Die 'vind' ik zogenaamd in een boek. Ik bewaar altijd de frutsels die ik in een boek vind. Briefjes van kinderen, een ansichtkaart die als boekenlegger is gebruikt. Gedroogde bloemen… Ik leg alles in een la. Waarom weet ik niet, maar ik vind het zonde om zulke persoonlijke dingen weg te gooien. Dus ik 'vind' die foto's en leg ze op de toonbank. Afwachten of Daan reageert. Doen?'

Ronnie kijkt zuinig. 'Tja, als jij denkt dat het werkt?'

Ruth geeft Ronnie haar doos terug. 'Zoek maar wat uit. Ik denk erover na en dan kunnen we altijd nog zien of we het doen. Misschien kan ik uitvissen of Daan broers of zussen heeft. Of we moeten mensen zoeken die van zijn leeftijd zijn en hem van vroeger kennen. Zo wist mevrouw Kolonel, mijn baas in het verzorgingstehuis, dat er geld zit bij de Van de Weterings. Misschien weet ze méér. Je zou het ook ver kunnen doorvoeren en een detective inhuren?'

Ze lachen beiden, opeens ontspannen.

'Ik haal wat sterkers voor je te drinken, maar ik doe niet mee.' Ronnie verzamelt de glazen en met de fles onder haar arm loopt ze opnieuw naar de keuken.

Ruth kijkt naar buiten. De tijd is om gevlogen, het is donker. 'Een glaasje rode port, goed?'

Ruth zegt dat ze na wat ze te horen heeft gekregen, wel iets sterks kan gebruiken. 'Bedankt dat je het me wilde vertellen.'

Ronnie zucht diep en zegt dat het genoegen aan haar kant is. 'Ik ben zo blij dat ik het iemand kan vertellen. En jou vertrouw ik volkomen. In het begin was ik jaloers op je... Slapen in dat hemelbed, koken voor Daan en bij hem aan tafel zitten... O, Ruth, ik móét het weten voor de baby er is...'

Zodra Ruth haar glas leeg heeft, gaat ze staan. 'Ronnie, ik moet ervandoor. Het is allemaal nogal wat!' Ze houdt bijtijds binnen dat haar zus Anne zwanger is geweest. Dat is voor Ronnie niet prettig om te horen. Maar ze vertelt wel over haar moeder, en over Pim, die contact zoekt. En over de uitnodiging van Fabian om een avondje uit te gaan.

Ze lopen samen naar de voordeur, Ronnie gaat mee tot aan het hekje. 'De apotheker. Niet gek... Leuke man ook. Wie weet wat eruit voortkomt! Je redder in nood!'

Ruth zegt dat ze onzeker is. 'Ik denk altijd dat ik er niet toe doe. Ik ben nooit populair geweest. Zo'n meisje waar de jongens achteraan liepen. Ik ben meer type muurbloempje. Dus misschien vergist Fabian zich in mij!'

Ronnie heeft haar mond al open om Ruth tegen te spreken, maar deze is haar te vlug af en springt op haar fiets.

'Tot gauw dan maar, Ronnie. Het was leuk om bij je te zijn! Slaap lekker!'

Ronnie roept nog iets wat Ruth niet verstaat. Ze heeft opeens haast om thuis te komen.

De avondlucht is mild, de aarde geurt naar nieuw leven.

Er is veel om over na te denken en voor ze het weet, is Ruth weer in de Stationsstraat. Ze gaat de hoek om, zodat ze bij de achtertuin van Daans huis uitkomt.

Het doet haar goed als ze binnenkomt en Daan nog wakker aantreft. 'Fijn dat je er weer bent, meisje Ruth! Ik moet bekennen dat het veel te stil is zonder jou.'

Die woorden doen haar goed, het geeft een kick dat ze zo welkom wordt geheten.

Pas als ze haar bed opzoekt, bedenkt ze dat ze de tuin van Ronnie niet heeft bekeken.

HOOFDSTUK 8

De volgende dag weet Ruth zich niet goed een houding te geven ten opzichte van Daan.

Ze speurt stilletjes zijn gezicht af om te zien of er gelijkenis met het uiterlijk van Ronnie is te vinden. Daans gezicht is verweerd. Bovendien is hij een man en dat maakt de vergelijking met het gelaat van een jonge vrouw niet gemakkelijk.

Ze legt de meegenomen foto's in de onderste lade en tobt over hoe ze het zal aanpakken. Tenslotte rekent Ronnie op haar.

Ruth heeft ook nog eens goed nagedacht over wat Ronnie opmerkte: als ze nú met het verhaal op de proppen komt dat ze een dochter van Daan zou zijn, kan het erop lijken dat het haar om de erfenis is te doen. Maar, vindt Ruth, daar staat tegenover dat Ronnie en haar man het financieel goed hebben. Het blijft lastig om een oplossing te vinden, hoe dan ook.

Wat óók niet gemakkelijk is: sommige klanten hebben ontdekt dat Ruth bezig is met het sorteren van kaarten. Met als gevolg dat er geregeld mensen langskomen met de vraag of ze de collectie mogen bekijken. Ze wil geen 'nee' verkopen, maar feit is dat haar handeltje nog niet op orde is.

Het is duidelijk dat Daan liever heeft dat ze haar werktijd aan het sorteren van de nieuwe boeken wijdt en ze kan als werkneemster moeilijk tegen hem in gaan. Dus wordt het avond- en weekendwerk.

'Je ben een doorzettertje!' vindt Daan. Overdag is hij meestal ook in de winkel en samen werken ze heel wat kratten weg.

'We zetten een tafeltje buiten, Ruth, tegen het raam. Plek genoeg. Dat trekt kijkers, en kijkers worden vaak kopers. Dat ze wat gappen, moeten we dan maar incalculeren. Help me even een tafel uit de kelder te sjouwen!'

Achter in de kelder staat een tafel met precies de goede afmetingen, maar hij is erg lastig te hanteren. 'Toe, Daan, moet dat nou… Wacht toch tot er iemand komt die het samen met mij kan doen. Straks val je nog.'

111

Daan raakt geïrriteerd. 'Als jij me nu ook al als een ouwe vent gaat behandelen, meisje Ruth, dan gaan we de verkeerde kant op. Ik kan die tafel alleen nog wel de baas!'
Wat Ruth betwijfelt.
Ze sjorren het ding trede voor trede omhoog. Ruth houdt de onderkant zo goed ze kan vast, Daan leidt het vrachtje de goede kant op.
'We zijn er. Dat betekent…' hijgt Daan, en hij zet een voet op de begane grond.
'Nog niet!' klaagt Ruth. Ze klemt haar handen op de poten van de tafel en het kost haar moeite haar evenwicht te bewaren.
Daan blikt triomfantelijk over de tafel heen en kijkt niet waar hij loopt. Vlak voor zijn voeten staat een leeg en vergeten krat. Hij haakt er met één voet in en maakt een smak van jewelste. Gevolg is dat Ruth haar grip op de tafel verliest, en ze tuimelt omlaag. Gelukkig komt ze goed terecht. Een paar blauwe plekken meer of minder, daar geeft ze niet om. Ze klautert naar boven om te zien waarom Daan de tafel heeft losgelaten.
'Nee hè!' schrikt ze als ze Daan languit tussen twee boekenrekken ziet liggen, een voet klem in het krat.
'Help me liever overeind… Ik heb mijn arm bezeerd, meisje Ruth… Er zit iets verkeerd. Au!'
Daan is niet kleinzerig, maar als Ruth hem onder de oksels grijpt om hem overeind te helpen, slaakt hij een luide kreet. Ruth deinst terug. 'Daan toch, wat nu?'
'Als de nood het hoogst is, is de redding nabij!' zegt een bedaarde stem. Ruth kijkt verschrikt om. Daan is ondertussen bezig met zichzelf om te ontdekken wat er zoal nog meer mis is met hem.
De zwerver staat midden in de zaak, de winkelwagen heeft hij buiten geparkeerd. 'Wat is er gebeurd?'
Ruth wijst op de voet van Daan, die klem zit. 'Maar dat is een kwestie van trekken, denk ik. Ik wilde hem overeind helpen,

maar dat bezorgt hem erg veel pijn. Ik denk dat ik hulp moet halen...'

Ze voelt zich schuldig, ze had Daan tegen moeten houden.

De zwerver doet zijn jas uit en sjort zijn broek wat hoger op. Daarna stroopt hij de mouwen van zijn vale trui omhoog, bekijkt een moment zijn handen en knielt bij Daan neer. Hij vraagt waar het pijn doet.

Ruth wil roepen dat hij van Daan moet afblijven, straks is er wat gebroken en ondeskundige handelingen kunnen dan meer kwaad dan goed doen.

De zwerver kijkt onverstoorbaar, zijn vingers bevoelen Daans arm, zijn schouders en nek. 'U hebt een arm uit de kom. We kunnen twee dingen doen. Ik kan hem ter plekke op de plaats duwen, maar als u liever even naar het ziekenhuis wilt, ga dan uw gang.'

Ruth komt een stapje naderbij. De zwerver heeft duidelijk verstand van EHBO.

'Kun jij dat dan?' vraagt Daan wantrouwig.

De zwerver knikt. 'Anders had ik het u niet aangeboden. Het is voor u wel pijnlijk, maar het moet toch gebeuren. Dus?'

Ondertussen trekt hij Daans voet uit het krat en schuift het ding tot aan Ruths voeten. Daarna hurkt hij weer bij Daan neer en adviseert: 'Denk maar even aan iets heel prettigs, dat wil nog weleens helpen.'

Daan slaakt een kreet die huizenver te horen moet zijn en dan is de klus geklaard...

'Nu is het zaak dat u de arm een tijdje in een mitella draagt. Kom, dan help ik u overeind.'

Daan zegt dat het nog wel pijnlijk is. Maar hij is een en al bewondering voor de zwerver. 'Man, waar heb je dat geleerd?'

De zwerver buigt zijn hoofd en zegt op zachte toon: 'Voor u een vraag, voor mij een weet. Als ik u was, zou ik een tijdje rust nemen. Ga om te beginnen even zitten.'

Hij voert Daan richting keukentje, waar Daan zich in een stoel laat ploffen. 'Een mitella, mevrouw... Als die niet in de verbanddoos zit, is een keukendoek ook goed.'

Ruth trekt een kastje open en rommelt tussen de hand- en theedoeken. 'Hier, een klein kleedje, dat is groter.'

De zwerver vouwt met een paar handbewegingen een mitella en vraagt of Ruth een speld heeft. Daan is weer bijna de oude als hij zegt: 'Kijk maar in de rommella, onder de balie.'

Daar liggen behalve de gevonden voorwerpen die Ruth bewaart, allerlei prulletjes. Nietjes die uit de verpakking zijn gerold, een paar spijkers, een kleine schroevendraaier, punaises en inderdaad een paar spelden op een kaartje.

Ze haast zich terug naar de keuken en overhandigt de zwerver een paar spelden. Hij knikt goedkeurend en even later zit Daans arm in de mitella.

Ruth zet koffie, ook al hebben ze al een ronde gehad. 'Voor de schrik. Even bijkomen. U toch ook?'

De zwerver lijkt opeens, van het ene moment op het andere, een gedaanteverwisseling te ondergaan. Plotseling is hij weer de man van de straat, die thuishoort achter het supermarktkarretje. 'Natuurlijk. Hoe kun je het vragen, Ruth. Die man is vanaf nu mijn vríénd!' roept Daan.

Ruth lacht met hen mee, pakt de koekjestrommel en is blij dat er nog krakelingen in zitten. Ze schenkt de koffie in mokken en informeert of de gast suiker en melk gebruikt. Hij grijnst en zijn donkerblauwe ogen priemen recht in die van Ruth.

'Ik denk dat ik dat al vier of vijf jaar niet meer doe. Zwart en sterk…'

Daan slurpt zijn koffie naar binnen en kreunt dat de schrik erger was dan de pijn.

De zwerver knikt en drinkt zijn koffie heel wat beschaafder dan Daan, vindt Ruth.

Opeens bast Daan met zware stem: 'Man, je maakt mij niet wijs dat je voor je plezier op straat leeft. Bovendien kún je er wat van. Een arm terug in de kom duwen is geen werk voor een amateur. Wat ben je geweest, ziekenbroeder? Ambulance-chauffeur?'

114

De zwerver slaat zijn ogen neer. Hij oogt opeens heel kwetsbaar. 'Dat is mÍjn geheim, beste mensen. Geloof me, een man gaat niet zonder reden het leven leiden dat ik doe. En ik ben niet de enige die geen uitweg zag... Of althans geen andere dan kiezen voor het leven van een dakloze. Er is mee te leven. Zoals ik het doe, is het te doen.'

Ruth zet haar lege kopje op het aanrecht en voelt een sterke drang in zich om deze man de helpende hand toe te steken.

'Ik denk dat u toch liever een ander soort leven zou willen leiden. Er is toch altijd een weg terug? Als er mensen zijn die je willen helpen, op wat voor manier dan ook. Als ik zie wat voor boeken u altijd aanschaft, dan hebt u volgens mij een behoorlijke opleiding gehad!'

Opeens lopen er tranen over de wangen van de zwerver. Hij zoekt tevergeefs naar een zakdoek, wat Ruth naar een stuk keukenrol doet grijpen. Dat duwt ze in zijn bevende vingers.

Hij snuift, schaamt zich duidelijk.

De winkelbel komt storen en na een korte aarzeling haast Ruth zich naar de zaak.

Er staan twee tieners die naar hun zeggen inspiratie zoeken voor een werkstuk. 'Waarom kijken jullie niet op internet?' verbaast Ruth zich.

Tweestemmig klinkt het: 'Dat doen ze allemaal al. Wij willen iets origineels!'

Ruth is behulpzaam, wijst op verschillende titels, maar als de meisjes onder de boog door lopen en de gebonden oude kranten zien, worden ze enthousiast.

Dat moet het zijn, dat moet het worden. 'De vergelijking van kranten uit... kijk toch, 1950! Die vergelijken we met een moderne krant. Als dat niks wordt, weet ik het niet meer!'

Ze schrikken aanvankelijk van de prijs.

'Deze uitgaven zijn dan ook vrij uniek en niet veel in omloop. Weet je wat, jullie mogen ze huren. Een klein beetje, en ze ongeschonden na gebruik terugbrengen. Is dat wat?'

De meisjes glunderen en gaan even later met een vrolijk

gezicht en een flink gevulde plastic tas de winkel uit.

Ruth schudt haar hoofd. Zo jong te zijn en zo onbezorgd. Ze voelt zich opeens 'oud'.

Je oud voelen als je midden twintig bent, om te lachen. Ze is benieuwd of Daan en de zwerver door zijn gegaan met het begonnen gesprek.

Ze voegt zich stilletjes weer bij hen.

Daan zit geboeid te luisteren, het schijnt dat de zwerver zijn hart aan het uitstorten is.

'Ik begrijp mezelf niet, mensen. Ik zwijg al die tijd al over wat me is overkomen. Ik leef van de dag in de nacht en zo door. Mijn enige zorgen zijn een slaapplaats te vinden en voldoende eten om niet wakker te liggen van de honger. En ik ben de enige niet, er zijn er echt meer zoals ik.'

Ruth kijkt van de een naar de ander. Wat zou hij verteld hebben?

'Als ik goede dagen heb, sart het geweten me meer dan wanneer ik moet worstelen om in de basisbehoeften te voorzien. De goede dingen des levens moeten aan mij voorbijgaan. Ik verdien ze niet.'

Ruth heeft haar mond al open om te reageren, maar Daan seint met zijn ogen: zwijg.

'Herinneringen, die zijn de pest. Ze zijn als niet te helen zweren. Alle goede herinneringen worden gewist door die ene gebeurtenis. Die is niet goed te maken, die neem je je leven lang mee. Als een verdiende straf.'

Er valt een pauze en daarna neemt Daan het woord. 'Maar, mijn vriend, stel dat je tegen de wet hebt gezondigd, dan krijg je gevangenisstraf. Die zit je uit en daarna ben je vrij, je straf zit erop. Je mag opnieuw beginnen. Maar wat doe jij? Je straft jezelf dagelijks opnieuw. Stop daar toch mee!'

Een diepe zucht is het antwoord.

Ruth heeft het gevoel dat ze zal knappen, zo nieuwsgierig is ze. 'Kunt u er niet over praten? Dat wil nog weleens helpen.'

De man kijkt haar meewarig aan. 'Ach, mevrouw, luister. Als er een mensenleven mee is gemoeid, iemand door jouw fout is overleden, dan vergeef je je dat zelf niet. Een medische misser eersteklas. Dat wordt je door niemand vergeven. Het is niet eens zo dat je bevoegdheid ingetrokken wordt, maar de mensen, die vergeten niet, en dat kun je zelf ook niet. Vraag me niet om details. Dat kan ik niet opbrengen, het brengt de film in mijn hoofd weer op gang.'

Ruth buigt zich naar hem toe en legt haar handen op zijn knieën. 'Dus u hebt wel meer gedaan dan armen terugduwen in de kom?'

Zijn ogen zijn nu heel dichtbij en Ruth wilde wel dat ze nog dichterbij kon komen.

'Zeker, zeker. Ik neem het je niet kwalijk dat je nieuwsgierig bent. Ik kan het van jullie hebben. Maar geloof me, erover praten kan ik niet. Niet tegen een deskundige en niet tegen vrienden.'

Hij pakt Ruths handen even in de zijne, het is een intense gewaarwording. Dan springt Ruth op, opeens nerveus. 'Koffie, er is nog koffie.'

Ze schenkt, morst, lacht zenuwachtig en moppert op zichzelf. Daan kijkt stug voor zich uit, Ruth weet dat hij zijn hersens op volle toeren laat werken. Hij wil, net als zij, deze medemens helpen. Maar niet met vrome praatjes of de geijkte troostwoorden. Die landen niet bij hem, nog niet.

Daan slaat zich met zijn goede hand op de knie. 'Man, daar moet toch uit te komen zijn. Al zou je maar naar de binnenlanden van... Verweggistan gaan, waar mensen hunkeren naar medische hulp. Nooit over nagedacht?'

De zwerver knikt. 'Ik deug nergens meer voor, vriend.' Hij zet zijn kopje op het aanrecht en glimlacht naar Ruth. 'Mag ik bedanken voor dat heerlijke kopje koffie?'

Ruth kleurt en gaat ook staan. 'Mogen we uw naam weten. Ik denk altijd aan u als 'de zwerver'. Maar een echte naam is fijner, dan hoort u er echt bij.'

Hij schudt zijn hoofd. 'Ergens bij horen. Ik weet niet meer hoe dat was. Maar mijn naam wil ik jullie wel geven.' Hij knipoogt naar Daan. 'Omdat we nu vrienden zijn. Wel, mijn naam is Leopold Schuilenburg.' Hij zucht. 'Zo, dat is eruit. Geloof me, ik heb mijn eigen naam in jaren niet meer gebruikt. En nu ga ik ervandoor... Daan, het was toch Daan? En meisje Ruth?'

Ze lachen alle drie wat ongemakkelijk.

'Gewoon Ruth is goed. Maar nog wat. Wil je zo vriendelijk zijn me te helpen de tafel uit de kelder te halen? We hadden hem bijna boven... Tot Daan in dat krat trapte.'

Leopold is tot heel wat meer in staat dan gedacht. De tafel is in een mum van tijd boven, hij helpt hem buiten voor het raam te zetten. 'Ben je niet bang, Daan, dat je beroofd wordt?'

Daan grinnikt en zegt dat hij er de 'weggeefboeken' op wil leggen. 'En ik zal zorgen dat er wieltjes onder de poten worden gezet. Dan is het naar binnen sjouwen voor sluitingstijd niet zo'n werk.'

Leonard blijft even peinzend staan. 'Dat zou ik voor je kunnen doen, Daan. Al zeg ik het zelf: ik ben altijd vrij handig geweest. Zeg het maar.'

Daan slaat het aanbod niet af, aarzelt alleen of hij vooruit geld moet betalen. Leopold weet wat hij denkt. 'Ik schiet het wel voor. Schikt het dat ik morgen langskom?'

Ruth doet een stapje in zijn richting. 'Dan is de koffie klaar.'

Daan en Ruth kijken hem samen na als hij zijn weg vervolgt.

'Heb je nog pijn?' Ruth sluit de winkeldeur.

Daan schudt zijn hoofd. 'Dat valt wel mee. Maar de behandeling viel vies tegen, meisje Ruth. Dat hoef ik niet weer mee te maken. Enfin, we hebben er een 'vriend' bij. Een geschikte kerel. Ik heb begrepen dat hij chirurg is geweest. Eén fout en je wordt zwerver? Dat lijkt me toch een te zware straf. Zelf opgelegd nog wel.'

Ze komen er niet uit, die twee.

Opeens denkt Ruth weer aan de foto's van Ronnies moeder. Ze

duwt die gedachte weg zover ze kan. Voor vandaag is het mooi geweest. Eén probleem per dag is genoeg.

Die avond belt Pim. Zijn stem klinkt jongensachtig en hij praat tegen Ruth alsof ze altijd belangrijk voor hem is geweest.
'Ruth, zusje van me, schikt het je als we zondagmiddag op bezoek komen? Tannie en ik? Of we naar onze ouders gaan, weet ik nog niet. Misschien moet ma het kalm aan doen en Anne zit ook niet lekker in haar vel. Komt pa al gauw thuis?'
Ruth zegt dat niet te weten. 'Ik hoor altijd alles het laatst, dus als je het weten wilt, moet je zelf even bellen. En je bent hartelijk welkom, ik ben benieuwd naar Tanneke.'
Pim daast nog even door, wat Ruth doet vermoeden dat Tanneke in zijn buurt is. Als ze haar op de achtergrond hoort lachen, weet ze dat ze gelijk heeft.
Met een glimlach verbreekt ze de verbinding. Pim en Tanneke, dat klinkt best goed.
Hopelijk vindt het meisje 'genade' in de ogen van de familie.
Het probleem van Ronnie dendert weer naar binnen, zodra deze een voet over de drempel zet. Ze kijkt Ruth vol verwachting aan. Ruth schudt haar hoofd en onmiddellijk versombert het gezicht van Ronnie.
'Kom op, meid, ik moet wél de gelegenheid hebben. Maar er is wel iets opmerkelijks gebeurd...' Ze vertelt het verhaal van Daans val en de kennismaking met de zwerver, in geuren en kleuren.
'Wat een bijzondere man. Chirurg, weet je dat zeker? Wat zou er dan zijn misgegaan, vraag je je af. Zonde van zijn kennis. Enfin, wie weet kun je nog wat voor hem doen.'
Ronnie, zo vindt Ruth, is van de ene dag op de andere een vriendin geworden. Ze vertelt over haar broer die toenadering zoekt. 'Wat fijn voor je, Ruth.'
Hun wegen scheiden zich, Ronnie zegt te moeten 'poetsen' en Ruth wacht genoeg werk in de winkel.

De volgende dag komt Leopold de wieltjes onder de tafel plaatsen. Hij stapt zelfverzekerd binnen. Ruth straalt hem tegemoet, al weet ze het zelf niet.

'Gisteravond was het een heel gedoe om de tafel binnen te krijgen. Ik wil niet dat Daan zich overmatig inspant, zie je. Maar de boeken trekken wel bekijks en lokken mensen naar binnen. Dus het idee is prima. Met wieltjes zal het heel wat gemakkelijker gaan, Leopold!'

Ze krijgt de naam toch wat moeilijk over haar lippen. Waarom niet gewoon een afkorting, bijvoorbeeld Leo?

Samen zetten ze de tafel op de kop en Leopold haalt de benodigde onderdelen uit een plastic tasje. Hij overhandigt Ruth de bijgaande bon. Ze kijkt toe hoe hij het werk klaart. Op een gegeven moment krijgt hij het warm, zweetdruppeltjes parelen op zijn voorhoofd. Hij veegt er met de rug van zijn hand langs, zet daarna zijn pet af.

Ruth staart naar zijn gezicht, dat zonder pet met grote klep zo anders is. Ze flapt eruit: 'Wat een prachtig haar heb je, Leo. Een vrouw zou er jaloers op kunnen zijn!'

Hij kijkt op, houdt haar ogen even met de zijne vast. 'Tja, dat hoorde ik vroeger vaker. Maar doe me een plezier en noem me geen Leo. Dat hoort bij de taboes, als je begrijpt wat ik bedoel...'

Ruth bloost. Ze is weer eens te voorbarig geweest.

Hij informeert naar Daans gezondheid.

'Het gaat prima met hem. Alleen het liggen in bed was lastig, zei hij. En het ontzien van die hand valt hem moeilijk, maar dat is echt Daan!'

Er komen klanten, die door Ruth vlot geholpen worden. Leopold kan haar woord voor woord horen, het maakt dat ze zich opgelaten voelt.

Daan komt de winkel binnen, ontdekt Leopold en begroet hem opgewekt. 'Kijk eens aan, onze racetafel is bijna klaar. Moeten we hem nog aan de ketting leggen, vriend? Er zit buiten een schroefoog waar de klanten met hond hun lieveling nog weleens vastleggen.'

Het lijkt Leopold een goed idee. 'Je weet maar nooit tegenwoordig.'

Hij wil niet betaald worden voor de klus. 'Vrienden helpen elkaar, zeggen we op straat altijd. Maar als ik even de kaarten op die tafel daar mag bekijken? Ik heb... ik had vroeger een verzameling om u tegen te zeggen. Erfstuk van grootmama. Niemand wilde die albums vol stadsgezichten hebben en ik kon het niet over mijn hart verkrijgen om ze weg te doen of te verkwanselen. Zodoende.'

Ruth loopt met hem mee en legt uit hoe ze de verzameling wil ordenen. Leopold geeft haar wat tips en Ruth knikt dankbaar. 'Ik vind het zelf enig werk, maar ik heb er geen snars verstand van. Ik weet niet wat waardevol is en wat prut. Ik 'studeer' op internetsites naar wat de prijzen zijn, dat soort dingen. Misschien kan ik ze ooit op internet zetten voor verkoop. Maar wat dan? Je moet ze versturen, zien dat je de betaling binnenkrijgt, dat soort dingen. Het kost allemaal tijd en daar komt bij dat Daan er niet verrukt van is. Er zijn ook nog postzegels!'

Nu straalt het gezicht van de zwerver – slechts heel even, maar Ruth heeft een glimp van de echte Leopold opgevangen. Ze komt op een idee. Wil het gelijk op tafel gooien, opent haar mond, om hem vervolgens weer dicht te klappen.

'Kijk maar even... Ik moet Daan wat vragen en ben zo terug.'

Daan heeft zich in het kleine benedenkantoor teruggetrokken en kijkt Ruth verbaasd aan als ze komt binnenstormen.

'Daan, ik heb het toch goed dat jij, net als ik, begaan bent met het lot van Leopold? Nu heb ik wat bedacht... Hij is dol op postzegels en heeft verstand van kaartenverzamelingen. Zal ik hem vragen of hij komt helpen de boel te ordenen? Ik kom er niet veel verder mee, en toch wil ik alles zo graag goed voor elkaar hebben!'

Daan rimpelt zijn gezicht, overweegt de voors en tegens.

'Hoe dacht je dat in te kleden? Tegen betaling? Zomaar, in de

winkel? Die man ziet er immers niet uit, meisjelief. Dan moeten we daar eerst wat aan doen. Maar voor je het weet heb je hem beledigd. Enfin, zie maar. Je hebt van mij carte blanche.'
Ietwat teleurgesteld loopt Ruth terug naar de winkel, helpt een paar klanten en loopt daarna weer naar Leopold, die inmiddels een krukje heeft gepakt.
'Er zitten juweeltjes tussen. Tja, als het niet onmogelijk was, zou ik je graag willen helpen. Maar Daan ziet me aankomen...'
Ruth hapt naar adem. Zie daar: hij zou wel willen. 'Waarom niet, Leopold?'
Nu staan zijn prachtige ogen donker, er spreekt schaamte uit. 'Zie mij hier zitten, als klant ben ik nog wel te tolereren, maar als hulpje... Straks duiken al mijn straatmakkers op en bedelen ze om een baantje. Nee, dan zouden we dat anders moeten aanpakken.'
Ruth krijgt weer hoop. 'Als jij dat echt zou willen, Leopold, zoek dan ook een weg. Ik zou het geweldig vinden als je kwam helpen en Daan is geen probleem. Hij laat veel aan mij over, moet je weten.'
Leopold heeft een kaart in zijn handen van een oude kerk. Hij koestert de foto, ziet Ruth, en ze vraagt zich af of hij binding heeft met de stad waar de kaart vandaan komt.
'Tja, een wat meer fatsoenlijk uiterlijk zou kunnen helpen. Maar het een haalt het ander uit. Ik weet het niet, Ruth...'
Ruth buigt zich naar hem over om een zoekende klant niet de gelegenheid te geven mee te luisteren. 'Je moet onderdak hebben. Maar waar vinden we dat? Ergens moet een plekje voor je zijn. Bid je weleens, Leopold? En dan bedoel ik tot God?'
Leopold buigt zijn hoofd alsof hij de kaart in zijn hand beter wil bekijken. 'Dat is op de kop vierenhalfjaar geleden, dus.'
'Ik bid wel, en ik zal bidden of God je een plek om te wonen wil geven. Dat moet lukken, Leopold. En als het niet snel genoeg verhoord wordt, dat gebed, dan...' Ze rimpelt haar voorhoofd en zegt: 'Dan zal ik zelf wat verzinnen. Maar goedkomen doet het.'

HOOFDSTUK 9

Op de afgesproken tijd belt Pim aan bij het huis van Daan aan de Stationsstraat. 'Veel plezier, en kom je grote broer straks maar aan me voorstellen.' Daan zakt wat onderuit in zijn stoel en trekt demonstratief een krant over zijn gezicht.
'Welterusten!' zingt Ruth en ze huppelt de trap af.
Ze trekt de deur open en ziedaar, Pim, met een allerliefst meisje om wie hij zijn arm heen heeft geslagen. 'Dit is ze nu, Ruth. Mijn Tanneke!'
Tanneke is niet groot, heeft zwart krulhaar en prachtige bruine ogen. Ze steekt Ruth beide handen toe en zegt: 'Eindelijk iemand van Pims familie. Het werd hoog tijd!'
Ruth krijgt twee zoenen, op elke wang één.
'Wat een locatie, zusje,' zegt Pim. 'Een huis om in te willen wonen. Nou ja, dat doe je dan ook. Je hebt geboft, geloof ik.'
Ruth neemt hen mee naar boven en laat trots haar kamers zien. Tanneke jubelt als ze het hemelbed ontdekt. 'Dat wil ik ook als we gaan trouwen, lieverd.'
Pim zegt plagend: 'Doen we dat dan, en wanneer?'
Ze verliezen zich in elkaar en Ruth ontdekt een kant aan haar broer die tot nu toe onbekend was.
Terug in de knusse woonkamer informeert ze wat het stel wil drinken. 'Koffie, thee of cola?'
Tanneke doet de bestelling en zegt dat ze een theeleut is.
Als Ruth terugkomt met drie koppen thee en een schaaltje bonbons, zit Tanneke bij Pim op schoot, haar armen om zijn hals.
'Wanneer gaan jullie naar huis? Naar pa en ma, Pim?'
Pim haalt zijn schouders op. 'Ma is al terug uit het ziekenhuis en het schijnt dat pa zo goed herstelt dat ook hij binnenkort wordt ontslagen. Maar ja, zitten we nog met Anne, die zich niet goed voelt.'
Tanneke glijdt van zijn schoot en zegt: 'Dat hoeft toch geen belemmering te zijn om op bezoek te gaan?'

123

Pim houdt zich bezig met zijn thee en heeft even geen antwoord.

'Zeg nou zelf, Pim, Ruth vindt het ook leuk dat ze mij eindelijk leert kennen, ja toch, Ruth? Ik ben enig kind en ik heb altijd zo graag een zusje willen hebben. Of een broer, zoals Pim. Nu heb ik een vriend én een zusje! Ik ben van plan, Ruth, jou goed te leren kennen. Vriendinnen zijn geweldig, maar een zúsje... We hebben dan wel geen bloedband, maar evengoed worden we zussen. Schoonzussen.'

Ruth grinnikt. 'Wanneer is de trouwdatum?'

Pim wordt vuurrood, ook iets nieuws.

'We denken aan de zomer. We weten al wel waar de huwelijksreis naartoe gaat. Wat dacht je: de Turkse rivièra. Ik verheug me er enorm op. Heb je Ruth al verteld dat ze met de bouw van ons huis zijn begonnen?'

Ruth zet grote ogen op. 'Huh?'

Pim gaat verzitten en mompelt dat Tanneke alle nieuwtjes voor zijn neus wegkaapt. 'Het zit zo. Wilfred, de vader van Tanneke, wil zich uit de zaken terugtrekken. Hij had een leuk stukje grond en de keuze tussen verkopen of er iets mee doen. Tja, van het een kwam het ander. Het wordt een behoorlijk groot huis. Met een tuin eromheen...'

'En ik wil een zwembad. Leuk voor de kinderen. Ik, wé, willen vijf kinderen. Als het ons is gegund, natuurlijk. Word je tante, Ruth!'

Het gaat Ruth allemaal veel te snel. Ze zegt: 'Het belangrijkste is dat jullie gelukkig zijn met elkaar.' Ze kijkt van de een naar de ander en vervolgt: 'Dat lijkt me wel in orde.'

Na nog een kopje thee willen de twee graag de winkel zien. 'Ik ben dol op lezen. Misschien vind ik er wel wat van mijn gading.'

Eenmaal tussen de boekenrekken klapt Tanneke blij in haar handen. 'Om hier te werken, dat is gaaf, Ruth. Enig... Ik zie zo al een stel boeken van schrijvers waar ik dol op ben. Even zien of er wat voor mijn moeder bij is.'

Ruth roept haar plagend toe dat ze op zondag geen zaken doen. Verschrikt blijft Tanneke met een opengeslagen boek in haar handen staan. 'Dan maken we het bedrag toch over, hè Pimmetje?'

Pimmetje. Zo noemden tantes hun neefje vroeger, herinnert Ruth zich opeens. Ze begrijpt nu ook waarom Pim aarzelt de vrolijke Tanneke aan de familie voor te stellen. Hun ouders hadden een afgestudeerde jonge vrouw in gedachten.

'Ik hoef geen korting, Ruth. Dat vind ik zoiets... kinderachtigs. Net als vrienden van pappie komen en vragen of ze vanwege de relatie tien procent of meer korting krijgen. Zaken zijn zaken.'

Pim betaalt wat de kassa aangeeft en grinnikt. Hij trekt Tanneke tegen zich aan en zoent haar dat het klapt. Ruth weet even niet waar ze moet kijken. Het is wennen, een schoonzusje als Tanneke.

Voor ze vertrekken, neemt Ruth hen mee naar Daan. 'Hij wil graag kennis met jullie maken.'

Daan speelt een rol. Vaderlijk, vol overwicht en schijnbaar zonder enige zorg. Het gesprek verloopt vlot, Tanneke laat duidelijk merken gecharmeerd van hun gastheer te zijn. Als ze vertrekken, fluistert ze dat Ruth boft met zo'n werkgever. 'En met je kamers. Mag ik eens terugkomen? Zonder Pim, want die moet werken. Ik heb natuurlijk een eigen wagen, al sinds mijn achttiende. Daar kon pappie niet onderuit.'

Na ze uitgezwaaid te hebben, zet Ruth een kopje koffie voor Daan en haarzelf.

'Wat een druktemaker is dat meisje. Niet geschikt voor mijn winkel, zoals jij.'

Ruth glimlacht en zegt: 'Maar ik mag haar wel. Alleen mijn broer is zichzelf niet meer. Vreemd is dat.'

Daan bestudeert Ruth een poosje en zegt dan: 'Kom op, vertel me eens wat je dwarszit. Ik zie het aan je gezicht.'

Ruth kijkt weg van het raam waar de regen tegenaan slaat. Het lijkt wel herfst. 'Dat zou je moeten kunnen raden, Daan. Ik

125

denk aan Leopold. Waar zou hij zich ophouden? Onder een brug, in een oud pakhuis, bij het Leger des Heils? Brr. Ik heb nooit nagedacht over het lot van mensen die op straat leven. Alleen als ik bij de ingang van de supermarkt iemand met de daklozenkrant zie staan. Ze mompelen iets in een taal die je niet verstaat,maar als je wat geeft, hebben ze geleerd 'dankoewel' te zeggen. Even later ben je ze alweer vergeten. Maar nu we Leo kennen...'

Ze krijgt tranen in haar ogen.

Daan bromt: 'En nu komt het: wat had mevrouw voor oplossing in gedachten?'

Ruth veegt met de mouw van haar vestje langs haar ogen. Daan lijkt wel gedachten te kunnen lezen.

'Nou, om te beginnen het volgende.' Ze gaat rechter in haar stoel zitten. 'Hij wil me wel helpen met postzegels en kaarten sorteren. Ze klaarmaken voor de verkoop, prijzen achterop zetten. Maar zoals hij eruitziet... Zijn haar is te lang en zijn baard ook. Hij zou mensen afschrikken als ze hem aan de behangerstafel zouden zien zitten. Zo zijn mensen nu eenmaal. Enfin, aan zijn uiterlijk is te sleutelen, met een beetje tact.'

Daan lacht bulderend. 'Zoals je dat voorstelt! Nog even en je hebt er een filmscript van gemaakt. Ga door, meisje Ruth.'

'Nou ja. We doen de winkel om zes uur dicht. Zeggen we dan: 'Dag Leo, prettige avond', of kom je op het idee hem mee te laten eten? Hij is toch je vriend?'

Daan buigt zich naar Ruth over. 'Ga door, deel twee: blijven eten. En dan...'

'Daarna is het: 'Welterusten, vriend.' Zie je het gebeuren?'

Ruth staart naar de vingers van Daan, die op de stoelleuningen trommelen.

'Jawel, Daan, zo zal het gaan. Behalve als wij er wat aan doen!'

Daan stopt met het getrommel en vraagt ironisch: 'Is je hemelbed ruim genoeg voor twee personen?' Hij verschikt wat aan zijn mitella.

'Flauw! Bah, je neemt me niet serieus. Hij mag van mij alleen in het hemelbed, dan slaap ik wel op de slaapbank in het kleine kantoor beneden. Desnoods.'

De stilte die valt, zegt bijna meer dan woorden.

'Dus je hebt het allemaal al bedacht. Baard eraf, andere kleren, een paar aardappeltjes méér koken, bedje gespreid… Lieve meid, we zijn toch geen zorginstelling. Het einde is zoek als je zo begint. Straks brengt hij een serie maatjes mee. En ze zijn heus niet allemaal afgestudeerde artsen of weet ik wat voor hoogs in de maatschappij geweest. Ieder mens heeft de verantwoordelijkheid voor zichzelf. Je hebt niet met een zwerfkatje te maken, maar met een mens van vlees en bloed dat misschien helemaal niet zit te wachten op jouw liefdadigheid. Zeg nou zelf.'

Ruth ziet in gedachten het integere gezicht van Leopold voor zich. Zijn intens blauwe ogen en zijn innemende lach.

'Die man is het spoor bijster. We zouden hem toch tijdelijk kunnen helpen? Misschien komt hij tot inkeer.'

Daan reageert niet. Hij kijkt, net als Ruth eerder, naar de ramen, waar de regen ongenadig tegenaan kletst.

'Misschien is het een ingeving, wil God dat we iets voor Leopold doen…' fluistert Ruth.

Daan kijkt verstoord. Jawel, hij is gelovig en gaat trouw naar de kerk. Maar hándelen zoals soms gepreekt wordt, dat is wat anders. Omzien naar de naaste, de barmhartige Samaritaan spelen, delen met de armen wat je hebt? Waar is de grens? Hij geeft aan goede doelen. Iedere collectant kan op hem rekenen, hij is altijd gul. Maar iemand onder je dak noden, aan je tafel vragen, een bed geven!

'Waar is de grens, meisje Ruth?' Hij spreekt nu op zachte toon. Hij kan het slecht verdragen Ruth te zien huilen.

'Je geeft warempel om die kerel. Waar ben je toch mee bezig! We hebben net de apotheker binnengehaald, en nu staar jij je blind op een arts die een geweldige misser heeft begaan.'

127

Op tafel staat een doos tissues, Ruth grijpt er meteen de halve inhoud uit. 'Ik zeg toch dat het een ingeving is. Wat ík zou doen. Goed, er lopen honderden van dat soort mensen in de stad, maar er is er slechts één op ons pad gekomen…'

De telefoon gaat en Daan schijnt er blij om te zijn. Een Duitse relatie, een man uit Keulen. Op zondag zakendoen? Dat, roept Daan, is hij niet gewend. O, het is een aanloopje voor een uitnodiging, dat is wat anders.

Ruth luistert verbaasd mee. Daan beheerst zijn talen perfect.

Ze staat stilletjes op en gaat naar de keuken. Tijd om de warme maaltijd klaar te maken. Ze heeft spijt zich zo te hebben laten gaan. Ze had het tactvoller moeten aanpakken. Nu is er geen weg terug meer. Ze kan alleen afwachten tot haar ideeën bij Daan zijn geland. Er zit niets anders op.

De volgende dag is het maandag. De dag dat de zaak is gesloten. Daan sluit zich op in zijn kantoor en Ruth gaat aan de slag met de kaarten.

Tegen koffietijd belt ze even naar huis. Ze krijgt haar moeder aan de lijn. Jawel, papa komt morgen thuis. 'Jij zult wel niet kunnen komen. Pim ook niet, maar dat is wel zo rustig voor papa.'

Ruth wikt en weegt, besluit dan toch te vertellen dat Pim met zijn vriendin op bezoek is geweest. 'Bij jou? Ga wég, dat meen je niet. Hoe kwam dat zo, kind?'

Ruth vertelt zo rustig mogelijk hoe de kennismaking tot stand kwam. 'Ik zou hem maar snel vragen eens langs te komen, mama. Voor je het weet, staan ze voor het altaar.'

Stilte.

'Je wilt me toch niet weer het ziekenhuis in jagen, Ruth?'

'Nee mam, dat geloof je zelf niet. Ik zeg alleen wat ik denk. Het is een leuk stel, die twee. Mam, ik moet weer aan het werk. Doe papa en Anne de groeten! Ik probeer gauw een keer langs te komen, desnoods na zessen. Doei!'

Terug naar de kaarten. Van plaatsen waar ze nooit van heeft gehoord. Lollum, Drylst. Waar mag dat liggen? Dan ontdekt ze dat Drylst dezelfde plaats is als IJlst, alleen in het Fries.

Er klinkt een tikje op de winkeldeur. Ze staat op. Vervelend, als klanten het bordje 'gesloten' negeren. Dat komt, denkt ze, omdat de lampen in de winkel aan zijn.

Er staat een man, die haar bekend voorkomt, maar als ze de deur van het slot heeft gedaan en geopend, ontdekt ze dat het niemand anders is dan Leopold. Keurig gekleed in een ribfluwelen pantalon en een fleurig jack. Op zijn hoofd een Engelse pet in plaats van de pet met lange klep. Hij kijkt beschroomd, maakt met beide handen een hulpeloos gebaar en vraagt bijna nederig of hij binnen mag komen.

'Tuurlijk!' Ruths stem slaat over, zo ontdaan is ze. Ze ziet dat hij zijn voeten – gestoken in vlotte instappers – zorgvuldig aan de welkom-mat veegt.

'Waar eh... Waar heb jij je wagen?' Alsof ze het over een Bentley heeft.

Leopold grinnikt. 'Ergens geparkeerd. Ik ben naar het Leger geweest en daar hebben de dames me in het zo goed als nieuw gestoken. Het is wennen, Ruth.'

Ruth krijgt de neiging hem te omhelzen.

'Je ziet er fantastisch uit. Zeer welkom, Leopold. Ga zitten, dan haal ik koffie. Ben je niet kleddernat geworden?'

Leopold ontdoet zich van zijn jack en zegt dat dat wel meevalt. Ruth pakt zijn jas aan en hangt hem in de hal. Zo moest Daan hem zien! Maar nee, ze moet niets forceren.

Leopold gaat aan de behangerstafel zitten. 'Je bent al goed bezig. Er begint systeem in te komen. Zijn er nog meer dozen?' Ruth jubelt dat het kelderschap nog lang niet leeg is. Ze zet twee mokken tussen de kaarten.

'Voorzichtig, Ruth. Deze hier zijn waardevol, en echt oud. Kijk nou toch, de Scheveningse Pier. Die is voor de liefhebber. En de blauwe tram. Weet je wel hoe oud die zijn? En hier, geweldig, mensen in koetsjes in het water. Wat waren ze toen preuts

129

vergeleken met nu.'

Hij geniet van de warme koffie en Ruth vraagt zich af of hij al ontbeten heeft. Ze durft het niet te vragen.

'De bijzondere kaarten moeten apart. Die zijn voor bepaalde kopers, mensen die weten wat ze willen. En dan te bedenken dat er op zolders her en der in het land nog ik weet niet wat voor kaarten in dozen liggen. Vergeten en als waardeloos bevonden.' Even later vraagt hij om een potlood en een gummetje.

Ze hebben geen gebrek aan gespreksonderwerpen.

'Zijn er nog meer schoenendozen?' vraagt Leopold.

Ruth trekt een stapel vanonder de tafel tevoorschijn. Ze lachen saamhorig. Waarom, zou Ruth niet kunnen zeggen. Zwijgen kunnen ze ook.

Dan zegt Leopold: 'De doos met molens is vol. Nieuwe doos!'

Ze werken door tot twaalf uur. Nou ja, ze vinden het geen van beiden werken...

De deur vliegt open en Daan bast: 'Meisje Ruth, schiet op, dan gaan we ergens lunchen!' Hij doet twee stappen de winkel in en ziet dan pas dat Ruth niet alleen is. 'Meneer...'

Leopold draait zich om en lacht als hij Daans verbijsterde gezicht ziet.

'Je hebt een verjongingskuur ondergaan, vriend. Ik zou je op straat zo voorbij zijn gelopen.' Hij valt even stil en vervolgt dan: 'De uitnodiging geldt ook voor jou. Kom op, dan gaan we ergens eten.'

Leopold gaat staan, lijkt opeens weer op de zwerver als hij zegt: 'Ik weet het niet, Daan. Ik heb zo lang niet... Ik ben vergeten hoe... Me hier thuisvoelen is niet hetzelfde als tussen de mensen...'

Daan wordt door een golf mededogen overspoeld, maar laat het niet merken. Hij mept Leopold op z'n schouder en zegt: 'Tussen Ruth en mij in kan je niets gebeuren, man. Kom op, iedere dag een stapje verder. Je zou ons blij maken als je mee-ging.'

Ruth kijkt zo smekend, dat Leopold niet wil weigeren. 'Goed dan.'

Ze lopen via de achtertuin naar de garage, alle drie onder een paraplu.

Daan noodt zijn gast voor in de auto te komen zitten en schuift zelf achter het stuur. 'Jawel, dat gaat best. Die mitella is alleen nog voor de show,' mompelt hij.

'Dat is lang geleden voor mij,' zegt Leopold, en hij bevoelt het leer van de stoel waarop hij zit, doet de gordel om, en even is het of er jaren wegvallen. Maar dat verwoordt hij niet.

Ruth bestudeert zijn achterhoofd. Zijn haar is niet vakkundig geknipt, ziet ze. De volgende keer zal ze het zelf proberen. Misschien.

Als ze de stad uit rijden, zegt Leopold met de nodige zelfspot: 'Dat gaat heel wat sneller dan met mijn racewagen.'

'Ja, vriend, verschil moet er zijn.' Daan weet best hoe ver hij kan gaan.

Het restaurant waar hij parkeert is nieuw voor Leopold, dat zegt hij ook. Eenmaal uit de auto haakt Ruth een arm door de zijne. 'Gezellig, Leopold. Daan heeft een goede smaak, neem dat maar van mij aan!'

Eenmaal binnen kijkt Leopold aandachtig om zich heen. Niet dat hij vergeten is hoe eetgelegenheden eruitzien, hij is wel in chiquere restaurants geweest. Maar dat was in dat andere leven.

Daan neemt hun jassen aan en hangt ze aan een kapstok.

'Die muziek, is dat niet een beetje luid?' denkt Leopold hardop.

'Dat is tegenwoordig overal zo. In bijna alle winkels, maar niet bij ons. In sommige winkels word je bijna weggejaagd door de herrie en is het zelfs de jongere garde te bar,' weet Ruth te vertellen.

Leopold bestudeert de kaart, knikt en zegt fluisterend: 'Dat daar, dat kipgerecht, dat heb ik in vijf jaar niet geproefd. Ik kon het zelf als student al bereiden...'

De maaltijd verloopt prettig. Daan drinkt één glas wijn, Leopold zegt dat hij het ontwend is.

Weer terug in de winkel pakken hij en Ruth hun werk weer op. Daan zegt een siësta te gaan houden.

Ruth barst bijna van de vragen die ze op deze merkwaardige man zou willen afvuren. Allereerst: wat is zijn leeftijd? Zou ze het durven vragen?

'Wat kijk je me aan, Ruth? Zeg het maar... ik schrik niet zo gauw.'

Ze bloost tot haar ogen tranen, alleen omdat een dakloze warm naar haar glimlacht.

'Ik zat te denken: hoe oud zou je toch zijn? Het is of je verschillende leeftijden hebt. Nu ben je net een jonge vent, maar soms... Soms lijk je tien jaar ouder.'

Hij schudt zijn hoofd. 'Vrouwen zijn dus nog net zo nieuwsgierig als een aantal jaren geleden. Wel, ik ben nog geen midden dertig. Dus ik heb nog heel wat jaren te goed om te zwerven. Als mij gezondheid is vergund.'

Ruth zwaait met een kaart, ze wil hem afleiden. Ze schaamt zich over haar vrijmoedigheid. 'Waar ligt Spijk, Leopold?'

Prompt komt het antwoord. 'In Groningen, boven Delfzijl. Heb jij geen rijtjes plaatsnamen in je hoofd moeten stampen?'

Ruth zegt het niet meer te weten.

'En tegenwoordig, hoe leren de kinderen aardrijkskunde? Zeker alles met computers...'

'Ik weet het niet, Leopold. Wel heb ik van een kennisje gehoord dat kleuters al achter de computer zitten. Spelletjes doen en dat soort dingen. Ik mag ook graag spelletjes doen. Scrabble, rummikub, puzzelen. Maar nog liever teken ik in mijn vrije tijd. Het komt er alleen niet zo van...'

Nieuw onderwerp.

Het wordt buiten donkerder en het blijft regenen.

Ruth ziet op haar horloge dat het al over zessen is. Ze zal naar boven moeten, Daan verwacht een warme maaltijd. Alsof hij geroepen werd, staat Daan opeens achter hen.

'Zo, schiet het prutswerk al op? Meisje Ruth, wat eten we van-
avond? Het voedsel van tussen de middag is verteerd, dus...'
Ruth staat op en rekt zich uit. 'Ik kom eraan, Daan. Sorry, we
waren lekker bezig.'
Daan knipt een paar lampen uit. Zoals gewoonlijk laat hij er
één branden.
'En, vriend, wat doe je? Een hapje mee eten? Ruth schilt er
wel een piepertje bij.'
Leopold aarzelt geen moment en neemt de uitnodiging graag
aan. 'Wat een dag... Bijna ouderwets,' zegt hij als hij achter
Daan de trap op loopt. Ruth, de hekkensluiter, merkt op dat
Leopold niet zijn ogen uitkijkt naar de luxe van het bovenhuis,
noch van de inrichting.
Ze laat de gast aan Daan over en trekt zich terug in de keuken,
vast van plan met eenvoudige ingrediënten een heerlijk maal
te maken.

Tafel dekken, heen en weer lopen met gevulde schalen.
Ondertussen luisteren of de twee mannen het samen kunnen
vinden, en onwillekeurig schiet Ruth een opmerking van haar
vader te binnen. De huisarts was op bezoek, knoopte een
praatje aan met – toen nog – medisch student Pim. 'Academici
onder elkaar.' Zo zielig vond ze toen die woorden. Maar nu
denkt ze het zelf. Daan en Leopold herkennen iets in de ander.
'Het eten staat klaar, mannen!' roept ze vanuit de keuken als
ze het peper- en-zoutstel haalt.
Daan bidt hardop om een zegen, dat doet hij anders nooit.
Ruth merkt op: 'En nu maar hopen dat mijn brouwsel jullie
smaakt.' Dat is zo ongeveer de enige opmerking die ze tijdens
de maaltijd maakt.
Daan stelt Leopold een vraag en het antwoord mondt uit in
een verslag over een stukje van zijn leven. Dat van de laatste
vijf jaren.
'Het eerste wat je verliest, is de structuur in je dagelijks leven.
Dat is het met zwerven. Je weet niet meer wat voor dag het is

133

en ook met de tijden kom je in de war. Alleen ben je nooit, het is wonderlijk hoe snel je 'vrienden' maakt die in hetzelfde schuitje zitten.'

Daan en Ruth vergeten af en toe te eten. Leopold is een beeldend verteller.

Hij vertelt meegedaan te hebben aan projecten om dakloze mensen van de straat te halen door ze, voor weinig geld, werk aan te bieden.

'Zo ben ik 'veger' geweest. Jawel, herkenbaar aan de rode overall. Even leek het of je terug was in de maatschappij. Regelmaat. Maar aan de meeste projecten komt een eind wegens geldgebrek door het stoppen van subsidies.'

Ruth knikt heftig, die kreten kent zij als geen ander.

Af en toe moet ze haar tranen terugdringen, het is onvoorstelbaar wat haar Leopold allemaal heeft meegemaakt. Hij vond een van zijn kameraden dood, bevroren, liggend op een bankje bij het station.

'Je gaat ook anders tegen de gewone mensen aan kijken. Het is alsof die in een film leven. Ze gaan aan je voorbij, het liefst kijken ze een andere kant op of mompelen wat tegen elkaar, kijken nog eens om, en weg zijn ze.'

Daan noch Ruth durft de vraag te stellen die hen op de lippen brandt: zou Leopold terug willen naar waar hij vandaan komt? Criminaliteit; veel van zijn makkers komen daarin terecht.

'Stelen om in leven te blijven. Ik ben ook wel eens opgepakt, verdacht van diefstal. Bleek een wassen neus. En, o ja... Zo rond Kerstmis hebben mensen medelijden met je. Dan is er de drang om iets goeds te doen. Ik heb van een gehaaste man eens een onaangebroken kerstpakket gekregen. Zulke dingen gebeuren ook. En denk niet dat het alleen om mannen gaat. Er sjouwen heel wat dakloze vrouwen in de stad. En jongelui... Jongens die de overheid haten, geen gezag kunnen verdragen en hun kansen vergooien. Ik heb lange gesprekken met sommigen gehad. Slechts één keer boekte ik succes. Een knul die uit een dorpje op de Veluwe kwam en de grote stad als een bevrijding zag. Met kansen te over. Maar na twee weken was hij kapot. Geestelijk en lichamelijk. Ik heb op zijn verzoek toen de ouders getipt en je had hem moeten zien toen die op hem af liepen met uitgespreide armen en ogen vol begrip en vergeving. Daar ben ik dagen van onder de indruk geweest.'

'Drugs, drank, andere verslavingen, die liggen toch op de loer!' veronderstelt Daan.

Ook daar kan Leopold veel over zeggen. Hij heeft te veel ellende gezien om ooit te kunnen vergeten.

Ruth begrijpt dat hij niet terug naar af durft. Wat doe je als je persoonlijk alle schepen achter je hebt verbrand?

Daan probeert erachter te komen of Leopold God kent. Dat is wel het geval. 'Maar ik kan Hem niet meer plaatsen zoals dat vroeger wel het geval was. Kerkbezoek? Wat doet een koster als hij een schooier ziet binnenkomen, ziet plaatsnemen tussen de bontjassen, bij wijze van spreken? Het is mij overkomen. Ik werd behoedzaam meegenomen naar een plekje achter in de kerk, op een stoel. Kom nu niet met bijbelgedeelten aanzetten. Die ken ik ook. De dominee preekte over God en Zijn Zoon Jezus, en de Heilige Geest, maar dat bleven voor mij woorden.'

Ruth durft niets te zeggen, wat heeft zij nu voor ervaring?

Daan wel. 'Dat was dus een afschaduwing van de maatschappij. Triest, Leopold.'

Ruth is blij een heerlijk dessert in huis te hebben.

'Dat herinner ik me nog van vroeger. Het was het lievelingstoetje van Mi...' Zijn stem hapert. 'Mireille.' Hij fluistert de naam en eet haastig zijn schaaltje leeg.

Danken doet Daan ook hardop en Ruth bidt met hart en ziel mee als hij besluit met: 'Dank U, Vader, dat U ons vandaag een gast aan tafel hebt gegeven.'

Ruth zegt voor koffie te gaan zorgen en Daan biedt Leopold een sigaar aan.

Als ze terugkomt met koffie, zitten de mannen in de stoelen in de erker en gaat het gesprek gewoon door. Ze ruimt de tafel af en probeert haar gedachten te ordenen.

Het lukt niet. Flarden van wat Leopold heeft verteld, schieten als pijlen door haar hoofd. Machteloos voelt ze zich. Het enige wat ze kan, is bidden, zonder woorden.

Als de keuken is opgeruimd, voegt ze zich met nog meer koffie bij de andere twee.

Als de gast drie kopjes koffie heeft gehad, staat hij op en zegt dat het zijn tijd is om te gaan.

'Kom je nog wel terug voor de kaarten?' smeekt Ruth als ze achter elkaar de trap af lopen. Leopold gaat op zoek naar zijn 'nieuwe' jas en schiet die aan.

'We zullen zien.'

Daan doet de voordeur open, deinst terug. De regen slaat hem in het gezicht. Spontaan roept hij: 'Man, blijf slapen. Hier kun je niet door... Je zou een kat nog binnenhouden!'

Hij duwt Leopold met kracht achteruit en smijt de deur dicht, schuift in één beweging de veiligheidsketting erop. Ruth slaat een hand voor haar mond om te voorkomen dat ze gaat giechelen.

'Ruth, hij kan toch in het kleine kantoor slapen? Daar staat een bank die uitgeklapt kan worden. Help me eens, meisje Ruth.'

Leopold slaat hun bedrijvigheid gade, als een stenen beeld staat hij daar.

'Kussen, dekbed, sloop en een hoes. Vlug, Ruth, ík heb wel een pyjama voor mijn vriend.' Daan commandeert en zwaait met de losgeschoten mitella als was het een startvlag bij de autoraces.

Ruth rent naar boven, zoekt alles wat nodig is bij elkaar en sjouwt het de trap af. Leopold staat nog op dezelfde plek en hij volgt elke beweging van Ruth. Zijn ogen haken in de hare, ze raakt erdoor van streek.

Daan verbreekt de vreemde stemming en pakt Leopold bij een arm. 'Kom mee terug naar boven, dan krijg je een cognacje van me, kerel.'

Ruth kijkt ze na, schudt het kussen in de sloop. Wat zal er door Leopold heen gaan? Zou hij erover denken er vannacht stiekem vandoor te gaan? Ze hoopt van niet.

Ze sluit de overgordijnen en haalt uit de keuken een glas water. Misschien wil hij wat te lezen hebben. Keuze genoeg. Ze pakt een willekeurig boek uit het rek waar 'Religie' boven staat. Ach, een bijbel kan ook geen kwaad. Als hij nu maar niet denkt dat ze hem wil 'bekeren'. Want dat bedoelt ze niet, dat kan alleen de Geest van God doen.

Er staat vlak bij de bank een schemerlampje, dat ze aanknipt. Het grote licht doet ze uit. Wanneer zou Leopold voor het laatst zo'n slaapplaats hebben gehad?

Ruth kan niets meer verzinnen om te doen en loopt langzaam naar boven. Even aarzelt ze, daarna besluit ze naar haar eigen kamers te gaan.

Ze kijkt om het hoekje van de kamerdeur en de mannen kijken nog net niet verstoord op als ze hun goedenacht wenst.

Daan, die niet overgehaald hoefde te worden om Leopold van dienst te zijn. Hoe zal het aflopen? Zal dat wat vanavond is ontstaan, als een nachtkaarsje uit gaan? Wat kunnen ze doen, of moeten ze juist veel laten?

Ze doucht zich, schiet in haar nachthemd en kruipt in het hemelbed. Zo gewoon, een bed dat op je wacht. Morgenochtend schone kleding en een ontbijt.

Ja, zo heel gewoon. Ze stopt haar hoofd diep weg in haar kussen en probeert tot rust te komen. Ze luistert naar de trein die aan komt rijden, stopt en weer vertrekt. Op straat is het rustig, het is geen weer om wat dan ook te doen.

Uiteindelijk komt de slaap. Ze is ook zo moe van wat de dag heeft gebracht.

Maar de volgende ochtend is daar meteen de vraag: zou hij weggelopen zijn?

Ze schiet in de kleren, poedelt de slaap uit haar gezicht en kamt haar haar, dat ze in een staart doet. Ze vergeet haar schoenen en op kousenvoeten roffelt ze de trap af. Dáár! Stemmen vanuit de keuken.

Ze gluurt om het hoekje. Daan is nooit zo vroeg.

Het eerste wat ze ziet, is Leopold met een schort voor, achter het fornuis. Ze ruikt bacon en het heeft er alle schijn van dat hun gast een eiergerecht aan het maken is.

Daan schenkt juist kokend water op de thee in de pot. Ruth trekt zich terug en loopt naar de kamer om de tafel te dekken.

Luidruchtig komt even later Daan binnen en hij begroet Ruth alsof hij verrast is haar te zien. 'Kom op, help eens een handje. Borden, bestek... Waar zit je met je gedachten, meisje Ruth?'

Ruth kan niet anders dan lachen, ze voelt zich zo dwaas verheugd.

Als ze de keuken in komt, ontdoet Leopold zich juist van zijn schort. Hij ziet er gewassen en geschoren uit, de baard verzorgd. Hij kijkt verlegen en wijst op het gerecht, dat nog dampt. 'Hopelijk smaakt het jullie. Het is het enige wat ik achter het fornuis kan klaarmaken. Buiten een kipgerecht om. Dan.'

De gesprekken tijdens het ontbijt zijn van een luchtiger aard dan die van de vorige avond.

Eén ding houdt Ruth bezig: hoe zal het verdergaan?

HOOFDSTUK 10

Het is de poetsdag van Ronnie.

Ze kijkt, zodra ze binnen is, Ruth vol verwachting aan. 'En?'
Ruth schudt haar hoofd. 'Nog niet. Maar het komt echt wel. Er
is weer zo veel gebeurd. Ik loop even met je mee naar de keuken. De mannen zijn beneden in de winkel.'

'Mánnen?'

Ronnie doet haar best het Ruth niet kwalijk te nemen dat
ze nog niets heeft ondernomen ten aanzien van haar identiteit.

Ruth knikt heftig en struikelt bijna over haar eigen woorden
als ze over Leopold begint. Ronnie valt van de ene verbazing
in de andere.

'Tsss, hoe is het mogelijk. De zwerver... Hoe moet het nu verder? Blijven jullie je over hem ontfermen? Daar is natuurlijk
een grens aan. Ik denk dat je deskundig moet zijn wil je hem
weer op de rails krijgen.'

Dat vreest Ruth ook. 'Was er maar iemand die echt hulp kon
bieden, want zolang wij niet weten waarom hij op straat
terecht is gekomen, kunnen we niet veel doen.'

Ronnie huivert. 'Misschien heeft hij iemand vermoord. Uit
drift, tijdens een ruzie. Dat hoor je toch weleens?'

Ruth fronst haar wenkbrauwen en schudt haar hoofd. 'Kijk
eens recht in zijn ogen, die zijn... góéd. Hij lijkt me trouw. Ik
heb kaarten met hem gesorteerd...'

Ze verkwebbelen hun tijd. Ronnie schrikt ervan. 'Ik moet vanmiddag naar de vroedvrouw. Beter gezegd: de verloskundige.
Best griezelig, de eerste keer. Ruth, je vergeet toch niet om de
foto's ergens neer te leggen?'

Ruth schudt heftig haar hoofd. 'Tuurlijk niet, joh. Hoewel ik
begin te denken dat een open gesprek misschien nog beter is.
Waarom doe je niet stiekem een DNA-onderzoek? Ik bedoel:
láát dat doen? Je kunt zo uit Daans borstel een paar haren
plukken.'

Daar heeft Ronnie ook al over gedacht, maar ze houdt niet van stiekeme dingen.

'Als jij het plannetje dan maar niet vergeet.'

Ruth krijgt ook haast en loopt naar de keukendeur. 'Hoe zou ik kunnen?' vraagt ze. En weg is ze.

Leopold zit al te sorteren. Daan heeft zich in zijn kantoor boven teruggetrokken.

Als Leopold Ruth ziet, wenkt hij haar. 'Ik heb een paar bijzondere exemplaren gevonden. Ze zaten in een hoesje. Kijk eens naar het jaartal van de postzegel, maar ook naar de druk. Volgens mij zijn ze zonder meer kostbaar. Hadden we hier maar een computer staan. Ik heb er nooit veel mee gewerkt, dat niet. De laatste jaren schijnt de ontwikkeling geweldig te zijn geweest. Zelfs kleine kinderen zitten erachter, heb jij me gezegd. En in ziekenhuizen staan de patiëntengegevens op de computer, dus de mappen zijn uit de tijd.' Korte stilte. 'Heb ik horen vertellen.'

Ruth legt beide handen op de schouders van Leopold. Kijkt mee, haar hoofd vlak bij het zijne. Het voelt vertrouwd, maar even later schaamt ze zich. Wat zal Leopold wel niet van haar denken?

Ze trekt zich voorzichtig terug, wat hem doet omkijken. 'Ik heb een laptop. Gekregen van Daan. Ik zal hem snel van boven halen.'

Ze komt op de trap Ronnie tegen. 'Ik heb je nog niet eens verteld over mijn broer Pim, die is geweest met zijn vriendinnetje.'

Ronnie wuift met een hand. 'Hebben we nog wat om straks over te kletsen!'

Met de laptop onder de arm is Ruth vijf minuten later alweer terug bij Leopold.

Hij fluistert Ruth in haar oor: 'Er zijn klanten binnengekomen. Let op ze, volgens mij zijn ze bezig boeken te ontvreemden.'

Ruth is er net op tijd bij om te zien dat Leopold de waarheid heeft gesproken.

Twee jonge vrouwen betrapt ze, en dat is pijnlijk. Voor beide partijen.

'Waarom doen jullie zoiets? De boeken hier zijn immers betaalbaar...'

Een van de vrouwen begint te snikken. 'Alsjeblieft niet de politie erbij halen. Dan krijgt zij problemen!' Ze wijst naar haar vriendin.

Die buigt het hoofd en mompelt dat ze kleptomaan is. 'En bekend bij de politie. Het gaat dus niet om die boeken... Het zit anders in elkaar.'

Ruth schrikt ervan. 'Dat is erg. Is daar niets aan te doen?'

'Therapie. Maar het schiet niet op.'

Nee, Ruth is niet van plan de politie in te schakelen. 'Wat is de bedoeling? Willen jullie de boeken kopen of niet?'

De ene vrouw knikt heftig. Ze heeft een reeks boeken ontdekt van een auteur die ze spaart. Ze kiest er zes uit en betaalt zonder blikken of blozen het gevraagde bedrag.

'Mogen we nog eens terugkomen?' fluistert ze voor ze vertrekken.

Ruth knikt. 'Natuurlijk. Fijn dat jullie zo open zijn, en sterkte met alles.'

Leopold heeft het gebeuren gevolgd en zegt dat ze het liefdevol heeft opgelost.

'Ja, Ruth, er is zo veel leed op de wereld. In het groot, maar juist ook in het klein.'

Ruth steekt de stekker van de laptop in het stopcontact en klapt het deksel open.

'Kun je wel typen, Leopold?'

Hij grinnikt en zegt dat hij dat wel moest leren tijdens zijn studie. 'Alles met de hand schrijven... dat deed immers niemand meer. Ik tik dan wel niet volgens de regels, maar ik kan er goed mee overweg.'

Ruth zegt dat ze op de basisschool al een cursus heeft gevolgd. Ze klikt met de muis het ene icoon na het andere aan en als ze op de site zit van een Duits antiquariaat voor ansichtkaarten, schuift Leopold wat dichterbij. 'Geweldig. Dat is echt nieuw voor mij. Laat kijken… Dáár heb je kaarten die op die van ons lijken. Mag ik eens?'

Ruth merkt niet dat ze straalt. Trots is ze, als een schooljuf die de prestatie van een leerling bewondert.

Ondertussen melden klanten zich en ze tonen zich verheugd over de weersverbetering.

'De lente zit in de lucht, maar wat een dag gisteren!'

Ruth zegent in gedachten het afschuwelijke weer. Het was een van de redenen dat Leopold zich liet overhalen.

Het is geweldig bezig te zijn met klanten en boeken, terwijl het sorteren gewoon doorgaat. De ochtend vliegt voorbij en als Ronnie hen roept voor koffie, is het al halftwaalf.

Koffiedrinken in het keukentje: het is bijna te klein voor vier mensen. Ronnie heeft de zwerver nog nooit van dichtbij meegemaakt. Ze kan er niet bij dat deze man dezelfde is als de onverzorgde kerel die een supermarktkarretje door de straten voortduwt en loopt zonder doel.

Ruth vertelt van de bijna-diefstal en dat doet Daan brommen: 'Het mocht wat. Kleptomaan. Vast een ingebeelde ziekte!'

Maar daar gaat Leopold tegen in. 'Zeker niet, Daan.' Hij legt in een paar zinnen uit hoe die kwestie in elkaar zit. 'Het is een gevecht om het ervan te winnen.'

Ruth merkt dat Ronnie Daan telkens opmerkelijk observeert. Wat er door haar hoofd gaat, is voor Ruth niet moeilijk te raden. Als Ronnie zich betrapt voelt, krijgt ze van Ruth een vette knipoog.

'Sla vandaag mijn kantoor boven maar over, Ronnie. Ik ben daar bezig en wil liever niet gestoord worden. En niet zeuren over stof, dat ligt er overmorgen ook nog wel,' zegt Daan voor hij na de koffie weer naar boven vertrekt.

Voor er zoals gewoonlijk tussen twaalf en één een vaste groep belangstellenden binnen komt druppelen, stapt Fabian de winkel in.

Ruth verschiet van kleur als ze moet bekennen dat ze Fabian

Schutte helemaal vergeten was. 'Dag Ruth! Goed je te zien. Ik had gisteren langs willen komen, maar ik was vergeten dat maandag jullie vrije dag is!'

Hij ziet er vlot uit, glimlacht breed naar Ruth. Leopold ziet hij niet zitten.

'Ik had kunnen bellen, maar ik dacht: kom, ik wip er even uit om te vragen of je zin hebt vanavond met me naar de film te gaan. Weet je wat er draait?' Hij noemt de titel van een film waar volgens hem iedereen het over heeft.

Ruth knikt, maar weet niet wat hij bedoelt. 'Natuurlijk vind ik dat leuk. Gezellig, Fabian. Ik ga veel te weinig de deur uit. Zeg maar hoe laat ik moet klaarstaan.'

Fabian zegt met de auto te komen. 'De bioscoop waar we moeten zijn, ligt aan de andere kant van de stad, en met openbaar vervoer is het ingewikkeld.'

Na nog een warme blik op Ruth geworpen te hebben, haast hij zich de deur weer uit om, zoals hij vertelt, een broodje gezond te kopen.

'Dat is 'hem' dus,' stelt Leopold rustig vast.

Ruth spreekt hem overdreven fel tegen. 'Ik heb die man nog geen drie keer gezien. En weet je hoe ik hem heb leren kennen?'

Ze verhaalt van het gebeuren met Jean Eybers.

Leopold draait zich om en kijkt haar aan.'Die man ken ik. Niet persoonlijk, maar ik heb hem vaak geobserveerd. Als straatbewoner ontwikkel je de eigenschap om mensen te herkennen. Je deelt ze in, zet ze in vakjes, en soms moet je je mening bijstellen. Maar die man is onbetrouwbaar. Pas goed voor hem op, want het is iemand voor wie vrouwen vallen.'

'Ik niet!' bitst Ruth, en ze loopt naar de keuken om een boterham te smeren.

Daan komt vragen of Leopold mee naar boven gaat. Ronnie heeft tosti's voor hen gemaakt. Leopold geeft graag gehoor aan dat verzoek, maar informeert: 'En Ruth dan?'

Daan grinnikt en zegt over zijn schouder: 'Die is tevreden met

143

een bakje hondenbrokjes, dat krijgt ze zo. Is het niet, meisje Ruth?'

De hele middag is Ruth in gedachten bezig met Fabian. Ze is bijna vergeten hoe het is om een afspraakje te hebben. Denkend aan haar ouders constateert ze: vader en moeder zouden enthousiast zijn wat betreft haar keuze.

Keuze, het mocht wat. Er valt niet te kiezen. Gewoon een man die zin heeft in een uitje en daarvoor een vrouw vraagt hem te vergezellen. Zo is het, en niet anders.

Ze kookt die avond gehaast het eten. Dekt voor drie personen. Alsof het normaal is.

Daan doet wel zo.

Leopold vervalt af en toe in een hardnekkig zwijgen. Ruth heeft haast, ze ruimt snel af, jaagt zich door de rommel in de keuken heen en rent naar boven om zich te verkleden.

Ze bekijkt in haar kast haar garderobe, die nodig aangevuld moet worden. Het heeft lang geduurd eer ze destijds in de winkels zelfstandig een keuze kon maken. Ze was zo gewend dat mama altijd het heft in handen hield. Zij koos wat er gekocht moest worden, en achteraf begrijpt Ruth pas dat haar moeder ervan genoot om te rommelen tussen de kleding voor meisjes en jonge vrouwen. Nadat Ruth besloot zelf haar kleding te kiezen, werd haar keuze meestal thuis afgekraakt, en dat was pijnlijk.

Onzeker is ze vaak nog. Ook nu.

Een zwarte pantalon, nog weinig gedragen. Die kiest ze uit. En het weer is goed genoeg voor een blazer. Ze gaan met de auto, dus een jas is niet nodig.

Nog even puzzelen welke blouse ze zal nemen. Ze kiest voor een lila blouse die goed past bij de blazer.

Voor de spiegel in de douche maakt ze zich op. Een beetje kleur op haar wangen is geen overbodige luxe. In haar toilettasje vindt ze spulletjes die ze zelden gebruikt. Wacht, een beetje oogschaduw. En een lijntje onder de ogen. Ze doet een stap achteruit en stelt vast dat ze er goed uitziet. Nu nog een beetje eau de toilette. Een restje van een duur merk dat Anne haar ooit heeft gegeven. Het ruikt niet, het geurt, vindt Ruth zelf.

Met een tasje onder de arm loopt ze naar de kamer om afscheid te nemen.

Daan fluit. 'Nee maar, wie hebben we daar. Schoonheid, zou Jean Eybers zeggen. En terecht. Doe je best, zou ik zeggen!' Ruth kleurt. Ze snapt waar Daan op doelt.

Leopold zegt niets, maar houdt het bij kijken. Ruth ziet tot haar verbazing op de tafel een schaakspel staan dat ze niet eerder heeft gezien. Vast kostbaar, want de stukken zijn gemaakt van iets wat op marmer lijkt.

'Prettige avond, mannen!' doet ze olijk. Als ze de deur achter zich dichttrekt, hoort ze Leopold zeggen: 'Pas op jezelf.'

Ze gaat achter de voordeur staan en gluurt door het ruitje om te zien of Fabian eraan komt. Hoeft hij niet aan te bellen en te wachten. Het parkeren in de Stationsstraat is zelfs 's avonds lastig.

Zodra ze hem ziet, glipt ze de voordeur uit, en ze schuift naast Fabian op de voorbank. Zijn aparte glimlach is zijn begroeting. Maar Ruth is in gedachten nog boven, bij de twee mannen, die wel vrienden lijken te zijn.

Fabian Schutte is plezierig gezelschap. Niet opdringerig, niet de hele tijd aan het woord. Tijdens de film lachen ze saamhorig als daar reden voor is, en als Ruth op een uitgesproken zielig moment steels een traan wegveegt, stopt Fabian haar een opgevouwen schone zakdoek toe.

In een rustig cafeetje praten ze nog wat na. Vertellen over zichzelf en stellen de ander vragen.

Zo vertelt Fabian dat hij zijn vriendin door ziekte heeft verloren. Jawel, het leven gaat verder. 'Maar vraag me niet hoe ik die eerste maanden ben doorgekomen. We hadden trouwplannen, wilden graag een groot gezin. Je denkt dat alles in het leven zal gaan zoals jij het plant. We spaarden, droomden van een bungalow met alles erop en eraan. Het heeft niet zo mogen wezen. Ja, dat maakt je kopschuw, Ruth. Ik heb lange tijd dan ook geen vrouw mee uit durven vragen.'

Ruth heeft met hem te doen. 'Dat moet afschuwelijk zijn geweest. Mensen zeggen inderdaad zo gauw dat het leven doorgaat. Logisch, maar dat is geen troost. Ik denk niet dat er troost voor zulke ervaringen is.'

Ze heeft zelf niet veel schokkends te vertellen. Haar leven is tot nog toe eigenlijk, als ze erop terugkijkt, behoorlijk saai geweest. Maar voor het eerst weet ze dat te waarderen.

Als Fabian haar weer voor de deur afzet, vraagt hij of er een volgende keer in zit. Ruth aarzelt een moment met antwoorden. Ze weet zelf niet wat daar de reden van is.

'Dat… lijkt me gezellig. Ik ken nog niet zo veel mensen van mijn eigen leeftijd. Bedankt voor de prettig avond, Fabian.'

Hij legt een hand onder haar kin en geeft haar een snel en licht kusje op haar mond. Ze is er even beduusd van omdat het zo onverwacht komt.

'Dag Ruth, tot gauw. Ik bel je nog wel.'

Ze stapt uit de auto en beduidt Fabian dat ze dat wel alleen kan. 'Je staat hier toch al snel een andere auto in de weg.'

Ze zwaait hem na en laat zichzelf met de sleutel binnen.

In de hal blijft ze even staan en ze vraagt zich af of Leopold is gebleven. Ze zou graag om het hoekje van de deur kijken. Wat let haar?

Ze opent voorzichtig de deur van het kleine kantoor en ziet meteen dat het schemerlampje aan is. Leopold zit rechtop tegen een kussen, een boek op zijn knieën.

'Zo, je bent weer veilig thuis. Ik hoorde de auto stoppen. Eh… Dat was een kort afscheid, niet?'

Ruth bloost. 'Precies zoals ik het wil. Sorry dat ik je stoor. Ik was nieuwsgierig om te zien of je er nog wel was. Welterusten dan maar.'

Ze haast zich naar boven. Daan is al naar bed, hij heeft zelfs geen glas laten staan. De mitella hangt, afgedankt lijkt het, aan de knop van een stoel.

Als ze in bed ligt, overdenkt ze de avond. Ja, het was gezellig. Hoe ze het vindt dat Fabian vaker met haar op stap wil, daar kan ze het antwoord niet op bedenken.

De volgende dag belt Ruth naar haar ouderlijk huis. Tot haar vreugde krijgt ze haar vader aan de lijn. 'Papa! Je bent terug! Hoe gaat het?'
Ze hoort haar moeder en Anne op de achtergrond praten.
'We mogen niet klagen. Ik moet me nog rustig houden en lig op de bank. Je moeder en Anne hebben zo hun eigen bezigheden. Maar als het straks echt lente is, komen we weer net als de egels uit ons hol. Het gaat de goede kant op, Ruth. Zo gauw ik de deur uit mag van de dokter, kom ik je nieuwe huis bekijken.'
Goede berichten.
Ze vertelt Leopold wat ze zojuist heeft gehoord en flapt er dan uit: 'Heb jij nog familie, Leopold, mensen die je diep in je hart graag terug zou zien?'
Leopold laat zijn handen op zijn schoot zakken, een paar kaarten fladderen op de vloer. 'Nou moet je de boel niet bederven door te persoonlijk te worden. Het is een strijd vanbinnen en ik voel me meer toeschouwer dan bezitter van het front. Begrijp je me een beetje? Maar als ik kon kiezen, zou ik niet weten hoe of wat. Ik laat me drijven.'
Ruth schudt haar hoofd. 'Leopold, dat is laf. Je moet het heden onder ogen zien en hulp zoeken. Daan en ik willen graag naar je luisteren. We zijn objectief. En wie weet kunnen wij je raad geven. Want je maakt mij niet wijs dat je van plan bent tot je dood op straat te leven. Het bevalt je bij ons toch? Ook al leven we nog zo eenvoudig…'
Er komen klanten in de winkel en Ruth had ze graag toegeroepen dat ze niet welkom zijn. Maar Leopold zegt: 'Ga jij nou maar aan je werk, Ruth.'
Ze staat op en kijkt wie de binnenkomers zijn. Er staan twee vrouwen bij de damesromans en de een zegt tegen de ander:

'Deze móét je gelezen hebben. Je mag 'm ook van mij lenen, maar als je erin bezig bent, wil je hem houden.'

Moeder en dochter? De een is een lange vrouw, de ander lijkt een kind van een jaar of tien.

Ruth opent haar mond om iets vriendelijks te zeggen en ziet dan tot haar schrik dat degene die ze voor een meisje aanzag, een héél kleine volwassene is.

De vrouw ziet haar gezicht, maar lijkt zich er niets van aan te trekken. 'Hebt u misschien een krukje of een klein trapje voor me?'

Ruth haast zich naar de keuken, waar ze een trapje weet. 'Alstublieft. Als ik ergens mee helpen kan...'

De jonge vrouw lacht en zegt: 'Ik zou eigenlijk zelf een trapje mee moeten nemen als ik winkel. De kledingrekken zijn te hoog, de boekenplanken ook, en praat me niet van de supermarkt!' Ze lacht breeduit. Ruth doet mee, maar niet van harte.

De vrouwen komen na geruime tijd met hun buit bij de toonbank. 'Een hele voorraad, zou ik zeggen.' De dames knikken.

De kleinste zegt: 'We gaan dan ook met vakantie. Naar Noorwegen, met een boot. En je kunt toch niet de hele dag naar de zee turen, is het wel?'

Ruth slaat het bedrag aan op de kassa en stelt een paar vragen, die ze verheugd beantwoorden.

'Handelt u ook in kaarten?' informeert de oudste van de twee.

'Nog niet, maar dat gaat wel gebeuren. We zijn aan het sorteren.'

Dat interesseert de kleine vrouw bijzonder. 'Dan kom ik snel terug. Ik spaar kaarten. Vooral van onze geboorteplaats en de plaatsen eromheen.'

Ze loopt naar de tafel, waar Leopold vlijtig bezig is. Hij kijkt opzij, knikt.

Dan slaakt de kleine vrouw een kreet. 'Mama, kijk eens wie hier zit! De dokter uit het ziekenhuis die mijn voeten heeft geopereerd... Bent u het echt, dokter Schuilenburg? Jawel, u bent het! Dat ik u hier tegenkom, terwijl we elkaar zo lang geleden dáár ontmoetten! Hoe bent u hier verzeild geraakt, zoveel kilometers weg? Hoe gaat het met u? U herinnert zich mij natuurlijk niet meer. Zo veel patiënten...'

Leopold draait zich om en kijkt, ziet Ruth, gekweld, maar hij doet zijn best vriendelijk over te komen. 'Natuurlijk herinner ik me jou nog wel, Katrientje. Je was ontzettend flink, terwijl je nog zo jong was. Je loopt weer prima, zie ik!'

De andere vrouw, de moeder, komt er ook bij staan. Ze drukt de hand van de dokter. 'U was opeens verdwenen. Toen we voor de laatste controle kwamen, zat er een vrouw op uw plek. Katrientje brulde het hele ziekenhuis bij elkaar, en ze riep alsmaar: 'Ik wil mijn eigen dokter!' Tja, zo zijn kinderen. Maar het gaat goed met haar. Ze is nu twintig...'

Ruth kijkt van Leopold naar de twee vrouwen, en hoe graag ze ook meer zou vernemen, ze begrijpt dat dit voor Leopold een kwelling moet zijn.

'Bent u hier nog als we terug zijn van vakantie? Dat is over een maand, ongeveer. We zouden zo graag wat langer met u praten, maar nu moeten we nodig weg. Katrien heeft een afspraak bij de tandarts, ziet u!'

Opnieuw worden er handen geschud, en ondanks de tandarts lijken ze niet weg te kunnen komen.

Ruth gaat vast bij de deur staan en doet die wijd open. Meer kan ze niet doen.

'Jullie beiden komen handen te kort! Prettige vakantie en tot ziens!'

Als de deur dichtvalt, zakt Leopold nog net niet in elkaar. Zijn rug kromt zich en hij houdt zijn hoofd diep gebogen.

Ruth loopt naar hem toe. Ze legt haar handen op zijn schouders en zegt impulsief: 'Wat er ook is gebeurd, Leopold, je hebt waarschijnlijk ontzettend veel mensen kunnen helpen.'

Hij kijkt op, zijn mooie ogen vol tranen. Legt dan zijn hand op die van Ruth. 'Ach Ruth, misschien klop ik nog eens bij jou aan voor hulp.'

Ze horen Daan de trap af komen. Leopold schiet rechtop, en

Ruth neemt een paar boeken in de hand om de schijn te wekken dat ze druk bezig is.

'Kerel, ik heb postzegels voor je. Ik vond ze in mijn kluis. Glad vergeten dat ik die ooit van de een of andere relatie geërfd heb. Ze zijn vast kostbaar, maar verstand heb ik er niet van.'

Leopold heeft zich razendsnel hersteld van zijn kleine inzinking. 'Ik wel. Dat wil zeggen: tot op zekere hoogte. Een tijdje heb ik ze zelf verzameld, maar toen ik ontdekte dat je verzameling nooit compleet is, ben ik ermee gestopt. Je blijft zoeken en uiteindelijk wordt het een soort obsessie. Ik heb er voldoende afstand van genomen om van andermans collectie te kunnen genieten. Mag ik eens zien? Kijk aan, zegels uit het begin van de vorige eeuw. Hongarije, Griekenland, destijds nog een koninkrijk... Dit is alleraardigst. Om een schatting te maken zouden we ermee naar een expert moeten gaan, maar dat is best de moeite waard, Daan.'

Daan glimt. 'En, Ruth, schiet het sorteren wat op? Ik krijg zo dadelijk weer een lading boeken binnen, dus er is werk aan de winkel.'

Zijn woorden zijn nog niet koud of de winkeldeur vliegt open. Een man trekt een volgeladen karretje achter zich aan. 'De kinderen zijn al groot, maar de bolderwagen is nog inzetbaar!' roept hij vrolijk. 'Haal hem maar leeg, dan kom ik hem van de week wel weer ophalen. Tot ziens!' En weg is hij.

Daan is altijd nieuwsgierig naar nieuwe titels en als hij een boek uit een plastic tasje haalt, slaakt hij een kreet van genoegen. 'Kijk nou toch, een sprookjesboek, éérste druk!'

Ruth vindt dat je niet zonder betaling dit soort boeken kunt accepteren.

Daan is verbaasd. 'Kindje, de mensen willen ervan af. Zolderopruiming. Weet ik veel... De kast van opoe leeggehaald. Als ze er prijs op stelden, hadden ze het niet weggedaan. Zo zit het in elkaar.'

Een lastig punt, vindt Ruth. De één komt rommel brengen en

wil een vergoeding, een ander zet zonder meer waardevol spul op je mat en vertrekt zonder welke eis dan ook.

Ruth pakt een stapel uit de kar en loopt ermee naar de toonbank.

Er zijn nog meer sprookjesboeken, oud en fraai geïllustreerd. Ze verdiept zich in een Duits exemplaar met fijne pentekeningen.

'Die is niet veel waard. Beschadigd, er is in gekliederd, maar toch. Voor de liefhebber kan het waarde hebben.'

Ruth bedenkt dat ze liever met de kaarten bezig is dan met de boeken.

'Daan, laatst vroeg een klant waarom je niet op de markt gaat staan. Nou, dat zie ik ook niet zitten. Maar we kunnen wel op internet, ook al is het een klus om alle titels in te voeren. Van de kaarten moet je eerst foto's maken.'

Ze laat Daan op de laptop zien hoe de bewuste sites eruitzien.

'Tja, dat heet met de tijd mee gaan,' zegt hij. 'We zien nog wel. Misschien is het ook wat voor de boeken die handelswaarde hebben. Kijk maar eens hoe we dat zouden moeten doen. Kan Leopold je daarmee van dienst zijn?'

Nog voor hij is uitgepraat, roept Ruth: 'Vast wel!'

Een dankbare blik over zijn schouder is het antwoord van Leopold.

HOOFDSTUK 11

Eindelijk doet de lente met overtuiging zijn intrede. Wat Daan doet jubelen: 'De stormen zijn over, de buien zijn heen... Wat ritselt in 't lover? 't Is zefier alleen!'

Hij zegt zuchtend de rest van het vers vergeten te zijn. 'Dat was de baspartij, meisje Ruth. Jammer dat er tegenwoordig zo weinig wordt gezongen. Dat was vroeger anders. Er waren in de stad wel drie koren. En maar concurreren met elkaar. We gingen naar concoursen! Met een bus. Kun jij je dat nog voorstellen?'

Ruth zegt dat haar vader op een kerkkoor zit. 'En op hoogtijdagen laten ze horen wat ze kunnen.'

Ze heeft ontdekt dat ook Ronnie een goede stem heeft. Van haar vader geërfd? Ze aarzelt nog steeds om de knuppel in het hoenderhok te gooien. Stel dat de foto's Daan niets zeggen? Hoe dan verder?

Kees Kruier, de tuinman, laat zich geregeld zien en houdt de achtertuin fantastisch op orde. Als Ruth belangstelling toont, komt de kleine man pas goed los. Hij verbaast haar met Latijnse bloemennamen en als hij merkt dat ze echt geïnteresseerd is, is hij niet te stuiten. Als Ruth eindelijk de moed heeft om hem te onderbreken, nodigt hij haar hartelijk uit eens een kijkje in zijn kwekerijtje te komen nemen. Ze belooft het grif. Het is misschien ook iets voor Ronnie.

Leopold is bijna klaar met het ordenen van de kaartenvoorraad, ook al is hun een nieuwe zending toegezegd door een dame die kleiner wil gaan wonen. Ze brengt ze onder het motto: 'Hier komen ze tenminste goed terecht!'

Nu zijn de postzegels aan de beurt.

Maar het is duidelijk dat Leopold nog met iets anders zit. Hij draait om Ruth heen en komt na veel geaarzel met een vraag: of ze hem wil helpen bij het kopen van een nieuwe pantalon en wat er zoal bij hoort. En praten, dat wil hij ook, want hij heeft een paar problemen.

Maar al te graag gaat Ruth op het verzoek in. 'Je hoeft je niet voor me te generen, ik zie er momenteel toch behoorlijk uit,' zegt hij.

Die woorden snijden haar door de ziel.

Op koopavond is het zover. Daan zal zelf in de winkel staan en zegt dat ze zich niet hoeven te haasten. 'Je weet hoe ik ben: mocht ik onverhoopt vermoeid raken, dan gaat de tent op slot. Basta.'

Het is een vreemde gewaarwording om met Leopold de deur uit te gaan. Ruth zegt een paar goede winkels te kennen. Het liefst zou ze voor hem betalen, maar ze heeft allang ontdekt dat Leopold zich niet wil laten bemoederen.

Ze lopen door de Stationsstraat, langs de apotheek. 'Waar woont je vriendje, Ruth?' vraagt Leopold. 'Boven de apotheek?'

Ruth schudt haar hoofd. 'We hebben toen we uit waren over van alles en nog wat gepraat, maar waar hij woont, weet ik nog niet.'

Het is druk op de trottoirs. Op een gegeven moment pakt Ruth Leopold bij de arm. 'We raken elkaar anders nog kwijt. Kijk nou toch, waarom zetten winkeliers hun halve voorraad op de stoep? Je kunt er met een rollator of een buggy amper langs.'

Leopold geeft haar arm een kneepje.

De etalages laten voorjaarskleding zien. 'Denk erom, Ruth, ik moet niet iets officieels hebben. Ik zoek het in de vrijetijds-kleding. De tijd dat ik een driedelig kostuum nodig had, is definitief voorbij.'

Ruth drukt zijn arm tegen zich aan. 'Doe niet zo pessimistisch. Je weet toch nooit wat er op je af komt? Hier, hier moeten we zijn. Ik ben er weleens met mijn vader geweest en je wordt er aardig geholpen. Moet je ook, eh… ondergoed en zo? Dat hebben ze ook.'

De deur zoeft automatisch open.

Leopold kijkt even paniekerig om zich heen. Alsof hij de weg kwijt is.

153

'Daar, laten we bij de broeken beginnen. Kijk eens wat een leuke kleuren er in de mode zijn? Als ik jou was, zou ik een bescheiden tint kiezen, dan kun je met sweaters uit je dak gaan.'

Leopold is niet van plan ooit in zijn leven 'uit zijn dak te gaan'. Ruth schat zijn maat en ze heeft het in één keer goed. Als Leopold de paskamer uit komt, stapt er een verkoper op hen af. Of meneer geslaagd is?

Ruth bevestigt dat. 'Maar we zijn nog lang niet klaar. Wat hebt u aan sweaters, of polo's misschien? Leopold?'

De verkoper leidt hen dwars door de winkel naar de juiste hoek, waar sweaters keurig op maat hangen. Leopold steekt zijn hand uit, kiest voor blauw en beseft dat dit een oude gewoonte is.

Ruth loopt met truien en polo's over haar arm achter hem aan. 'Nou, dat wordt passen, Ruth. Heb je even geduld?'

Ruth lacht breed. 'Alle geduld van de wereld. Ik geniet zelfs.'

Leopold worstelt in de paskamer met de truien, het gordijn beweegt af en toe heen en weer. Als hij verlegen toont wat hij beslist wil aanschaffen, applaudisseert Ruth nog net niet.

Nu, in goed zittende kleding, is pas te zien dat Leopold een goed figuur heeft. 'Dat blauw kleurt precies bij je ogen,' stelt ze vast.

De verkoper beaamt het. 'Uw man heeft een goede smaak.'

Ruth ontmoet de ogen van Leopold en ziet er een flikkering in die ze nog niet eerder waargenomen. 'Kleren maken de man.' Hij zegt het met nadruk en Ruth weet wat er in hem omgaat.

Ze kijkt de verkoper aan en somt op wat Leopold verder nog nodig heeft: 'Sokken, ondergoed, misschien een zomerjack.'

'Welke maat ondergoed draagt uw man?' vraagt hij discreet. 'Ik denk...' aarzelt ze.

Vanachter het gordijn klinkt het: 'Ik denk acht.'

De verkoper verdwijnt op snelle voeten en even later komt Leopold weer tevoorschijn, dit keer met een polo aan. De huid van zijn armen is erg wit, vergeleken bij die van zijn gezicht.

Ze begint te ratelen. 'Ze verkopen hier zelfs schoenen, Leopold. Slim bedacht, echt een winkel voor mannen die niet de hele stad willen afstruinen naar kleding.'

De verkoper spreidt een serie slips en hemden uit op een toonbank. 'We hebben natuurlijk nog meer soorten, zelfs wat ouderwets genoemd mag worden, en ook heel modern, als u begrijpt wat ik bedoel... Maar ik denk dat dit meer in uw lijn ligt.'

Leopold denkt aan het ondergoed dat hij de laatste jaren gewend was te dragen. Het kon hem immers niets schelen? Hij kijkt opzij naar Ruth.

Ruth drentelt verder de winkel in. Nu moet Leopold zelf zijn keuze maken, vindt ze. Daar, schoenen. Vlotte instappers, niet de scheefgelopen, afgetrapte exemplaren die hij nu draagt. Die zijn goed voor de vuilcontainer.

Ze vreest alleen dat de aanschaf zijn budget te boven gaat. Ze weet ondertussen dat hij wel een uitkering heeft. En ja, als je die opspaart, kun je een aardig potje kweken. Toch?

Ze hoort Leopold vragen naar sokken.

De verkoper vliegt nog net niet.

Ruth schat met haar hoofd schuin wat de maat van Leopolds voeten is. Ze mikt op vierenveertig, vergelijkt ze met de voeten van haar vader.

Leopold ziet haar aankomen, twee schoenen in haar hand. Verschillende maten. Ze hurkt bij hem neer. 'Doe die rechterschoen eens uit, Leopold. Even passen...'

Hij kijkt neer op haar verwarde paardenstaart en krijgt de neiging er zacht over te strelen. Donker van kleur, met hier en daar een rosse tint. Hij voelt haar handen om zijn enkel, duwt zijn voet in de goede richting en als hij in de schoen glipt, bevoelt ze deskundig de ruimte bij de grote teen. 'Is de maat goed?' Ze kijkt naar hem op, duwt het haar uit haar gezicht.

'Die zit prima. Goed gekozen, Ruth. Helemaal mijn smaak. Hopelijk hebben ze er wel twee van...'

155

Ruth is al weg, zet de ene schoen terug en gaat op zoek naar de linkerschoen.

Als de verkoper vertelt dat de schoenen voor de helft van de prijs weg mogen in verband met het faillissement van de fabriek, steekt ze een duim op.

'Zo is het goed, nu naar de kassa.' Leopold kijkt nog eens om zich heen, besluit dan nog een pantalon erbij te nemen.

'Naar je zin?' informeert Ruth.

Leopold knikt. Hij kijkt om zich heen en beseft weer eens hoe ver hij is afgedwaald van zichzelf.

'Pinnen, meneer?'

Leopold schudt zijn hoofd en pakt zijn beurs. Hij betaalt contant. Ruth begrijpt het, hij heeft natuurlijk geen bankpasje. Het doet haar zo zeer, zo ontzettend zeer.

Met beiden twee tassen in de hand verlaten ze de winkel, uitgelaten door de verkoper.

'Dat was dat. Als jij eens wist hoe vaak ik hierlangs ben gelopen zonder ooit in de etalage gekeken te hebben. Ruth, kun je het opbrengen nog een halfuurtje in mijn gezelschap te vertoeven? Zullen we ergens koffiedrinken?'

Rutk knikt verheugd. 'Natuurlijk. Het is een afknapper om meteen naar huis te gaan. Ik weet een leuk...'

Leopold valt haar in de rede. 'Laten we naar dat zaakje hier om de hoek gaan. Daar heb ik vaak voor gestaan. Verlangend naar iemand die me gezelschap wilde houden. En zie, die wens is vervuld.'

Ruth kleurt.

Lastig is dat, tegenwoordig bloost ze om de haverklap, en dat verraadt altijd wat er in haar omgaat.

In de zijstraat is het minder druk. Leopold houdt de deur van het restaurantje voor haar open. Ruth kijkt verrast om zich heen. Gezellig, een beetje een Frans sfeertje. Zachte muziek die niet hinderlijk is.

'Een plekje bij het raam, Leopold.'

Ze doen hun jassen uit en als Leopold die van Ruth overneemt, beseft ze dat hij van huis uit welgemanierd is. Ze schuift de tassen met kleding onder de tafel.

'Wat gezellig, Leopold. Goede smaak heb je.'

Ze bestuderen de kaart. 'Gebak, wat vind jij lekker?'

Ruth wijst zonder aarzelen een roomsoes aan. 'Alleen het plaatje al doet me watertanden!'

'Heb je dan nooit een Bossche bol gehad? Delicatesse uit het zuiden des lands?'

'Nee, maar misschien komt dat nog.'

Leopold kijkt weg van haar, naar buiten. Pas als de serveerster langskomt, is hij weer bij de les. Twee koffie en twee roomsoezen.

Ruth hapt er gretig in, de slagroom druipt uit de soes en maakt dat ze een snor heeft.

Leopold lacht er hartelijk om.

'Je hebt dus in het zuiden gewoond, Leopold, waar de Bossche bollen vandaan komen. Zullen we samen eens een uitstapje die kant op maken?'

Ze heeft goed gegokt.

'Jij had detective moeten worden. Maar er is geen weg terug, Ruth. Soms doet tijd veel in bepaalde processen. Dat heb ik bij anderen gezien. Maar dat lukt niet als je een zware last draagt en jezelf schuldig verklaart.'

Ruth denkt: nu of nooit. 'Is het omdat een operatie is mislukt? Operatie geslaagd, patiënt overleden?'

Ze schrikt toch van haar eigen woorden.

Leopold veegt met een papieren servetje zijn mond af. 'Zoiets.'

Doorgaan of stoppen?

'Vertelt het me, lieve Leopold. Dan kan ik ervoor bidden. Ik las ergens dat God zo met ons is begaan, dat Hij vanuit de hemel zelfs je voetstap in verse sneeuw kan horen. Het is maar een beeld... en toch!'

'Ze was het liefste kind dat jonge ouders zich kunnen wensen. Mireille... Ze heette naar haar Franse oma. Op de dag dat het gebeurde, had mijn vrouw onze auto mee. Ze was naar het een of andere feest geweest en had veel gedronken. Ze haalde mij af, ik was doodop na een paar inspannende operaties, en ze wilde per se rijden. Ik vroeg of ze gedronken had en ze lachte me uit. 'Gedronken? Gezopen, zul je bedoelen!'

Ik was niet bij machte haar van plaats te laten wisselen. Toen het gebeurde, wist ik dat het leven voor mij uit was. Mijn vrouw stierf ter plekke en ons kind... ik, ík heb de operatie gedaan. Een vader die zijn kind opereert, dat had niet gemogen, maar het was wat je noemt een spoedgeval. Ze stierf onder mijn handen. Dat beeld zit vast in mijn hoofd en wil er niet uit. Daarna kon ik niet meer opereren.

Eerst had men volledig begrip. Er kwamen psychiaters aan te pas. Maar mijn huis was leeg en mijn hart nog leger, Ruth. Toen kwam het moment dat ik van mezelf dóór moest. Maar er gebeurde iets onverwachts en ik moest het opgeven. Mijn vervanger ontging een en ander, met desastreuze gevolgen. Je begrijpt het al? Ik werd al snel tijdelijk ongeschikt verklaard voor het werk dat mijn leven was. Sinds die tijd trillen soms mijn handen. Ik heb het met alcohol en zelfs met drugs geprobeerd. Niets mocht helpen. Ik blijf die beelden zien. Mijn vrouw, niets was er van haar over. Onze dochter... Ik ben gevlucht. Alles heb ik achtergelaten. Een levensdoel was er niet meer. Dat kun je pas begrijpen als je in een soortgelijke situatie zit.'

Leopold drinkt zijn koffiekopje leeg en nu valt het Ruth op dat zijn handen inderdaad trillen. Ze heeft het niet eerder opgemerkt. Hij moet vechten om zijn emoties de baas te worden. Ruth schuift een hand naar de zijne, legt hem eroverheen. Leopold haalt diep adem. 'Haar stemmetje hoor ik dag en nacht. 'Papa Leo, papa Leo...' Schuld is bijna niet te dragen. De last is zo zwaar.'

Ruth weet dat menig mens nu zou aankomen met wat de Bijbel leert: God vergeeft in de naam van Zijn Zoon. Ze hoort nóg een onderwijzer op school roepen, voor de Pasen: 'Het bloed van de Heer reinigt, maar je moet het ook wíllen!'

Ja, dacht ze toen en nu nog: dat is waar. Maar… altijd dat maar. De meeste mensen die dit verkondigen, hebben niet zo'n zware last te dragen als Leopold. En toch zou dat geen verschil moeten maken.

Nee, ze durft er niet over te beginnen, en ze begrijpt ook opeens waarom niet: een mens moet dat niet hebben van horen zeggen, maar het zélf inzien. Dan pas kun je die bevrijding accepteren, als zijnde ook voor jou. Ze bidt in gedachten, streelt de hand van Leopold.

Opeens glimlacht hij, zijn ogen recht op die van haar gericht. 'Ik kan raden wat er in jou omgaat, Ruth… Ik, die altijd hard voor mezelf was, dóórging waar een ander stopte, kon en kan dat ene niet bevatten. Ik geloof het, voor anderen, maar voor mezelf kom ik er niet uit. De dominee heeft destijds gepraat als Brugman. En ik dacht maar één ding: zwijg toch. Jawel, ik heb het lange tijd zonder God en gebod gedaan. En ik heb het overleefd.'

Ruth roept in gedachten om hulp. Dit is vele malen te groot voor haar. En ook Daan kan niet helpen, hij is zelf rechtlijnig en ziet alles altijd zwart-wit. Nee, hier moet God Zelf ingrijpen.

'Ach, jij bent net een lief diertje, Ruth. Een puppy. Laat het los. Het is niet jouw probleem. Ik had je er niet mee willen belasten. Vergeef het me. Als onze wegen zich scheiden, zal mijn geschiedenis langzamerhand voor jou vervagen.'

Ruth komt in opstand. 'Waarom zouden onze wegen moeten scheiden, Leopold? Ik zou het niet kunnen verdragen als jij verdween…'

Leopold trekt zijn hand terug en duwt Ruth zijn servetje in de hand. 'Ik ben je tranen niet waard, meisje. Probeer mij te zien als een moordenaar. Want zo voel ik me, wát mijn superieuren en de predikant ook zeiden.'

Zo voelt het. Een gevoelskwestie dus.

Leopold wenkt de serveerster en Ruth denkt dat hij wil afrekenen, maar in plaats daarvan bestelt hij twee cognacjes. 'Je hebt letterlijk een hartversterking nodig.'

Ruth protesteert. 'Ik houd het altijd bij wijn.'

Dan zegt Leopold met iets van humor in zijn stem: 'Dokters-advies.'

Hij krijgt gelijk, Ruth bedaart en krijgt zichzelf weer in de hand.

Leopold staat op. 'Dat is het geheim: het bij één houden. We gaan naar huis. Misschien praten we binnenkort wel weer eens. Ik kan Daan niet blíjven lastigvallen. Je kent het spreekwoord toch wel? Een logé en vis, blijven slechts twee dagen fris. Het wordt tijd dat ik mijn weg vervolg.'

Hij betaalt en helpt Ruth in haar jas. Even laat hij zijn handen rusten op haar schouders. Ze heeft het gevoel alsof ze hem kracht geeft.

'We gaan. Laten we de tassen niet vergeten.'

Het is donker geworden, de straten zijn minder druk, buiten wat joelende jongelui om. Ruth haakt haar arm door de zijne, het voelt zo vertrouwd. Het licht in de apotheek is uit en achter de deur hangt een kaart waarop staat welke apotheek wél geopend is voor noodgevallen.

Als Ruth met haar sleutel de voordeur opent, zegt Leopold: 'Wat gezegd is, meisje, blijft voorlopig onder ons.' Hij sluit de deur achter hen beiden, laat zijn tassen vallen en neemt haar in zijn armen. Ruth schrikt er niet eens van, ze wil niets liever dan tegen zijn brede borst leunen. Leopold buigt zijn hoofd en kust haar op de mond. Traag, verlangend en nog zo veel meer. Ruth voelt zijn baard tegen haar wang en wil dat dit moment nooit voorbij zal gaan.

'Ik ga slapen. Wens Daan welterusten van me. Dag lieverd.'

Ruth stommelt naar boven.

Ze hoort dat Daan de tv aan heeft. Een of ander discussieprogramma. Mensen die praten en niet kunnen luisteren, hun mening over die van een ander ten beste geven.

Ze kijkt om het hoekje en brengt de boodschap van Leopold over. Gelukkig is Daan verdiept in het gekibbel op de tv. Ruth wenst hem welterusten en haast zich naar boven.

Daar, in alle rust, kan ze nadenken over de wonderlijke avond. En in het reine proberen te komen met haar emoties.

Zodra Ruth ontwaakt uit een onrustige slaap, is er meteen dat weten én de vraag: hoe is hun relatie nu? Nu ze alles – nou ja, misschien niet alles, maar toch wel veel – weet over het verleden van Leopold? Gewoon verdergaan met de postzegels? Een site maken voor de kaarten en wat er nog meer op hun pad komt?
Ze bloost als ze aan het afscheid in de hal denkt. Zijn kus, zo nieuw, zo gemeend ook, en... hongerig, dat is het juiste woord. Alsof hij besefte dat ze niet uit elkaar konden gaan zonder dat. Het was een afsluiting. Zo wil ze het zien en ze wil er niets bijzonders achter zoeken.
Als ze in de keuken komt, is Daan al met het ontbijt begonnen. 'Ik wilde eieren met spek. Leopold kan dat zo geweldig lekker klaarmaken. Wat doe ik toch fout?'
Ruth komt naast hem staan. 'Als je het gas eens wat hoger draaide, Daan? Dan zul je eens wat horen sissen. En ruiken!'
Leopold zegt al bij de deur op de geur af te komen. Daan roept over zijn schouder: 'Een kerel kan de dag niet beginnen zonder een stevig ontbijt. Wat jij?'
Ruth lacht mee, ze ziet dat Leopold de blauwe sweater aan heeft en ook zijn nieuwe schoenen.
Ze dekt de tafel in de kamer, zet koffie en thee. Doet het brood in een mandje en haalt boter en jam uit de koelkast.
Ze kijkt schichtig naar Leopold, naar zijn mond als hij praat.
Opeens herinnert Daan zich dat de andere twee gewinkeld hebben. 'En, vriend, ben je geslaagd met je aankopen? Laat zien.'
Leopold kijkt Ruth recht aan voor hij antwoordt: 'Zeker, zeker. Heel goed zelfs. Ruth heeft me goed geholpen. Maar, Daan, ik heb nu een verzoek aan jou en misschien heeft Ruth daar ook een mening over...'
Hij legt het bestek naast zijn bord, plant zijn ellebogen op tafel

en legt zijn kin op de gevouwen handen. 'Ik heb nagedacht. Het is hoog tijd om jullie te bedanken voor de gastvrijheid, het begrip en weet ik wat nog meer. Ik… Dankzij jullie beiden ben ik weer een beetje mens. Het was een soort therapie om met de kaarten bezig te zijn. Eenvoudig werk waar je toch bij moet denken. Maar ik kan niet blíjven profiteren van jullie gulheid.'
Daan wil hem in de rede vallen, maar Leopold zegt vriendelijk maar beslist: 'Laat me eerst uitspreken, Daan!'
Daan zwijgt, Leopold praat opeens met gezag. Zo kennen ze hem nog niet.
'Ik zal verder moeten. Maar ik ben ook bang dat als ik nú op mezelf ben aangewezen, ik de weg weer kwijtraak. Kan zomaar gebeuren. Dus ik heb het volgende bedacht.' Daan en Ruth luisteren ingespannen. Wat zal er komen?
Of het bezwaarlijk is dat hij nog een paar weken blijft slapen? 'Overdag wil ik bezigheden zoeken en, Daan, iemand had het onlangs over de markt. Daar staan vaak verkopers van boeken. Als ik dat nou eens op me nam. Er zijn hier in de stad al op twee plaatsen markt op verschillende tijden. En we kunnen in de omgeving kijken of er nog meer mogelijkheden zijn. Het wordt lente, de tijd van braderieën, of hoe die feestjes ook mogen heten. Dat zou voor mij een aardige stap in de goede richting zijn. Bezigheid, buitenwerk, wat verdienen voor jou…'
Daan voelt zich week worden. Hij zou op een moment als dit Leopold als een broer in zijn armen willen nemen. Hij schraapt zijn keel. 'Vriend, dat klinkt niet gek. Maar je kunt niet zonder meer een kraampje opzetten. Daar moeten we toestemming voor hebben, maar ik ken de weg wel. Goed zelfs. Dus wat dat aangaat… En ik weet zeker dat meisje Ruth het met me eens is dat het genoegen aan onze kant is als jij hier te gast wilt zijn. Ik kan het benedenkantoor zo inrichten dat het meer een gastenverblijf wordt. Ruth?'
Ruth zou willen opspringen en Daan knuffelen. Maar nee, ze reageert zo beheerst mogelijk. Gebruikt woorden als 'gewel-

dig idee', 'volledig mee eens'.

Leopold knikt. 'Je hebt zo'n enorme voorraad boeken, Daan. Zeker weten dat er behoefte is aan een marktkraam als de onze.'

Daan pakt de botervloot en besmeert een boterham, het lijkt of hij zich daar volledig op concentreert.

'De honing, Ruth, wil je die even aangeven?'

Het lijkt wel een sein om de draad van alledag weer op te vatten. Maar vanbinnen is er bij alle drie iets veranderd. Alsof er iets aan het groeien is wat voorheen geen kans had om tot wasdom te komen.

Ze praten nog wat over en weer, maar als Daan opstaat, zegt hij meteen naar zijn kantoor te gaan om enkele bronnen aan te boren. Hij maakt daar bewegingen bij zoals wanneer er een flink gat in een betonmuur geboord moet worden.

Leopold ontloopt Ruth. Ze voelt het, meer dan dat het zichtbaar is. 'Dan ga ik beneden nog wat postzegelen!'

En weg zijn de mannen.

Ruth ziet dat het nog vroeg is, ze heeft de tijd om de tafel af te ruimen en het servies in de vaatwasser te zetten.

Net als ze naar beneden wil gaan om de winkel open te doen, rinkelt de telefoon. Het is Fabian, die haar uitnodigt mee te gaan naar een feestje. 'Ik heb zo weinig zin om alleen te gaan en met jou wordt het vast iets bijzonders! Trek maar een leuk jurkje aan, want het feestje is nogal op niveau, als je me begrijpt. Ik wil met je pronken!'

Ruth noteert de datum en brengt het op om te verklaren dat ze zich erop verheugt.

Ze voelt zich na het verbreken van de verbinding opeens moedeloos. Waarom zou ze een uitnodiging weigeren? Alleen omdat Leopold zijn hart heeft uitgestort? En haar gekust heeft alsof hij naar haar verlangde…?

Langzaam loopt ze naar beneden. Ze kan geen wijs worden uit zichzelf. Kon ze maar even afstand nemen van alles en iedereen.

Omdat dit niet mogelijk is, zoekt ze naar de Ruth die ze tot voor gisteravond was.

Of dat lukt?

Voor de winkeldeur wachten mensen, die overduidelijk op hun horloges kijken en nog net niet tegen de deur tikken.

Leopold kijkt op van zijn postzegels en maakt een oppervlakkige opmerking. Ruth denkt: dat kan ik ook.

Ze draait het bordje om en laat de mensen binnen. En haar 'Goedemorgen allemaal!' klinkt precies zo als het alle dagen klinkt.

HOOFDSTUK 12

Ruth heeft een vrije middag. Toen Daan ontdekte dat ze hard-op aan het bedenken was wanneer ze tijd zou hebben om een nieuw jurkje aan te schaffen, gebood hij haar diezelfde dag nog op stap te gaan. 'Je bent mijn slaafje niet.'
Ruth roept dat ze zich zo ook niet voelt. En dat is de waarheid. Hoe voelt het dan wel? Alsof de winkel haar eigendom is.
Ze heeft in haar favoriete winkel ruim de keus. En omdat kie-zen haar dit keer niet moeilijk valt, is ze snel klaar en heeft ze een hele middag om vrij te besteden. Ze zou naar huis kunnen gaan, maar ze weet zeker dat ze dan gedeprimeerd terugkomt. Opeens weet ze wat ze kan ondernemen: ze kan een bezoekje brengen aan het verzorgingshuis. Zeker weten dat ze daar wel-kom is.
Het voelt zo vertrouwd als ze daar aankomt.
Na de bekende route gefietst te hebben, zet ze haar voertuig bij de andere onder een overkapping.
De eerste die ze ziet, is Jasperien: een dravende vrouw met een grote doos in de armen.
'Jasperien!' roept Ruth verheugd terwijl ze de specifieke geur van het huis opsnuift: schoonmaakmiddelen vermengd met iets medicinaals.
Jasperien remt af en glijdt op haar zolen een halve meter door. 'Daar doe je goed aan, Ruth Endeveld. Ik zei onlangs nog: Ruth is ons vergeten.'
Ruth haast zich te vertellen dat ze zo druk is als een klein baasje. 'Trouwens, je mag ook weleens bij ons in de winkel komen, Jasperien. Hoe is het met iedereen?'
Ze hebben het allemaal druk, vooral nu ze al een hulp moeten missen. 'Binnenkort vertrekt Nynke ook, maar die heeft al een andere baan in de zorg. De kolonel kijkt met de dag zorgelij-ker. Vertel eens hoe jouw dagen ingevuld worden?'
Ze lopen naar het magazijn, waar Jasperien de doos die ze torst op een plank tegen de muur zet. 'Verbandmiddelen. Ik

165

heb wat in de keuken te doen, loop je mee?'
Thee zetten, de kannen vullen. Ruth helpt als vanzelfsprekend mee. En ze vertelt zo goed mogelijk wat ze daags zoal doet.
Ze verzwijgt de kennismaking met Leopold. Dat is toch niet uit te leggen. Maar wél vertelt ze over de apotheker die haar redde van Jean Eybers.
'Die knappe man die af en toe bij meneer Van de Wetering kwam? Niet te geloven.'
'Toch wel.'
'En de apotheker?'
Ruth zegt dat ze zojuist een jurkje heeft gekocht om aan te trekken als ze met hem naar een feestje gaat.
'Dus binnenkort een bruiloft,' concludeert Jasperien. 'Als je maar niet vergeet ons uit te nodigen!'
Als Ruth helpt met het rondbrengen van de thee, loopt ze mevrouw Kolonel tegen het lijf. 'Nee maar, wat zie jij er goed uit, en wat leuk dat je ons niet bent vergeten. Hoe is het met je, Ruth?'
Het doet Ruth goed het vriendelijke gezicht van de directrice te zien. 'Ik wilde u trouwens wat vragen. Het schiet me opeens te binnen!'
Ze laat Jasperien in de steek en loopt met de directrice mee naar diens kantoor.
Hoe of het met meneer Van de Wetering gaat? Ruth vertelt en komt al snel waar ze wil zijn. Of mevrouw Kolonel meer weet te vertellen over Daan. 'Ik zal in vertrouwen vertellen waarom. Hij heeft een hulp in de huishouding, Ronnie Hartog. Misschien klinkt het u ongeloofwaardig in de oren, maar ik heb wat raad van een buitenstaander nodig.' Heel summier doet ze verslag van wat Ronnie al zo lang bezighoudt.
Mevrouw Kolonel luistert vol belangstelling en knikt. 'Ik verkeerde niet in dezelfde kringen als waarin Daan van de Wetering zich ophield. Wat ik van hem weet, is via via. Je kent het wel; iemand als die Daan zorgde nog weleens voor opschudding en hele hordes meisjes liepen achter hem aan.

166

Maar zijn grote liefde was reizen. Ik geloof niet dat hij veel familie heeft. Dat wilde je toch ook weten? De naam Ronnie Hartog zegt me niets. Hoe heette haar moeder van zichzelf?' Ruth graaft in haar geheugen. 'Een gewone naam. Eh... Knap of zoiets. Ronnies meisjesnaam is Kaart. Dus haar moeder heette Kaart-Knap. Meer weet ik er niet van. We hebben wel foto's van haar moeder opgezocht en die wil ik ergens neerleggen om te zien of Daan haar herkent.'

Mevrouw Kolonel vindt dat Ronnie het zelf moet opknappen. 'Waarom moet jij je er eigenlijk mee bemoeien? Maar goed, ik kan wel een beetje helpen. Mijn broer is lid van een zeilvereniging geweest en hij noemde de naam van Daan van de Wetering weleens. Ik zal eens vragen of hij groepsfoto's heeft. Ergens moet hij die moeder van gekend hebben. Maar adviseer die vrouw toch dat ze het simpelweg aan Daan vraagt, Ruth.'

Ruth verzucht dat Ronnie bang is om voor erfenisjager aangezien te worden.

Mevrouw Kolonel wordt weggeroepen en als ze met Ruth naar de deur loopt, zegt ze dat Ruth haar maar eens moet bellen over een week of twee. Ze nemen hartelijk afscheid en Ruth dwaalt nog wat rond om de andere collegaatjes te groeten. Zelfs enkele langdurige patiënten zijn verrast haar te zien.

Blijmoedig fietst Ruth terug naar de Stationsstraat. Ze is dankbaar geen heimwee te hebben naar de instelling. Het werk dat ze nu doet, daar is ze, na erin gegroeid te zijn, toch wel erg blij mee.

Ze vindt in de winkel een opgewekte Daan en een zo mogelijk nog opgewektere Leopold. Daan heeft in de kelder op een verborgen plekje een stapel postzegelalbums gevonden. Keurig gesorteerd. Met potlood zijn er zelfs prijzen bij geschreven, maar of die nog kloppen in deze tijd, is de vraag.

'Maar waardevol zijn en blijven ze! Kijk toch eens, Ruth!' Ruth heeft geen snars belangstelling voor de zegels en heeft er al helemaal geen verstand van, maar hun enthousiasme kan ze begrijpen.

Vlak voor sluitingstijd wacht haar nóg een verrassing: als de winkelbel rinkelt, is de nieuwe klant niemand anders dan haar eigen vader. 'Papa!' Ze vliegt op hem toe en omhelst hem. Daan en Leopold staken hun werk en slaan de twee gade.

'Ik had een en ander nodig uit de stad en omdat ik toch nog niet mag werken, besloot ik jou op te zoeken. Mooie zaak, Ruth. Je hebt niets te veel gezegd. Maar ik ben ook nieuwsgierig naar je baas!'

'Die is hier!' bast Daan, en hij loopt met uitgestoken hand op meneer Endeveld toe. 'Bent u een lezer?' informeert hij, met een handbeweging naar de stellingen.

'Zeker, als de tijd het toelaat. Ik kijk uit naar mijn pensioen.'

Dan ziet hij Leopold zitten en hij duikt meteen op hem af. 'Zo zo, postzegels...' Daan stelt hem voor als zijn vriend Leopold Schuilenburg.

Al snel zit Ruths vader te bladeren in de albums. Met gebogen hoofden zitten ze naast elkaar. Leopold is verheugd iemand met enthousiasme naast zich te weten, maar voor Ruth spreken ze een soort geheimtaal.

Daan grinnikt. 'Gelijkgestemden, meisje Ruth. Je hebt toch een vrije middag? Neem je pa dan mee naar boven!'

Meneer Endeveld zegt na een rondleiding Ruth beter te begrijpen. 'Je hebt werkelijk prachtige kamers. Maar ja, kind, voor hoe lang?'

Ruth kleurt, daar heeft ze toch geen antwoord op. Stel dat Daan instort, een ziekte krijgt, dan is het einde verhaal. 'Pa, niet zo somber. Ik heb nú werk, en dat is altijd beter dan van een uitkering te moeten leven. Per slot van rekening doe ik ervaring op. Met mensen omgaan, dat soort dingen.'

Meneer Endeveld trekt zijn dochter even tegen zich aan. 'Je hebt gelijk. We moeten meer vertrouwen in je hebben.'

Lang kan hij niet blijven. 'Je moeder kan niet lang alleen zijn. Anne is naar een vriendin, voor een paar dagen nog wel. Nee,

168

ik moet nodig naar mama.'

Ruth berust erin, zo is het altijd al geweest. 'Toch fijn dat je hier bent gekomen, papa.'

Ze brengt hem naar de parkeerplaats waar zijn auto staat. 'Leuke vent, die vriend van Daan. Hij leek me een expert wat betreft postzegels. Ik kom nog eens terug met mijn eigen album, maar dan moet ik eerst de zolder op.'

Ze wuift hem na als hij wegrijdt en wandelt langzaam terug. Het geurt naar de lente, zelfs in de winkelstraat. Het meisje uit de schoenenwinkel rijdt een rek met aanbiedingen naar binnen en zwaait uitbundig. En ziedaar, het scheelt niet veel of Ruth loopt pal voor de boekenzaak in de armen van Fabian Schutte. Hij zet zijn koffertje op het trottoir en opent zijn armen voor Ruth. Ze kan hem niet ontlopen, al is dat wel haar eerste reactie. Hij zwaait haar een keer rond en zet haar dan op de voeten.

'Je trein!' haast Ruth zich te zeggen.

Fabian lacht luid. 'Eén minuutje kan er wel van af, dan loop ik zometeen wat harder. Ik verheug me zo op dat feestje sinds ik weet dat jij meegaat!' Hij zoent haar op haar kruin en veegt een lok uit haar gezicht. Mensen moeten op het trottoir een omwegje maken om botsingen te voorkomen. Sommigen kijken glimlachend om.

'Ik ook. Daarom heb ik vanmiddag een nieuwe jurk gekocht.'

'Prima! Ook al zou je er in de spreekwoordelijke jutezak nog schattig uitzien. Nu moet ik inderdaad rennen… Dag liefje, tot heel gauw!'

Ruth duikt op tijd weg om een tweede zoen te ontwijken.

Ze kijkt hem ook niet na, maar haast zich naar binnen. Leopold bekijkt haar en even lijkt het of hij wat wil zeggen. Daarna loopt hij met een stapel albums onder zijn arm naar boven.

Ruth zou hem willen naroepen: 'Een kus op je kruin betekent niets!'

Het feestje is inderdaad op een locatie waar Ruth aanvankelijk van schrikt. Ze is bang uit de toon te vallen. Er mankeert
niets aan haar jurk en haar haar is netjes opgestoken. Maar
toch, de vrouwen die ze ziet lopen, stralen een zelfbewustzijn
uit dat zij niet bezit. Ze vraagt aarzelend aan Fabian of ze ermee door kan.
Hij kijkt verbaasd op haar neer. 'Jij? Je bent de mooiste van
allemaal. Jij bent echt. Die drie daar, het zijn net etalagepop-
pen. Hetzelfde haar, strakgetrokken vel, zelfde gebaartjes,
bijna identieke kleding…'
'Misschien zijn het zussen?'
Fabian lacht haar uit en stelt haar voor aan een paar vrienden.
Knappe kerels, in hun strakke pakken en met glimmende
schoenen. Ruth denkt onwillekeurig: stel dat Fabian háár
vroeg of hij wel net zo vlot is als die vrienden van hem. Ze
moet onwillekeurig lachen om het antwoord dat in haar opkomt: 'Het zijn precies figuren uit de dikke Wehkamp.'
In de loop van de avond voelt ze zich iets meer op haar gemak
en raakt ze zelfs in gesprek met een paar sympathieke vrouwen. Toch is ze opgelucht als het eindelijk tijd is om te vertrekken. Fabian zegt helaas niet te kunnen uitslapen. 'Als dat
het geval was, Ruth, zou ik hier om twee uur nog niet weg
zijn!'
Fabian stapt vrolijk in zijn auto, terwijl Ruth er getuige van is
geweest dat hij behoorlijk wat 'huppelwater' tot zich heeft
genomen. Ze neemt zich voor bij een eventuele volgende keer
van tevoren te zeggen dat zíj wel rijdt, de Bob is, dan kan hij
drinken. Het is gelukkig niet ver en van alcoholcontrole is
geen sprake.
Er is plek vrij, vlak voor de boekwinkel. Fabian trekt haar naar
zich toe en kust haar stevig op de mond. Even geeft ze toe. Per
slot van rekening heeft hij haar een aardige avond bezorgd.
Maar de smaak van alcohol staat haar tegen, terwijl ze toch op
z'n tijd best een glas wijn drinkt. Maar: te veel is te veel.
Ze duwt hem van zich af. 'Het was gezellig, Fabian. Maar doe

alsjeblieft voorzichtig als je naar huis rijdt… Maak geen brok-
ken.'

Fabians lach is te hard en als hij een tweede poging doet om
haar te kussen, ontwijkt ze hem handig. Hij is een vriend,
meer niet. En niet iedere vriend heeft het recht haar op die
manier te kussen.

Ze zwaait met een vinger. 'Niet te snel, en kijk uit voor controle!' Daarna klapt ze het portier dicht. Fabian geeft een dot
gas en stuift de straat uit.

Ruth voelt zich opeens doodmoe en ook gedesillusioneerd. De
Fabian van overdag is wel heel anders dan de Fabian met wie
ze nu uit geweest is.

Daan en Leopold trekken meer en meer naar elkaar toe, maar
Ruth heeft het merkwaardige gevoel dat Leopold haar ontloopt. Misschien spijt het hem haar in vertrouwen te hebben
genomen. Zelf komt ze niet meer terug op die bewuste avond.
Maar erover denken doet ze des te meer.

Daan heeft samen met Leopold het kleine kantoor anders
ingericht. De persoonlijke spullen van Daan zijn naar het grote
kantoor boven gebracht. Er is een bed bezorgd en een kledingkast. Een gemakkelijke stoel hebben de mannen van
boven gehaald en het bureau staat tegen een wand.

Ruth voelt zich warm om het hart worden als ze Daan hoort
bassen: 'Zo, vriend, nu heb je een eigen kamer. Weer een stapje in de goede richting. En volgende week neem ik je mee als
ik naar Keulen moet. Het is een best stuk rijden en ik vind het
niet meer prettig om alleen te reizen. Misschien overnachten
we daar.'

Ruth rilt. Als ze een nacht overblijven, is ze alleen in het grote
pand, en daar is ze niet blij mee. Misschien kan Ronnie komen
slapen. Desnoods vraagt ze Jasperien…

Maar Daan gaat nog verder. Ruth doet alsof ze bezig is nieuwe
boeken te prijzen.

'En, vriend, daarna rijden we door jouw buurt, waar je

gewoond en gewerkt hebt. Je hoeft niets anders te doen dan naar buiten te kijken. Een andere keer wordt het uitstappen, want je moet dóór.'

Dat is schrikken. Ruth vreest dat Daan op die manier Leopold wegjaagt.

Ze kijkt om om te zien hoe Leopold reageert. Deze zegt kalm: 'Mag ik de regie over mijn leven niet zelf houden?'

Daan antwoordt: 'Als je bewezen hebt dat je daartoe in staat bent. We zijn bezig, jij en ik, met een soort revalidatie. Dus niet zeuren! Ik heb ook nog een postzegeladresje gevonden. Je ziet het, een heel programma.'

Ruth zou willen dat Daan haar ook mee vroeg. Maar nee, Daan heeft de regie en bepaalt wat er met wie gebeurt…

Nu de kaarten gesorteerd zijn en ook de postzegels, heeft Leopold niet veel meer te doen, zo vreest Ruth. Maar dan heeft ze buiten Daan gerekend.

'Aankomende zaterdag hebben we een kraam, Leopold. Het is helaas tijdelijk, maar dat geeft niet. Kun je ontdekken of het wat voor je is. Iemand die houten speelgoed maakt is een paar maanden naar het buitenland. En wij krijgen zijn plekje. Ja, ja, het lukt niet iedereen om dat voor elkaar te krijgen, neem dat maar van me aan. Dus we gaan uitzoeken wat je meeneemt en hoe je het vervoert.'

Ruth mengt zich in het gesprek. 'Om welke markt gaat het, Daan?'

Gelukkig, het is de markt op het plein voor de kerk en dat is maar enkele minuten lopen.

'Maar hoe vervoeren we al die boeken dan?' vraagt Ruth een beetje verbaasd.

Daan kijkt haar bijna medelijdend aan. 'Heb jij in de garage dan niet gezien dat er twee aanhangwagentjes tegen de wand staan? Een grote en een kleinere. Die laatste laden we vrijdagavond vol, zodat we zaterdagochtend op tijd op de markt staan. Ruth, wil jij kratten en dozen uit de kelder halen? En de weggeefboeken. Daar beginnen we mee. Kijk, Leopold, de prijzen staan op de eerste bladzijde. Je hoeft niet, zoals de groenteman, je waren schreeuwend aan te prijzen. Ik hoor het trouwens al: 'Prachtige romans, zo goed als nieuw, beroemde schrijvers. Kom en maak uw keus...' Nee, dat is in onze branche niet nodig.'

Ruth sjouwt de 'weggeefboeken' naar boven, samen met de dozen en kratten. Daan begint te sorteren. 'Alles netjes soort bij soort. Stripboeken, die gaan als warme broodjes over de toonbank. En van die dunne romannetjes, sommige vrouwen smullen ervan. Spannende boeken, die lopen ook goed. Wat jij, Ruth? Bemoei je er ook eens mee. Het gaat jou ook aan!'

Ruth schudt haar hoofd. Als Daan op dreef is, kun je maar beter niet te veel zeggen.

Ze ordent een paar kratten en hoopt er het beste van. 'Schoolboekjes, Daan. Daar vragen veel mensen naar. Ot en Sien, Nog bij Moeder, en die heel oude: Cissy van Marxveldt, Sanne van Havelte, Goud Elsje-boeken. Daar zijn nog altijd liefhebbers voor. Zal ik die uit de rekken halen? Je mag er best wat voor vragen, ze zijn nog steeds geliefd.'

Daan steekt z'n duim op. 'Dat bedoel ik nou: je begint het vak te leren. Pak maar in wat je goeddunkt. Maar, Leopold, je baard is te lang aan het worden. Het staat je wel, maar je bent zo het type sprookjesverteller. Een kortere baard staat intelligent. Ja, dat is de uitstraling die je dan hebt. Vooruit, Ruth, haal de schaar.'

Leopold en Ruth lachen, maar Daan schijnt het te menen.

In de kleine keuken gaat het gebeuren. Leopold krijgt een laken om en moet op een bureaustoel zitten. Ruth kijkt aarzelend naar de keukenschaar in het besef dat dit geen kappersgereedschap is.

Ze haalt van boven kam en borstel. Een baard knippen, of zeg maar liever snoeien. Een scheermes zal ook wel nodig zijn.

Als ze weer beneden komt, zijn Leopold en Daan hevig in discussie. 'Ik zeg wat ik meen. En ik ben ouder, heb meer verstand dan jij, vriend, van wat de mensen denken. Dus: korter.'

Ruth krijgt medelijden met Leopold. Stel dat hij die baard niet kwijt wil? Zich daarmee veilig voelt en ook nog eens onherkenbaar?

Leopold slaat met zijn vuist op de leuning van de bureaustoel. 'En ík eis: eraf met die baard. Ruth, een scheermes en schuim!'

Daan geeft zich gewonnen en haalt zijn eigen scheerschuim. 'Weet je het echt zeker?' aarzelt Ruth.

Leopold draait zich om en kijkt haar recht aan. 'Moet ik het zelf doen? Trimmen kan ik niet, maar scheren moet lukken.'

Ruth lacht maar wat en zegt dat ze de klus al heeft aanvaard. 'Ik heb alleen geen spiegel voor je…'

Daan kijkt, tegen het aanrecht geleund, toe, maar als er een klant binnenkomt, loopt hij naar de winkel.

Ruth aarzelt als ze Leopolds huid aanraakt. 'Ik hoop dat ik je niet snijd.'

'Dan hebben we pleisters en jodium nodig.'

'Ja, nou, misschien kun je dan beter naar de eerste hulp…'

Dan knipt ze resoluut de baard af. Er valt haar op de grond, op de trui van Leopold. 'Je wordt zo anders!' klaagt Ruth.

Uiteindelijk komt het scheerschuim eraan te pas, en het scheermes.

'Wat een baardgroei heb je, Leopold.' Hij lacht, wat Ruth doet roepen: 'Niet lachen, dan worden je wangen te bol en scheer ik scheef.'

Daan komt terug met een fototoestel. 'Dit leggen we vast, het is een groots moment. Ruth, je mag mij zo ook onder handen nemen, mijn baardgroei is ook niet mis.'

Leopold zonder baard oogt tien jaar jonger. Af en toe trilt Ruth vanwege de vreemde situatie. Een man van zijn baard ontdoen is best een intiem gebeuren, ervaart ze.

'Onder zijn kin, Ruth, daar zit nog een raar plukje, of is dat mode?' Daan lijkt van het gebeuren te genieten. Ruth voelt met een vinger en ja, er moet nog wat af.

'Je vel is wit, Leopold, waar de baard heeft gezeten. Morgen moet je lekker in de zon, op de markt!' roept Daan als hij door de winkelbel wordt weggeroepen.

Ruth voelt met een vinger of de wang glad is en opeens is daar Leopolds hand, die de hare vasthoudt. Ze kijkt omlaag naar de grote mannenhand die de hare vasthoudt alsof ze hem moet redden.

'Ruth…'

Ze buigt zich over hem heen. 'Je wangen zijn glad. Mag ik er een kus op geven?' Wat bezielt haar?

'Dat wilde ik net vragen.'

Ruth buigt zich nog dieper en plant haar lippen stevig op de gladde huid.

Leopold lacht van oor tot oor. 'Kusjes geven en nemen… Het is je niet vreemd, is het wel? Ik bedoel die apotheker…'

Ruth schiet omhoog. Trekt ook het laken wat hoger op. 'Dus jij begluurt me als ik… Nou ja. Zeg maar liever dat kusjes geven voor Fabian een gewoonte is. Dat is alles.'

Ze kamt het haar van Leopold, dat opeens ook te veel van het goede lijkt.

'Zal ik maar?'

Daan komt het resultaat bewonderen. 'De schaar erin, goed zo. Knip er maar een leuk modelletje in. Misschien moeten we een pot op zijn hoofd zetten zodat je eromheen kunt knippen. Man, morgen loopt het storm op de markt!'

Kammen, voelen met de vingers, uitdunnen met de schaar. Ruth is verbaasd over haar eigen handigheid.

Daan doet een voorstel: 'Knippen vijfentwintig euro en één gratis boek. Wat dacht je ervan, Ruth?'

'Dat is belangenverstrengeling. Gaat niet, Daan.'

Gladde kaken en kin, korter haar. Daan en Ruth doen een paar stappen bij Leopold vandaan om het resultaat beter te kunnen beoordelen. Daan geeft Ruth een compliment. 'En dat gratis en voor niks, Leopold.'

Ze haalt het laken weg en borstelt Leopolds schouders en rug om hem van plukjes haar te ontdoen.

'Blaas eens in mijn hals, daar kriebelt het alsof er een leger luizen wandelt!' klaagt Leopold.

Daan reageert: 'Daar hebben Ruth en ik geen ervaringen mee. Moet je zwerver voor zijn geweest!'

Het is maar goed dat Leopold Daans humor weet te waarderen.

Leopold gaat staan en zegt een spiegel te zoeken.

'In het toilet, daar hangt er een!'

Ruth veegt alle haren bij elkaar en klopt het laken op straat uit. 'Kunnen de mussen de haren gebruiken bij het maken van hun nest.'

Het is toch even een verrassing als Leopold zich weer bij hen voegt. Ruth verschiet van kleur. Daar, een nieuwe Leopold. Een aantrekkelijke man met prachtige ogen en een forse kaaklijn.

'En?'

Ruth zou hem willen omhelzen, maar beheerst zich. 'Zoals Daan zei: een grote stap vooruit. Een mijlpaal.' En daarna begeeft ze zich weer tussen de stellingen om geschikte boeken voor de markt te vinden.

HOOFDSTUK 13

De meeste post die bezorgd wordt, is voor Daan. Zakelijke post. Maar op een ochtend is er een envelop voor Ruth. Ze rist hem open zodra ze hem van de grond heeft opgeraapt. Het is wat ze hoopte: een foto, gestuurd door mevrouw Kolonel.

Er is een kort briefje bij. Ze heeft gezocht in het fotoalbum van haar broer en vond er één waarvan ze zeker weet dat Daan erop staat. Niet van de zeilvereniging, zoals ze dacht te zullen vinden, maar van een zangkoor. Ze wist ook nog te vermelden dat Daan een prachtige bas had en vaak solo zong.

Ruths ogen vliegen langs de gezichten. De foto is niet al te scherp, maar ze vindt drie vrouwen die best de moeder van Ronnie zouden kunnen zijn. Afwachten dus.

Ze legt de foto in de onderste lade van de toonbank.

Leopold heeft geadviseerd de ansichtkaarten stuk voor stuk in een plastic hoesje te doen, ter bescherming. Ze heeft hoesjes besteld en nu is het wachten op de zending. Tot die tijd wil ze wachten met het bekendmaken van de kaartenafdeling.

De postzegels hebben niet echt haar belangstelling.

Volgens Daan hebben sommige bijzonder veel waarde. Er is een album bij waarvan de waarde volgens een catalogus ongeveer negenduizend euro is. Een album vol Zwitserse zegels. Maar er zijn nog meer kostbaarheden uit de kelder gekomen: verzamelingen uit de Belgische Congo, Albanië, Bulgarije.

Nee, Ruth zelf zou er nog geen tientje aan willen spenderen. Leopold heeft haar gewaarschuwd: ze moet de albums een veilig plaatsje geven, het is handel voor echte verzamelaars.

Ze kijkt de winkel rond, maar een veilig plekje ziet ze niet direct. Misschien onder de toonbank, ze kan een van de laden leegmaken en ze daarin verbergen.

Het past allemaal maar net. De lade gaat moeizaam open, maar dat is niet van belang.

Het is zaterdagochtend en ze denkt constant aan Leopold, die samen met Daan tijdig naar de markt is vertrokken, de kleine aanhangwagen volgeladen met boeken.

Van een paar klanten kreeg ze het al te horen: 'Jullie staan nu ook op de markt, toch? Of is het een concurrent?'

Als Daan tegen koffietijd terugkomt, steekt hij z'n duim op. 'Het gaat prima met Leopold en de handel. Ga maar eens een kijkje nemen, maar zet daarna eerst een pot koffie voor me, meisje Ruth!'

Ruth voldoet razendsnel aan dat verzoek en haast zich daarna naar de markt. Ze is van plan meteen wat groenten en fruit te kopen.

Het is op de markt een gezellige drukte, het weer werkt dan ook mee. Zon, lekkere temperatuur, vrolijke gezichten.

Ze vindt Leopold zonder moeite. Daar, tussen een snoepkraam en een verkoper van kousen en sokken.

De kraam trekt nogal wat belangstelling. Ruth slaat het van een afstand gade. 'Meneer, wat kost dit boek? Is dat de prijs die voorin staat? Krijg ik korting als ik meerdere boeken koop?'

Leopold is zo druk als een klein baasje, met luisteren, antwoord geven, geld aanpakken, opbergen in het kistje en wisselgeld aanreiken. Volgende klant...

Langzaam werkt Ruth zich naar voren, neemt de plaats van een vertrekkende koper in. Ze bladert in een breiboek, verbaast zich over de ouderwetse patronen. Truien met koppen aan de mouwen, strak lijfje en vrij kort. Babykleertjes, degelijke patronen, van het kind is bijna niets te zien.

Ze zoekt oogcontact met Leopold en zegt: 'Meneer, dit breiboek kan wel in de prullenbak. Of in een museum!'

Mensen kijken op om te zien wie die opmerking maakte.

Leopold straalt van genoegen. 'Maar mevrouw, u durft heel wat te zeggen!'

Ruth grinnikt en legt het boek terug. Even later zien ze een hand die het wegtrekt en hupsakee, het breiboek is verkocht! Ze drentelt om de kraam heen. 'Hoe gaat-ie, Leopold?'

Hij zegt dat de uren omvliegen. 'Kom je me helpen? Ik kom handen tekort.'

'Eventjes dan. Ik wil Daan niet te lang alleen laten.'

Meteen wordt ze ingeschakeld. Soms krijgt ze te horen: 'Ken ik u ergens van?'

Het is niet veel anders dan in de winkel, alleen drukker.

Na een halfuurtje zegt Ruth Leopold gedag. 'Ik moet nog boodschappen doen. Maar tussen de middag kan ik je wel aflossen, of zal ik een patatje brengen?'

Leopold zegt gehaast: 'Dat laatste. Met een kroket.'

Glimlachend om het succes wandelt Ruth verder, doet haar inkopen en kuiert terug naar huis.

'En? Wat vond je van onze verkoper?' vraagt Daan.

'Geweldig. Hij begint, denk ik, steeds meer op zichzelf te lijken. Het was een goed idee. Wat is de volgende stap?'

Daan gaat op de toonbank zitten. 'Mee naar Keulen. En de volgende keer rijd ik hem naar zijn vroegere woonplaats. Ik ben geen psychiater, geen therapeut, en toch denk ik dat het allemaal gaat lukken.' Ruth begrijpt dat Leopold Daan ook in vertrouwen heeft genomen.

'Hij doet het zichzélf aan. Zou dat moeilijker zijn dan wanneer je door een instantie of andere mensen wordt beschuldigd?'

Daan wrijft over zijn kin. 'Dat zal wel per mens verschillen. Hij moet terug naar zijn oude bestaan, hoe dan ook. Hij is toch geen mens om tot zijn dood op straat te leven, sjouwend achter de supermarktkar. Slapen onder de brug, op het station, of waar dan ook.'

Daan slikt een ontzettend kwaad woord in en Ruth is het met hem eens.

Een paar dagen later is het zover: de mannen gaan op stap. Ruth laat niet merken dat ze ertegen opziet alleen in huis te zijn. Vooral tegen de nachten ziet ze op.

Als Ronnie komt poetsen, geeft dat afleiding. Samen buigen ze zich over de groepsfoto van het zangkoor.

'Ik denk dat zij daar mijn moeder is. Dus daarvan zouden ze elkaar kunnen kennen. Wanneer vraag je het?'

Ruth belooft niet lang meer te wachten en bestudeert de foto nogmaals. 'Kijk eens, die man daar met snor. Hij is als twee druppels water Jean Eybers. Hij kan het niet zijn, gezien zijn leeftijd, maar misschien is het familie.'

Ruth rilt.

Ze schuift de foto onder een notitieblok en gaat weer aan het werk. De plastic hoesjes zijn bezorgd en het is een gepruts om alle kaarten in een jasje te stoppen.

Op de tweede dag van Daans afwezigheid komt er onaangenaam bezoek: Jean Eybers. Ruth vraagt zich af hoe de man weet dat ze alleen is, maar ze behandelt hem als klant. 'Kan ik iets voor u doen, meneer Eybers?'

Hij is zonder jas en draagt een driedelig kostuum plus hoed, die hij zwierig afneemt.

'Dag schoonheid. Kan ik je op een lunch trakteren, nu je alleen bent? Je mag kiezen: bij mij thuis of in het beste restaurant van de stad.'

Ruth voelt de rillingen over haar rug gaan. 'Bedankt, maar ik heb al een afspraak, en bovendien hebben wij elkaar niets te vertellen.'

Jean kijkt geheimzinnig. 'Dat dénk jij, maar de waarheid is anders. Je zult me nog dankbaar zijn. Waar heb je de nieuwste aanwinst, de postzegelhandel? Aha, je bent bezig met kaarten, ook een leuke branche. Maar postzegels is een slimmere investering. Als je een vraagje hebt: buurman Jean is goed thuis in die kleine dingetjes.'

Ruth kijkt hem bijna de winkel uit. 'Als u toch niets komt kopen, vertrek dan alstublieft zodat ik weer aan het werk kan.'

Ruth zegent het groepje vrouwen dat de winkel binnenstapt. Ze helpt de vrouwen zoeken, maar houdt ondertussen een oogje op Jean. Buiten staan mensen tussen de boeken op de wieltjestafel te zoeken.

Ze is dankbaar dat ze naar binnen komen om te betalen.

Jean druipt af, groet alles wat vrouw is met complimenteuze groeten. Ruth herademt. Nog één nacht, dan zijn Daan en Leopold weer terug.

De brandende vraag is: hoe heeft Leopold de reis ervaren?

De laatste avond dat ze alleen is, komt Fabian haar onverwacht opzoeken. Ruth is blij hem te zien.

'Ik had willen bellen, Ruth, maar het kwam er niet van. Dus ik dacht: ik waag het erop. Zullen we ergens gaan eten?'

Ruth zegt liever thuis te blijven. 'Ik wil het pand bewaken. Het klinkt raar, ik weet het, maar toch... Bovendien heb ik het eten al voorbereid. Dus als je wilt: kom boven!'

Fabian bewondert de inrichting van het huis. 'En waar huis jij gewoonlijk?'

Ruth vertelt dat ze eigen kamers heeft, maar dat ze de meeste tijd bij Daan doorbrengt. 'We kunnen het samen goed vinden en leven toch ons eigen leven. Maar ik moet zeggen dat mijn baan intensiever is dan ik had verwacht.'

Fabian laat zich verwennen en zegt te genieten van Ruths kookkunst. 'De man die jou krijgt, boft. Waarmee ik wil zeggen...'

Ruth valt hem in de rede en begint over een ander onderwerp. Vakantie, altijd raak. Heeft hij al plannen gemaakt?

Fabian gaat er eens goed voor zitten.

Zijn ouders hebben een huisje in het noorden van Italië en omdat het in juni leegstaat, had hij plannen om daar vakantie te gaan vieren.

'Is dat ook niets voor jou? De natuur is er schitterend. En jouw verblijf is natuurlijk gratis. Wil je er eens over nadenken?'

Die stap is Ruth te groot. Maar hoe maakt ze hem dat duidelijk zonder hem te kwetsen?

'Het klinkt fantastisch. Maar ik heb meer ijzers in het vuur, zogezegd, dus ik moet een en ander tegen elkaar afwegen. Eh... en mijn ouders hebben een akelige tijd achter de rug met ziekte en zo. Ik moet afwachten wat ze willen, begrijp je?'

Dat begrijpt Fabian heel goed. Hij zegt zijn ouders op handen te dragen. 'Toen mijn vriendin wegviel, hebben zij zich over mij ontfermd. Ik was kapot en zag het niet meer zitten. Zelfs mijn beste vrienden wisten geen raad met me. Dus ik begrijp als geen ander dat je zuinig op je ouders wilt zijn.'

Ze worden gestoord door zijn telefoon: Fabian moet zich tot twee keer toe verontschuldigen. Als ze na het eten koffiedrinken, vertelt hij meer over zijn achtergrond. Hij woont dus weer bij zijn ouders sinds de dood van zijn vriendin.

'Maar dat gaat veranderen, want ze worden ouder en ik merk dat ze graag weer met z'n tweetjes willen zijn.'

Ruth zegt dat ouders juist vaak beweren in een gat te vallen als de kinderen het huis uit zijn. 'Legenestsyndroom, heet dat. Mijn moeder is dolgelukkig nog één dochter onder haar vleugels te hebben. Ik denk weleens dat mijn vader bij haar op de tweede plaats komt.'

Fabian begint over de nieuwe huisgenoot: Leopold. 'Ik zag die man onlangs lopen en ontdekte dat hij een metamorfose heeft ondergaan. Hij lijkt wel twintig jaar jonger. Als ik het goed heb; hij was toch die zwerver met de supermarktkar? Hij is weleens in de apotheek geweest om verband of zoiets. En ik moet zeggen dat hij een beschaafde indruk maakte, ondanks zijn uiterlijk.'

Ruth is niet van plan Leopolds geheimen prijs te geven. 'Ja, dat is dezelfde. Tja, mensen kunnen veranderen, Fabian.'

Fabian merkt dat Ruth hem niet in vertrouwen wil nemen en dat spijt hem. Ze praten nog even over het feestje waar ze samen heen zijn geweest en Fabian beweert dat enkele vrienden van hem bijzonder nieuwsgierig waren naar zijn nieuwe vriendin.

Ruth kleurt. Nieuwe vriendin, dat klinkt nogal definitief. Maar ze haakt erop in en zegt gemaakt vrolijk: 'En hoe reageerde jij? Vertelde je dat ik niet meer ben dan een vrouw die in dezelfde straat haar werk heeft als jij?'

Fabians ogen worden donker. Hij zoekt naar woorden, maar wil niet overhaasten en besluit niet te reageren.

Ruth leidt hem af. Of hij de postzegelverzameling wil zien? Ze vertelt over de hoge waarde van sommige zegels. 'Maar de kaarten hebben mijn voorkeur. Daar zitten ook dure jongens tussen, al zou je dat als leek niet geloven.'

Fabian lijkt blij met het voorstel te zijn. Hij was toch al niet van plan erg lang te blijven. Als ze door de winkel lopen, vraagt hij of Ruth nog last heeft gehad van Jean Eybers.

Ze blaast haar wangen bol. 'Gisteren nog. Hoe weet hij toch dat Daan afwezig is? Het is of hij zit te loeren. Gelukkig zijn de mannen morgen terug.'

Fabian bewondert de zegels en zegt iemand te kennen die graag zou willen komen kijken. 'Maar je moet ze echt op internet zetten. Dat is ook veilig, kan niemand ze stelen.'

Ruth schuift de albums terug in de lade. 'Die klemt, zie je? En wat niet weet... Je moet wel precies op de hoogte zijn als je hier wilt inbreken.'

Fabian loopt naar de deur en zegt dat het heerlijke lenteweer inspirerend werkt. 'We zouden er eens op een zondag op uit moeten trekken. Wandelen, lijkt je dat wat?'

Ruth zegt geen afspraak te willen maken. 'Ik zit nog zo vast, ik moet nodig een dag naar mijn ouders en eerlijk gezegd heb ik weinig vrije tijd. Dat gaat zo, als je...'

Fabian trekt Ruth even tegen zich aan en zegt alle begrip voor haar te hebben. 'We doen kalm aan, is het niet? We zijn geen zestien meer.'

Ze loopt mee naar de deur, wuift hem uit en is blij weer alleen te zijn.

Kalm aan doen, waarmee dan?

Ze loopt langzaam naar boven en neemt zich voor eerlijk tegen zichzelf te zijn. Als Leopold niet in haar leven was opgedoken, zou ze dolblij met de vriendschap van Fabian Schutte zijn geweest.

Dat geeft te denken!

Daan is heel tevreden over het reisje. Dat ziet Ruth meteen zodra de mannen binnenstappen. Ze kijkt langs Daan heen naar Leopold, die er een beetje vermoeid uitziet.

'Geen wonder!' Daan slaat hem stevig op de schouder. 'Weet je hoe dat komt, meisje Ruth? Ik heb hem op de terugweg laten rijden. Vanaf Keulen. Stukje plankgas... Enfin, hij is het niet verleerd, is het niet, vriend?'

Ze hebben de moeite genomen voor Ruth om een paar aardigheidjes te kopen. Een souvenir uit Keulen. Een kitscherig vaasje waarop de beroemde toren staat en een sjaal waar ze oprecht blij mee is.

'Leopolds keus, hij heeft verstand van vrouwen!'

Ruth moet vertellen hoe haar dagen zonder de mannen zijn verlopen. Ze vertelt over het onaangename bezoekje van Jean Eybers en de onverwachte visite van Fabian.

'De apotheker en Jean. Hoe weten die jongens dat jij alleen thuis bent!' moppert Daan als een overbezorgde vader.

Als ze aan de koffie zitten, doet Daan verslag over zijn inkopen. 'Leopold was verbijsterd toen hij de antieke boekwerken zag, is het niet, Leopold? Werkelijk uniek, maar de prijzen waren me te pittig. Ik heb wel wat ingeslagen, maar alleen wat ik ook weer kwijt kan. Mijn afnemers geven me lijsten met wat ze graag in hun bezit willen hebben en dan ga ik op zoek. Soms lukt het, zoals nu, en dat geeft een kick van jewelste.'

Leopold is vrij stil en onthoudt zich van commentaar.

Pas als ze alle drie opstaan om hun bezigheden te hervatten, zegt Leopold: 'Daan heeft me een voorstel gedaan, Ruth. En wel dit: of ik zijn compagnon wil worden! Zoals je begrijpt heb ik voor de eer bedankt, al was het een genereus aanbod.'

Ruth schudt haar hoofd. 'Als je werk zoekt, Leopold, zou ik iets zoeken wat in de buurt komt van je eigen beroep. Maar ík hoop dat je daar niet al te snel voor kiest.'

Blozend haast Ruth zich naar winkel. Dwaas die ze is, ze lijkt Fabian wel. Die liet zich ook zo in de kaart kijken. 'We doen het kalm aan!', dat is net zoiets als wat zij opmerkte.

Eenmaal achter de toonbank spreekt ze zichzelf in gedachten toe. Je mag best laten merken dat je op hem gesteld bent. En

nog meer. Een beetje warmte, dat kan Leopold goed gebruiken, meent ze. En toch: dat kalm aan doen van Fabian is niet
eens zo'n heel slecht advies.

Het is weer tijd voor Daans controles in het ziekenhuis. Beter
gezegd: het wás weer tijd. Want ondanks het aandringen van
Ruth bleef hij het uitstellen. Onder het mom: ik voel me best.
Uiteindelijk besloot Ruth de knoop door te hakken en zelf een
afspraak te maken. 'En nu je zo bent opgeknapt, hoef ik niet
meer mee om je te steunen. Anders is het alsof je met je kin-
dermeisje bij de dokter komt.' Het klinkt mopperig en dat is
Daan van zijn meisje Ruth niet gewend.
'Dan neem ik onze vriend toch mee. Hij kan moeilijk weigeren.'
Ruth schrikt ervan. 'En óf hij dat kan. Let maar eens op. Een
ziekenhuis nog wel! Dat is te confronterend.'
Aanvankelijk krijgt Ruth gelijk. Leopold is zelfs verontwaardigd. Hoe durft Daan, die hem zijn vriend noemt, dit voor te
stellen. Maar na een paar dagen aandringen besluit hij met het
verzoek in te stemmen. Per slot van rekening is hij Daan veel
verschuldigd.
Hij kleedt zich netjes, op de ochtend van de afspraak. Ruth
bewondert zijn nieuwe colbert. 'Uit Keulen,' reageert Leopold.
Daan moet een reeks specialisten af, om te beginnen de car-
dioloog. Zodra Leopold een voet over de drempel heeft gezet,
is het hem alsof hij terugploft in het verleden.
Zijn ogen volgen de artsen, die met wapperende jaspanden
door de gangen benen, de ogen gericht op een papier in de
hand óf zo geconcentreerd door wat hen bezighoudt dat ze
voor niets of niemand oog hebben.
Leopold dwingt zichzelf niet te gaan fantaseren, of door te
slaan en dingen te bedenken die mogelijk zouden kunnen zijn.
Bijvoorbeeld een ex-collega tegen het lijf lopen. Het ís mogelijk, maar dan nog is het niet waarschijnlijk dat men hem herkent. Hij is nu bijna vijf jaar uit het circuit en werkte in een

heel ander ziekenhuis.

Daan bekent hem nerveus te zijn. 'Ik zég wel dat ik me goed voel, maar per slot van rekening heb ik een hartoperatie ondergaan, en later lieten mijn longen het afweten. Op een gegeven moment dacht ik dat het einde naderde. Enfin, de kwaaltjes die daarna volgden konden gemakkelijker worden opgelost, maar o, vriend, wat was ik slap. En toen hup, het ziekenhuis uit. Als meisje Ruth daar in het verzorgingshuis niet gewerkt had, zou ik psychisch zijn ingestort. Dat vrouwtje wist me te motiveren. Hoe? Dat kan ik niet onder woorden brengen.'

Leopold luistert en bedenkt dat ze een raar stel zijn. Daan met zijn koppige tegenstrijdigheden en hij, Leopold, een ex-dakloze. Zijn huidige situatie is zo kwetsbaar, zo onzeker. Elk moment verwacht hij dat er iets gebeurt, dat hij wat hij heeft bereikt, zo weer verliest.

Als Daans naam eindelijk wordt afgeroepen, sleurt hij Leopold min of meer mee de spreekkamer in.

Ruth is nerveus. Leopold en een ziekenhuis. Hoe zal hij het daar ervaren?

Ze is nu al dagen bezig de kaarten in hun doorzichtige hoesjes te schuiven. Misschien moet zij daarvoor ook maar een marktkraampje zien te veroveren.

Het is schrikken als Jean Eybers binnen komt stappen en zonder de gebruikelijke groet Ruth beveelt een afspraak met Daan te regelen.

'Ik ken zijn agenda toch niet, waarom belt u hem niet zelf? Vanmiddag is hij thuis.'

Jean balt een vuist. 'Zeg hem maar dat ik om klokslag drie uur hier in de winkel ben en niet vertrek voor hij mij heeft aangehoord.'

En weg is hij.

Ruth schuift de schoenendozen netjes op een rij en bekijkt het resultaat. Ze is nog zo onzeker wat betreft de prijzen.

Misschien zijn de eventuele klanten meer op de hoogte dan zijzelf.

Postzegelverkoop vanuit de winkel kan Daan wel vergeten, vindt ze. Ze moeten proberen ze op internet aan de man te brengen. Het is nu eenmaal niet haar branche.

Als Daan en Leopold veel later dan verwacht thuis komen, haast Ruth zich naar hen toe.

'Vertel!' Ze kijkt vol verwachting Leopold aan, niet Daan.

Leopold lacht fijntjes. 'Ik ben hier niet de patiënt, Ruth.'

'Sorry... Kon je het wel aan?'

Daan klapt in zijn handen. 'Of hij het aankon? Ik zal je wat vertellen: ik moest beloven zijn identiteit geheim te houden, een man een man, een woord een woord, dus ik deed dat ook. Maar meneer verraadde zichzelf. Hij stelde mijn chirurg een vraag die zo deskundig was, dat de arts verbaasd vroeg waar hij die kennis had opgedaan! Enfin, van het een kwam het ander. Leopold vertelde hem niet de hele geschiedenis, maar genoeg om duidelijk te zijn.'

Leopold loopt langs hen heen, naar boven.

Daan dempt zijn stemgeluid. 'Heel even zag ik iets van de Leopold die hij voor de fatale gebeurtenis moet zijn geweest, meisje Ruth. Hij begon te stralen toen het onderwerp van gesprek dieper ging. Ze wisselden als collega's van gedachten en waren mij beslist een paar minuten vergeten. Toen we vertrokken, vroeg die man ijskoud wat Leopolds plannen voor de toekomst zijn. Terug in het vak, na een tijd meegelopen te hebben? Zijn kennis vernieuwen?'

Ruth hapt naar adem. 'En wat zei hij?'

Daan versombert. 'Dat hij het niet wist en erg onzeker is geworden. Want het straatleven houdt hij wel voor gezien en hij heeft ook begrepen dat weglopen zoals hij gedaan heeft, geen zin had. Beter was geweest dóór die pijn heen te gaan. Maar dat is praten achteraf. Tja, hadden jij en ik maar wat meer wijsheid. Staat dat niet in de Bijbel: *Wie wijsheid nodig heeft?* De rest weet ik niet meer. Ik ga kijken of Leopold de koffie al bruin heeft!'

Ruth loopt Daan achterna, ze herinnert zich opeens de eis van Jean en vertelt erover.

'Hij doet maar. Die kerel denkt dat hij macht over mij heeft!'

Macht over Daan van de Wetering.

Welk mens kan zeggen dat hij dat heeft?

Als Jean na een kort bezoek Daan verlaat, straalt de man alsof hij een overwinning heeft behaald.

Daan laat zich niet zien.

Pas als Ruth de wielentafel naar binnen heeft geduwd en de winkel heeft afgesloten, treft ze hem in zijn woonkamer, weggedoken achter zijn krant. Hij reageert niet op Ruths vragen en als het tijd is om aan tafel te gaan, eet hij bedroevend weinig.

Ruth wordt ongerust. Ze vreest dat hij iets wat in het ziekenhuis is gezegd, achterhoudt.

Leopold en zij kijken elkaar aan.

Ze ruimen samen de keuken op. Ruth fluistert hem toe dat ze zo ongerust is. Leopold stelt voor dat ze een eindje gaan wandelen. 'Een stukje verderop is toch een park? Als we via de garagedeur gaan, zijn we er zo. Ik heb behoefte aan frisse lucht. We vragen Daan of hij meegaat.'

Daan wil niet mee en duikt weer achter de krant.

Het eerste stuk van de wandeling zwijgen ze beiden. Tot Ruth opzij wijst: 'Daar woont Jean Eybers. Een kapitale woning.'

Leopold vertelt dat Daan, toen ze het ziekenhuis verlieten, heel opgewekt was. 'Dat merkte je toch zelf! Hij dikte het gebeuren behoorlijk aan. Nee, het moet iets zijn wat Jean Eybers heeft gezegd. We komen er wel achter.'

In het park is het al lente, er staan bloeiende bollen, struiken die geuren, en de bomen staan op uitbotten.

Ruth voelt zich opeens doodmoe. 'Zullen we even gaan zitten?'

Leopold aarzelt een moment, wat Ruth naar hem doet opkijken. Leopold reageert traag en wijst op een pas geschilderde bank. 'Daarop heb ik vaak de nacht doorgebracht. Een keer werd ik gewekt door twee kleine kinderen. Ze brachten me een bosje madeliefjes, ze konden de steeltjes bijna niet bijeen houden. En ze gaven me ook de verpakte koekjes die ze voor de pauze bij zich hadden. Dat was een onvergetelijk moment, Ruth...' Hij trekt haar mee naar de bank en legt een arm zacht om haar schouders. Ze leunt automatisch tegen hem aan.

'Leopold, ik weet een goede tijdsbesteding voor je. Je hebt zo veel meegemaakt in die vijf jaar! Je zou het moeten opschrijven, zonder al te persoonlijk te worden. Want wat weet de doorsnee mens van zwervers af? Nú weet ik, van jou, dat er vaak hoogopgeleide mensen tussen zitten, en wanhopige jongeren. En lang niet met iedereen loopt het goed af...'

Leopold beaamt dat. 'Twee makkers hebben een afspraak gemaakt, ik was erbij. Ze zijn samen verdronken in een gracht. Ach ja, twee van die schooiers. Het kwam amper in de krant, geloof me. Misschien heb je gelijk: ik zou een lans kunnen breken. Maar nog mooier zou zijn als ik die mensen kon helpen. Ik heb er weleens over gedacht om daar mijn energie in te steken. Maar de resultaten? Vaak willen ze niet meer anders.'

Ruth zegt zacht in zijn oor: 'Jij wel. Gelukkig wel. Maar je moet het zelf doen.'

De greep om haar schouders verstevigt zich. 'Jij bent er toch.' Ruth voelt zich warm worden. Leopold buigt zich naar haar over, zoekt haar ogen, en Ruth weet zeker dat hij haar gekust zou hebben als er niet een stel kwieke wandelaars met nordic walking-stokken voorbij was gekomen.

Opeens moet ze aan Daan denken.

'Kom, zullen we Daan gaan helpen? Ik voel me ineens ongerust!'

Leopold laat haar langzaam los en staat op, steekt beide handen naar haar uit. Even blijven ze zo tegenover elkaar staan. De handen in elkaar.

Op de terugweg komt het niet tot een gesprek, maar eenmaal in de achtertuin kijken ze elkaar aan.

'Wij zijn de enigen die Daan kunnen helpen als er wat aan de hand is!' zegt Ruth vol overtuiging.

Ze vinden Daan zittend in zijn favoriete stoel, in elkaar gezakt als een heel oude man.

'Daan!' schrikt Ruth en ze rent op hem toe, ze laat zich op haar knieën zakken en probeert hem als het ware terug te roepen naar het nu.

Hij opent zijn ogen, ogen die erg bedroefd kijken. Hij schudt zijn hoofd. 'Je kunt maar beter niet met een vent als ik omgaan. Jij ook niet, vriend. Mijn leven ligt aan flarden.'

Leopold trekt een stoel tot vlak bij Daan. 'Je kunt er maar beter met ons over spreken, Daan. Wij oordelen niet, veroordelen ook niet. Wát je ook te zeggen hebt, ons raak je er niet door kwijt. Wij zijn je familie, je vrienden. Kom op!'

Daan kijkt hen met doffe ogen aan. Knikt en probeert normaal te klinken als hij begint te praten. 'Het was Jean Eybers, zoals jullie vast wel begrijpen. Hij chanteert me met… leugens? Ik weet het niet. Het gaat hem om …'

Ruth vult aan: 'Die antieke boeken uit je kluis. Daar zeurt hij toch al maanden over? Hij heeft er een klant voor, zegt hij.'

Daan zegt somber: 'Ik ook. Maar mijn klant zit in Amerika en komt pas over een halfjaar terug. Nu beweert Jean dat hij me kan chanteren. Hij zegt iets van me te weten wat geheim moet blijven. Iets uit mijn verleden. Morgen zal hij met bewijs komen, en, denkt hij, dan ga ik voor de bijl. Dan geef ik toe. Het is een erekwestie. Ellendig handelaartje. Als je weet hoe hij aan zijn voorraad komt: liegen, stelen en bedriegen. Ik kan je staaltjes vertellen...'

Ruths gedachten razen door haar hoofd. Misschien weet Jean dat Daan een dochter heeft.

Ze denkt aan de foto van het zangkoor. Is dan nu het moment gekomen? Ze gaat staan. 'Ik moet even wat van beneden halen. Ben zo terug.'

De mannen zwijgen, luisteren naar de vlugge voetstappen die de trap af en weer op vliegen. Bij terugkomst is Ruth buiten

190

adem en houdt ze iets in haar hand.

'Daan, ken jij deze foto?'

Daan houdt de foto een eindje van zich af. 'Allemensen...
Natuurlijk. Hoe kom jij daaraan? Heb je in mijn kluis zitten
rommelen? Ik hoop toch van niet!' Hij kijkt Ruth bijna vernie-
tigend aan.

Ze schudt heftig haar hoofd. 'Zeker niet. Hoe kún je dat van
me denken! Hij is van mevrouw Kolonel. Jij staat erop.
Knappe vent was je... Ken je er mensen van? Ik bedoel: meisjes?'

'Waar wil je nou heen, meisje Ruth? Natuurlijk ken ik er nog
een stel van. De sopraantjes, daar, die alt...' Hij valt even stil.
'Zegt de naam Knap je wat? Alice Knap? Later Alice Kaart-
Knap?'

Daan trekt wit weg en knikt. 'Hoe wéét jij dat in vredesnaam?'
Ruth schudt haar hoofd. Dat doet er even niet toe. 'Je was
toch dol op Alice? Ook toen ze mevrouw Kaart was?'

Daan komt tot leven en gooit de foto van zich af. Hij
schreeuwt: 'Wat heb jij daarmee te maken? Wil je me soms
ook zwart maken? Moet je zien wat er tegenwoordig allemaal
gebeurt in de naam van de 'liefde'. De smerigste dingen worden bedekt met de naam der liefde!'

Leopold trekt zich wat terug en wacht af.

'Daan, het is échte liefde voor jou die me ertoe drijft dit te ver-
woorden. Als jij een getrouwde vrouw hebt bemind, is dat
jouw zaak en die van haar. Maar je moet weten dat ze niet
meer leeft.'

Daans stem klinkt gebroken als hij zegt: 'Dat wist ik wel. Ik
ben ervandoor gegaan om haar de kans te geven haar huwelijk te redden. Of dat gelukt is, weet ik niet eens, maar het ach-
tervolgt me altijd nog. Dat is de reden waarom ik alleen ben
gebleven. Als je echte liefde hebt geproefd, wil je geen
namaak.'

Ruth vraagt op zachte toon of dat het kan zijn wat Jean Eybers
bekend wil maken. 'Ook al is het verjaard, oude koek, sneeuw

van gisteren… Wie zou het wat kunnen schelen?'

Daan knikt. 'Geen hond. Dus?'

'Daan, dat is zo, behalve als die verhouding gevolgen heeft gehad. Daar zou jij wel van schrikken, en misschien wel meer mensen.'

Daan schudt zijn hoofd, kan haar even niet volgen. 'Wees wat duidelijker, meisje.'

'Stel dat die Alice een kindje heeft gekregen en dat jij de vader bent?'

'Hoe durf je!' briest Daan, om vervolgens terug te zakken in zijn stoel.

'Ik durf dat om wat ik weet. En ik denk dat Jean dat ook weet, vraag me niet hoe. En dat híj denkt dat hij jou daar klein mee kan krijgen.'

Leopold loopt naar de keuken om koffie te zetten, maar laat de deur achter zich open.

'Denk je dat Jean zo'n soort troef heeft? Jou net zo lang sarren tot hij een naam geeft?'

Daan bromt dat het mogelijk is. 'Vertel jij dan maar liever wat jij denkt te weten. Alice een baby? Ik meen te weten dat haar man onvruchtbaar was. Dus het ís theoretisch mogelijk.'

En nog aarzelt Ruth. 'Ik ken een jonge vrouw die denkt dat jij haar vader bent. Ze zou er blij mee zijn, maar ze is bang dat jij zult denken dat ze een erfenisjager is.'

Pauze.

Daan moet verwerken wat hij hoort. Hij maakt een handbeweging die bedoelt: ga door.

'Ik ken haar en we hebben het van alle kanten bekeken. Daan, wacht een moment, dan loop ik weer naar beneden. Ik heb nóg een foto, daar had ik je mee willen confronteren, maar het is zo'n lastig onderwerp…'

In de gang komt ze Leopold tegen met een blaadje met daarop drie kopjes. Hij knikt haar warm toe.

Als ze terug in de kamer komt, ziet ze Daan met een zakdoek

in de weer. Hij veegt langs zijn ogen en de foto ligt op zijn schoot.

Ruth houdt hem een foto van de jeugdige Alice voor.

'Dat is ze. Ze was als een engel voor me.'

Nu weet Ruth het zeker.

'Daan, het is Ronnie Hartog. Ze is hier komen werken om zekerheid te krijgen. Maar ze vond niets, geen foto, niets wat kon helpen, en hoe langer ze hier werkte, hoe moeilijker ze het vond om het te vragen. Want zeker weten deed ze het niet.'

'Ronnie... Onze Ronnie?'

Ruth knikt en durft Daan niet aan te kijken. Ze drinkt haar koffie.

Uiteindelijk slaakt Daan een diepe zucht. 'Dat móét het wel zijn. Iets heel persoonlijks waar Jean denkt mij mee te kunnen treffen. Ronnie... Haar moeder was dus Alice. En ik maar denken: waar lijkt dat vrouwtje toch op? Het voelde vanaf het begin zo vertrouwd, ze was meteen 'eigen'.'

Er valt een pak van Ruths hart. Ze denkt het bijna te kunnen horen. Het komt goed, zeker weten, gelukkige Ronnie!

'En, lieve Daan, hoe zou je het vinden om opa te worden? Het is al bijna zichtbaar!'

Opeens begint Daan, de sterke Daan, te huilen.

Leopold noch Ruth weet aanvankelijk wat ze ermee aan moeten. En Daan is niet te troosten. Ze voelen zich als muizen die naar een leeuw kijken die het te kwaad heeft.

Ruth pakt een stapeltje tissues uit een doos en duwt die Daan in de vingers, zijn bril legt ze op tafel. 'Zullen we je even alleen laten, Daan?' vraagt ze zacht.

Daan schudt zijn hoofd. 'Gunnen jullie een man zijn vreugdetranen niet?'

De zon breekt door.

Daan is snel weer zichzelf. 'Wat zal die knaap opkijken als ik zeg het 'al lang' te weten. Dat móét het wel zijn. Niets anders kan ik me voorstellen. Maar wat zou ik geschrokken zijn als hij me met die boodschap had overvallen. Dank je, Ruth, dat

193

je het op tijd hebt verteld. Had het maar eerder gedaan…'

Leopold bemoeit zich voor het eerst met het gesprek. 'Dat is achteraf praten, Daan. Daar heb ik ervaring mee. Maar kom, wat doe je? Wacht je tot morgen om je dochter als zodanig te begroeten? Het is trouwens morgen haar poetsdag!'

Daan zegt dat hij er een nachtje over moet slapen. 'Ik wil niet als een jankende hond bij haar op de stoep staan. Met wie is ze eigenlijk getrouwd? Ik weet ongeveer wanneer ze jarig is.'

Hij noemt een datum die Ruth doet schateren.

'Je zit bijna goed! Haar man heeft een reisbureau, en niet zo'n kleintje ook. Ik heb haar gezegd dat ze jouw erfenis niet nodig heeft, dus dat ze best met vragen kan komen.'

Leopold haalt de koffiepot, maar Daan vindt dat op dit goede nieuws gedronken moet worden.

'We hebben nog een fles uit Keulen, Leopold. Of heb jij die in je eentje soldaat gemaakt?'

'Vast,' zegt Leopold, en hij staat op om de fles en glazen te halen.

Ruth schudt een zakje nootjes leeg in een schaaltje. En niemand hoort het als ze zacht zegt: 'Wat zal Ronnie gelukkig zijn!'

De volgende ochtend popelt Ruth van verlangen. Ze kijkt uit naar de komst van Ronnie. Zoals gebruikelijk groet Ronnie haar niet meteen na binnenkomst, maar kijkt onderzoekend naar het gezicht van Ruth. Ze weet zeker dat ze het zal zien als Ruth 'het' aan Daan heeft verteld.

Zo ook nu.

Ruth spreidt haar armen uit en roept: 'Vergeet het poetsen maar, Ronnie. Daan zit met smart op je te wachten! Straks haal ik een grote doos gebakjes!'

Ronnie barst in tranen uit, om vervolgens de slappe lach te krijgen.

Ruth laat haar alleen en haast zich naar de winkel. Ze vindt niet dat ze het recht heeft getuige van de kennismaking tussen vader en dochter te zijn.

Beneden gekomen ziet ze dat Leopold de wielentafel al naar buiten heeft gerold. Hij staat bij een krat binnengekomen boeken en is verdiept in een dunne uitgave. Ruth kijkt over zijn schouder naar wat hem zo boeit.

'Innerlijke genezing. Waar gaat dat over, Leopold?'

Leopold kijkt even op en zegt dat hij de auteur van het werkje zou willen spreken. 'Wat die man schrijft, maakt diepe indruk op mij. Innerlijke genezing, als dat zou kunnen! Maar als arts weet ik dat daar geen operatie of medicatie voor is.'

Ruth proeft de woorden op haar lippen: innerlijke genezing. Dat betekent: het verleden achter je laten. Niet meer denken aan wat je is aangedaan. En vooral aan wie het je heeft aangedaan.

Ze zet de krat op een krukje met de bedoeling de inhoud te sorteren. 'Hebben we dat niet allemáál nodig, Leopold?'

Als ze klaar is met de inhoud van de krat laat ze Leopold, die nog steeds staat te lezen, even alleen om gebak te halen. Hoe zou het gesprek boven verlopen?

Ze komt langs de schoenenwinkel, voorbij de apotheek en de

herenkledingzaak. De banketbakker heeft verleidelijke gebakjes in de vitrine, wat Ruth doet besluiten royaal in te kopen. Met gebak en broodjes voor tussen de middag komt ze terug. Leopold helpt een klant. Het boekje waarin hij aan het lezen was, heeft hij in de zak van zijn colbert gepropt.

Hij geeft de klant wisselgeld terug en zegt tegen Ruth: 'Je wordt boven verwacht.'

Ruth rent de trap op en rolt bijna de woonkamer binnen.

Ze zet de tas van de bakker op tafel en speurt de gezichten van Ronnie en Daan af. Ze hebben zo te zien beiden gehuild.

'En, Daan, Ronnie? Zijn de raadsels opgelost?'

Ze omhelst hen om beurten. Ronnie klopt haar op de rug. 'Ik ben zo benieuwd wat Robert zal zeggen. Heeft die schat in één klap een schoonvader!'

Daan knuffelt Ruth. 'Ik ben een bevoorrecht mens, meisje Ruth. Wat een bemoediging voor een oude man als ik. We vieren de hele dag feest.'

Ronnie strijkt met een hand over haar buik en zegt geëmotioneerd: 'Wat dacht je van het hele jaar, váder Daan?'

Ruth roept dat Leopold moet delen in de feestvreugde. 'Ik haal hem naar boven! Tussen de middag, Daan, gaan we voor één keer dicht.'

Gepoetst wordt er die dag niet. Daan roept dat hij per direct een nieuwe poetsvrouw gaat zoeken, waarop Ronnie klaagt dat ze toch wel haar eigen vader mag helpen zijn boeltje schoon te houden?

Door alle drukte merken de anderen niet dat Leopold zwijgzaam is.

Net voor de winkel om zes uur gesloten wordt, stapt een overmoedige Jean Eybers binnen. 'De baas, Ruth. Wil je mijn komst aankondigen? Of zal ik maar naar boven lopen?'

Ruth weerhoudt hem. 'Ik roep Daan wel. Moment.'

Ze belt hem op zijn mobiel en even later horen ze hem de trap af komen.

Ruth trekt zich terug. Ze heeft er geen behoefte aan te horen hoe Daan dit varkentje wast.

Ze heeft haast met eten koken en opruimen, want vanavond komt Ronnie haar man voorstellen. Daans leven staat op de kop.

Lang werk heeft Daan beneden met zijn gast niet en even later komt hij glunderend de keuken in stappen. 'Geweldig, meisje Ruth, om die kerel te slim af te zijn. Hij dróóp af. Onvergetelijk!'

Ronnie en haar man komen al vroeg op de avond.

Ruth en Leopold hebben afgesproken na het eerste kopje koffie Daan alleen te laten met zijn bezoek.

Ruth had een wandeling in gedachten, maar het is gaan regenen. Leopold loopt haar achterna als ze naar de keuken gaat. 'Ik wil je wat vertellen, Ruth, over de inhoud van het boekje dat ik vanochtend in de krat vond. Ik móét het met iemand bespreken. Je kunt boven toch ook een kopje koffie voor ons maken?'

Achter elkaar gaan ze de trap op. Ruth maakt een handbeweging. 'Pak een stoel, Leopold, dan haal ik koffie.'

Als ze weer in de kamer komt, zit Leopold gebogen over het boekje.

Hij legt het geopend op de kop op zijn stoelleuning. 'Ik heb vanmiddag de uitgever gebeld en het telefoonnummer van de auteur gevraagd. Dat kreeg ik niet, wel een e-mailadres. Ik ben zo vrij geweest gebruik van je laptop te maken. Ik stelde vragen én vroeg of ik hem te spreken kon krijgen. De man is voorganger geweest, heeft in de zending gezeten en doet nu af en toe een project. Kortom, iemand die zijn leven in dienst van God heeft gesteld.'

Ze drinken hun koffie en dan vertelt Leopold wat hem zo getroffen heeft. 'Er wordt tegenwoordig zo veel gesproken over goddelijke bemoeienis met zieke mensen. Ik las van een studentenpastor die nota bene bidt met ongelovige jongelui. Vaak om genezing. En wat dacht je: mensen genezen van bij-

voorbeeld een hernia en andere klachten. Het is door artsen naderhand gecontroleerd, anders zou je het aan toeval kunnen toeschrijven. Daarna ontdekte de bewuste pastor dat veel mensen innerlijke genezing nodig hebben! Dat sprak me aan.'
Ruth luistert geboeid. Innerlijke genezing... Leopold is niet de enige die daar behoefte aan heeft. Ze denkt aan Daan, aan haar familie en aan zichzelf.
Ze knikt. 'Dat is een prachtige kreet: innerlijke genezing. En hoe krijg je die?'
Leopold vertelt dat de auteur in zijn jonge jaren een gedreven man was. Prestatiegericht. 'Net als ik. Gevolg daarvan is een periode met stress waarin je de weg kwijtraakt. Ook dat is me niet onbekend. De oplossing? Het klinkt zo simpel. Een paar woorden slechts.'
Ruth kijkt hem vol verwachting aan. Wat voor woorden?
'De auteur spreekt de taal van de Bijbel. Hij zegt: je mag er zijn om wie je bént, niet om wat je presteert. Hij noemt het: leven uit genade. Ik dacht meteen aan de kreet 'genadebrood eten'. Ja, dat begrip ken ik uit eigen ervaring.'
Hij zwijgt even. 'Leven uit genade, Ruth. Dat moet te leren zijn. Een kwestie van inzicht. Moge Gods Geest mij daarbij helpen!'
Ruth ziet in dat Leopold, ondanks zijn straatleven, verder is dan zij, die altijd een dak boven het hoofd heeft gehad.
Hij is diep gevallen, dieper gaat bijna niet, dus hij kan alleen maar omhoog.
'Als het je goed gaat, Leopold, dan zit je niet te wachten op iemand die je zegt dat je moet leven uit genade. Men zal zeggen: dat is een troost voor stervenden of heel oude mensen die geen uitzicht meer hebben. Maar de clou is dat het voor iedereen geldt. Ik denk dat men er zich naar moet uitstrekken om het te bevatten.'
Leopold knikt en lijkt opeens erg vermoeid.
'Want, Ruth, dat standpunt heeft gevolgen. Neem mij nou: ik ben diep gewond. Weggelopen van de plek waar ik neergezet was. Mijn mogelijkheden heb ik verwaarloosd en niet ge-

respecteerd. Weg van de mensen die van me hielden, die me wilden troosten. Zelfs God en zijn gebod respecteerde ik niet. En toen, toen werd ik door jullie letterlijk aan mijn haren naar binnen gesleept. Met als gevolg dat ik ben gaan zoeken. En wat vind ik: simpel advies, 'je mag er zijn'. Met je verdriet, je teleurstellingen op alle gebied, je mislukkingen én je angst voor de toekomst. Je mag er zijn om wie je bent. En nu zie ik in dat ik moet doen wat van me wordt verwacht. Dus ik heb met die auteur een afspraak gemaakt, Ruth. Volgende week ga ik op pad.'

Ruth luistert stilletjes en komt ten slotte aarzelend met haar vraag: 'En dan, wat verwacht je van die man? Dat hij herhaalt wat in zijn boekje staat? Je over de streep trekt?'

Leopold sluit even zijn ogen. 'Ik weet het niet. Maar je hebt gelijk, ik verwacht wel wat: een nieuwe impuls. Want mijn strijd is niet gering.'

Ruth moet zich beheersen om hem niet om de hals te vallen en hem te kussen tot de lach weer in zijn ogen is te zien.

'Je… Het gaat goed. Ik denk dat God met je bezig is. Normaal ziet een mens dat niet zo, maar in benarde situaties krijg je soms van die vingerwijzingen. Ik zal voor je bidden, Leopold.'

Ze drinken nog een kopje koffie en dan blijkt dat de avond bijna is omgevlogen. Met praten, maar vooral met zwijgen.

Ze horen Ronnie en haar man vertrekken.

'Laten we nog even naar Daan gaan, Ruth. Hij zal vol met emoties zitten. En er is niets beters dan die te delen met je vrienden.'

Ruth blijft denken over wat Leopold haar heeft toevertrouwd. Stel je voor: een zin uit een boekje zou je leven een totaal andere wending kunnen geven.

Je mag er zijn. Vier simpele woorden. Je mag er zijn om wie je bent, om wat je doet. Geen prestatie, maar pure ontspanning. Op zaterdag gaat Leopold opnieuw naar de markt en opnieuw heeft hij het de hele dag druk. Daan is tevreden. De extra inkomsten zijn aardig, maar vergeleken met de verkoop in de winkel te verwaarlozen, in de ogen van Daan.

De komst in zijn leven van een schat van een dochter, maakt hem overmoedig.

Hij jut Leopold op: 'We gaan op stap, beste vriend. Jij en ik maken een lange rit. We gaan de confrontatie aan. Zien wat er op ons af komt!'

Leopold wil weigeren en roepen dat hij daar nog niet aan toe is. Maar hij zwijgt, en knikt. Leven uit genade en wat daarbij hoort.

Het moet te doen zijn.

Ruth zou graag mee willen en zegt dat ook. Daan aarzelt. Waarom niet? 'Dan zetten we op de deur: gesloten wegens... Tja, familieomstandigheden klinkt zo naar een begrafenis. Eh, gesloten wegens reorganisatie. Want, Ruth, je opent deze week toch de kaartenafdeling?'

Leopold lijkt te ontspannen als hij hoort dat Ruth ook mee gaat naar het zuiden van het land. Het belooft een lange rit te worden.

De drie voeren onderweg af en toe een gesprekje, maar zwijgen kunnen ze ook.

Voor ze de stad in rijden waar Leopold heeft gewerkt en gewoond, stopt Daan bij een wegrestaurant. 'De inwendige mens klaagt ons aan als we die niet tijdig verzorgen.'

Ze strekken de stijf geworden benen, zoeken op het terras een plaatsje en laten zich bedienen.

Ze gunnen zich geen lange pauze.

Er hangt zo veel voor Leopold van af! Wat kan hij aan, wat wil hij en wat absoluut niet? Het zijn vragen die Daan én Ruth bezighouden.

Opeens gaat Leopold rechtop zitten en wijst de weg die hij wil gaan. Tot hun verbazing voert deze naar een begraafplaats.

Alleen, hij wil alleen doen wat hij móét doen.

Hij blijft niet lang weg. Ruth heeft gezegd dat ze het niet meer ziet zitten. Daan kwam met tegenargumenten en besloot met:

'Ik ben hier de oudere, de man met levenservaring. Het komt goed. Er is al zo veel goed gekomen.'

'We kunnen weer.' Met die woorden voegt Leopold zich weer bij hen.

Hij schraapt zijn keel. 'Mireille. Ze... Ik vond haar daar niet, natuurlijk niet. Maar ik moest afscheid nemen. Dat had ik nog nooit gedaan.'

Weer wijst Leopold de weg. 'Ik wil jullie mijn huis laten zien. Het is verhuurd, daar heeft een vriend voor gezorgd. Maar wonen wil ik er zelf niet meer.'

Daans huis is geweldig, maar dat van Leopold doet de twee anderen kreten slaken.

Leopold werpt er een blik op, schudt dan zijn hoofd. 'Het doet minder pijn dan ik dacht. Ga door, Daan. Alsjeblieft.'

Ze rijden langs het ziekenhuis waar hij heeft gewerkt.

Nu is het Leopold die een kreet slaakt. Er is bij gebouwd aan alle kanten en op de gevel staat een nieuwe naam. 'Ze kennen me hier niet meer. Het is een andere wereld, mensen. Toch moet ik even uitstappen! Het zal pijn doen, maar het moet. Nee, ik ga deze gang ook alleen.'

Ze kijken hem na.

Ruth buigt zich over de leuning van de voorbank en klemt zich aan Daan vast. 'Ik moet huilen, Daan. Of gillen, íéts! Dit wordt me te veel.'

Daan streelt haar hand. 'Stil maar, meisje Ruth. Het is een zware gang voor die jongen, maar hij móét hem gaan. Het is een opening naar de toekomst. We wachten af en kijken toe, meer kunnen we niet doen. En er zijn voor hem, dat is waar het op aankomt.'

Dit keer blijft Leopold lang weg. En als hij eindelijk tussen andere mensen aan komt lopen, is er iets veranderd. Rechtop loopt hij.

'Kalm, hij is kalm, Daan!'

Opeens komen er twee mannen uit het gebouw, ze rennen in de richting van Leopold. Ze houden hem staande, slaan hem op de schouders en omhelzen hem.

Bij Ruth lopen de tranen over de wangen.

'Alsof we hem kwijtraken, Daan. Hij wordt ingehaald door zijn vorige leven.'

Ze zien Leopolds reactie. Hij lacht, praat druk, zo te zien.

En dan, eindelijk, komt hij naar hen toe.

'En?' vragen de twee. Ze vinden dat ze geduldig genoeg zijn geweest.

'Rijden maar!' commandeert Leopold.

'Toe nou!' klaagt Ruth.

'Tja, wat willen jullie horen? Het is hier veranderd. Ik kende het niet weer terug. En ja, ik ontmoette een paar ex-collega's die niet rustten voor een paar vragen waren beantwoord. Het was heftig. Heel heftig, én het heeft iets in mij wakker gemaakt. Toen ik door de gangen liep en wist dat ik er niet bij hoorde, kwam er een gevoel in me op van... Laat ik het heimwee noemen.'

Hij buigt zijn hoofd.

Op zachte toon besluit hij: 'Het was als thuiskomen na erg lang weggeweest te zijn.'

Als ze thuis de garage in rijden, zijn ze alle drie doodmoe van de emoties. Leopold zegt meteen door naar bed te gaan, Daan en Ruth besluiten nog wat na te praten.

Een conclusie kunnen ze niet trekken, het is afwachten wat de gevolgen van de gebeurtenissen zijn.

'Daan, het is zo moeilijk, maar ik móét het kwijt. Ik ben zo van die man gaan houden. Wat ik voor hem voel zit zo diep, zoiets heb ik nog nooit meegemaakt. Ik wist niet eens dat soort dat emoties bestonden. Ik zou mijn leven en alles willen geven om hem gelukkig te maken.'

Daan zegt dat hij ook vertrouwd is met die soort liefde. 'Maar laat het even los, Ruth. Je kunt van Leopold nu niet verwachten dat hij zijn relatie tot jou onder de loep neemt. Heb geduld, misschien pas je bij de ex-zwerver, maar niet bij dokter

202

Schuilenburg. Er moet tijd overheen gaan. Per slot van reke-
ning hebben we de apotheker ook nog!'
Ruth moet door haar tranen heen lachen. 'Toch maar niet,
Daan.'
Daan schenkt voor haar een slaapmutsje in en dan is het bed-
tijd. En beiden hopen maar dat ze de slaap kunnen vatten.

De woorden van Daan steken Ruth als ze de volgende dag aan
het werk gaat. Wel bij Leopold zou ze passen, maar niet bij de
man die zich Leo noemde?
De kaartenverkoop houdt haar bezig. Er is zelfs een klant die
graag de postzegelalbums wil inzien. Ruth haalt ze uit de lade
en kijkt met de potentiële koper mee. 'Ik kom graag nog eens
terug, mevrouw, en ik wil u adviseren deze albums goed te
beveiligen. Er zitten zeer kostbare exemplaren tussen. Ik
moet in ieder geval mijn bankrekening eens goed bekijken om
te zien of ik wat ik begeer, ook kan betalen!'
Ruth schuift de albums terug in de lade en bedenkt dat Daan
ruimte in zijn kluis moet maken.
Leopold ziet ze die dag niet veel, hij trekt zich regelmatig terug
in zijn kamer.
's Avonds stelt Daan voor dat Ruth een vrije dag moet nemen.
'Je moet afstand nemen, meisje Ruth. Neem morgen de wagen
maar en ga naar je ouders! Ze zullen blij zijn je te zien!'
Maar al te graag gaat Ruth op dit aanbod in.
Ze vertrekt al vroeg, stopt bij een supermarkt om wat lekkere
dingen te kopen. Als ze de straat van haar ouderlijk huis in
rijdt, schaamt ze zich dat ze zo weinig thuis komt.
Rita staat voor het huis de ramen te lappen. 'Doe je dat weke-
lijks, Rita?' informeert Ruth. 'Of is het je lievelingsklus?'
Rita begroet haar hartelijk. 'Dat niet. Maar de spreeuwen nes-
telen onder de dakpannen en die laten van alles vallen, vandaar!'
De voordeur staat open en Ruth stapt naar binnen. 'Mam!'
roept ze.

Mevrouw Endeveld komt de trap af met een arm vol wasgoed. 'Jij! Dat werd tijd, zeg! De buren vroegen al of je ruzie met ons had!'

Ruth kust haar moeder en denkt aan wat Leopold zei: leven uit genade. Dat betekent ook de medemens vergeven én accepteren. 'Ai! En wat zei je toen, mam? Dat we elkaar nog net niet bekogelen?'

Ze neemt de was uit haar moeders armen. 'Hoe gaat het met je?'

Mevrouw Endeveld zucht. 'Ach, jij. Jij bent jong en ik ben oud.'

Ruth lacht om dat antwoord. Wat valt er ook op te zeggen?

'Is Pim al geweest met Tanneke?'

Mevrouw Endeveld zet verse koffie en trekt een zuur gezicht. 'Ik hoopte dat het snel uit zou zijn tussen die twee, maar wat denk je: ze hebben al een huis! Dat laat die pa bouwen. Enfin, het zal wel wennen.'

'En Anne, hoe is het met Anne, mama?'

De koffie loopt, door moeder en dochter zitten samen aan de keukentafel. Ruth pakt haar tas uit en stalt de lekkernijen voor haar moeder uit.

'Anne is voor halve dagen aan het werk. Ze heeft een nieuwe vriend. Een man die zijn onderwijsakte heeft en voor de kleuters staat! Nou ja, ze is gelukkig met hem. Dat wordt dus trouwen. Twee kinderen straks binnen een halfjaar getrouwd en die Tanneke, wat een kinderachtige naam trouwens, bleef maar roepen dat ze vijf kinderen wil hebben! Alsof je daar zelf wat over te vertellen hebt.'

Ze drinken hun koffie en snoepen van de cakejes die Ruth heeft meegebracht. 'Mam, ik kom eigenlijk vragen of jullie een keertje bij mij op bezoek willen komen. Dan kook ik wat lekkers. Je bent nog nooit bij mij geweest, en ik ben zo trots op mijn kamers.'

Ze vertelt maar niet over Ronnie en Daan. Ze weet zeker dat haar moeder het gebeuren zal veroordelen. Ze vindt het zelf ook niet echt fraai dat Daan en de moeder van Ronnie haar man bedrogen hebben. Maar het is verleden tijd.

'Wat ben je toch veranderd!' zegt mevrouw Endeveld onverwacht tegen Ruth. 'Je bent lang niet meer zo wild als vroeger. Misschien word je eindelijk volwassen.'

Ruth zegt bedaard dat ze een laatbloeier is.

Ze helpt haar moeder met de lunch en als haar vader tussen de middag thuiskomt, krijgt hij een hartelijke begroeting.

Later op de dag, als haar moeder een uurtje gaat rusten, haalt Ruth de was uit de droogtrommel en vouwt de was weg. Daarna dwaalt ze door het huis, en kuiert door de ontluikende tuin.

En ze bedenkt: mam heeft gelijk. Ik bén veranderd. Dankzij Leopold zal ik nooit meer worden wie ik was.

HOOFDSTUK 15

'We hebben een probleem!' De stem van Daan schalt door de winkel. Ruth schrikt ervan op.

'Vertel.'

'Leopold heeft een afspraak met de een of andere auteur die pastoraal werk doet. Hij heeft er hoge verwachtingen van en is morgen de hele dag van huis. Maar we zitten met de markt. Want je kunt die kraam niet zonder meer onbemand laten. Dus wie van ons beiden neemt zijn taak over?'

Ruth begrijpt dat Daan het niet ziet zitten om een dag lang achter de kraam te staan. Ze zegt bedaard: 'Maak je niet druk. Dat doe ik. Als jij helpt met de kar, want rijden met een aanhangwagen achter me aan kan ik vast niet.'

Daan is opgelucht. 'Dan hebben we weer iets wat je nog moet leren. Help me onthouden!'

Ruth heeft met Leopold geen persoonlijk woord meer gewisseld en nog steeds weet ze niet hoe het reisje naar zijn verleden is bevallen. Ze durft er niet over te beginnen.

Leopold is van plan een vroege trein te nemen.

Per trein reizen is ook iets wat hij al die jaren niet meer heeft gedaan.

Hij is dan ook de eerste die 's ochtends de deur uit stapt. Pas als hij al lang weg is, ziet Ruth het boekje dat hem inspireerde op de toonbank liggen.

Ze bedenkt dat hij het niet nodig heeft, de schrijver heeft vast zelf meerdere exemplaren.

Daan helpt met het vervoer van de boeken en haast zich daarna snel naar huis om te ontdekken dat Ronnie bezig is in de winkel. 'Daan, jullie zijn vast in de war... De winkeldeur was open en geen Daan of Ruth in de buurt om het pand te bewaken!'

Daan mompelt dat zijn hoofd omloopt. 'Dat parkeren bij het kerkplein is een ramp, lieve dochter. Heb je het er nog met je man over gehad, gedrieën op reis? Jullie zouden me een groot plezier doen!'

Ronnie straalt. Ze klopt op een plastic tasje met het logo van een reisbureau. 'Wat dacht je, ik heb folders meegebracht. Vandaar dat ik hier ben. Trouwens, Leopold was er net nog. Hij was wat vergeten, zei hij. Hij rende weg met een weekendtas en zei dat hij misschien vannacht niet thuis sliep.'

Daan neemt het voor kennisgeving aan.

Ronnie is voor hem momenteel het middelpunt van zijn leven. Hij heeft zijn fotoalbums uit de kluis gehaald en samen kunnen ze er uren door bladeren.

En ze hebben ontdekt dat ze samen ook kunnen zingen. Hun stemmen combineren geweldig goed. Ja, het moet gezegd: vader en dochter genieten van elkaar.

Ook Ruth heeft een plezierige dag. Ze is er goed in om met mensen om te gaan, ze helpt met zoeken en luistert met genoegen naar de gesprekjes die aan de lange tafel ontstaan. Bijna allemaal boekenliefhebbers. Ze hoort de meest merkwaardige opmerkingen, zoals: 'Dit is mijn lievelingsboek. Ik heb er dan ook zes van, allemaal andere drukken. Deze is oud, dat zie je aan de illustraties.'

Ook kinderen weten de boekenkraam te vinden. De verkoop van strips is bijna niet bij te houden!

Af en toe zijn het vaste klanten die de boekwinkel vaak bezoeken, maar het merendeel van de belangstellenden bestaat uit passanten.

Na vijf uur wordt het rustiger. De schreeuwende marktkooplui bedaren en enkelen zijn bezig hun handeltje in te pakken. Zo ook Ruth. Ze is moe geworden van het staan. Een pauze heeft ze nauwelijks gehad. Haar voeten doen zelfs pijn.

Ze is opgelucht als ze Daan ziet komen met het karretje. Samen laden ze de kratten en dozen erop en ze trekken de wagen naar de auto.

Daan is vol van de vakantieplannen. Samen met Ronnie en haar man op reis. 'Dat ik zoiets nog mag meemaken in mijn leven, meisje Ruth. Onvoorstelbaar.'

Eenmaal thuis sjokt Ruth naar boven en Daan belooft chinees eten te gaan halen. 'Je hebt vandaag genoeg gedaan. Wat zal het zijn?'

Ze bestuderen samen de folder, ooit meegenomen uit een restaurant, waarop de gerechten staan.

'Dan dek ik de tafel, Daan, en we trekken een flesje wijn open.'

De avond verloopt rustig. Ruth verdiept zich in een boek en Daan kijkt op tv naar een actualiteitenprogramma.

Ze missen beiden de aanwezigheid van Leopold.

Als Daan de tv uitzet, vraagt hij Ruth wat Leopold verwacht van zijn gesprek met de schrijver van het boekje.

Ruth sluit haar boek. 'Tja, wat verwacht hij. Als arts was hij vertrouwd met genezen. Maar nu stuitte hij op iets wat tamelijk nieuw voor hem was: innerlijke genezing. Je kent het wel, een mens moet niet prestatiegericht zijn, je moet leren inzien dat je mag zijn wie je bent. En als christen kom je dan uit op leven uit genade. Dat was net wat hij nodig had, want hij was ziek van schuldgevoel. Na wat hij heeft meegemaakt, viel hij in een gat. Iemand met een ander karakter had misschien teruggevochten en zich er uiteindelijk overheen gezet.'

Daan knikt. 'Ja, ja, innerlijke genezing. Dat zou je dus kunnen krijgen door anders te leren denken? Ik vraag me af of dat bij Leopold gaat werken.'

Ruth zegt het te hopen. 'Vergeet niet dat hij nu meer dan ooit gemotiveerd is. Het leven op straat heeft hij wel gezien. Misschien was hij vorig jaar níét ontvankelijk geweest voor hulp.' Ze staat geeuwend op. 'Slaap ze, Daan!'

'Jij ook, meisje Ruth.'

Ruth neemt zich voor om alles rondom Leopold op een rijtje te zetten. Ze zou graag de regie over zijn leven in handen hebben. Het is moeilijk om hem los te laten. Wie weet waar hij binnenkort voor kiest!

Ze hoopt zo dat de auteur van het boekje hem op weg kan helpen, en dat hij niet onverwacht de moed laat zakken.

Voor ze nog meer mogelijkheden kan bedenken en erover kan tobben, ontfermt de slaap zich over haar.

De volgende dag, zondag, verloopt zoals gewoonlijk.

Ronnie komt weer even langswippen en Ruth stelt haar voor binnenkort een bezoekje aan de kwekerij van de tuinman, Kees Kruik, te brengen. 'En dan wil ik meteen je tuin bewonderen.'

Na het avondeten deelt Daan mee dat hij op bezoek gaat bij een oude bekende. 'Toen ik in het ziekenhuis terechtkwam, Ruth, heb ik al mijn relaties gelaten voor wat ze waren. Ik had geen behoefte aan medelijden. Ik dacht het best zelf te kunnen klaren en toen, toen kwam jij. Dat was de ommekeer. Ik begon me weer voor anderen te interesseren en nu met Ronnie... Ik ben een andere kerel geworden. En geloof me of niet, ik heb weer behoefte aan sociale contacten. Ongezellig voor jou, maar ik ga vanavond bij oude vrienden op bezoek.'

Ruth wenst hem een fijne avond en is dankbaar dat zij het is geweest die Daan gesteund heeft.

Ze leest haar boek uit en besluit beneden een ander te zoeken. Keuze in overvloed.

Het is vreemd stil in huis. Ruth ontdekt in de winkel dat Daan de toonbank niet bepaald ordelijk heeft achtergelaten. Pennen en een potlood slingeren er rond en staan niet zoals anders in een beker zonder oor, bij de schaar en een lijmstift. Ze pakt een doekje en veegt het oppervlak schoon.

Op de grond ziet ze een kladje liggen dat ze ooit in de rommellade heeft gestopt bij de andere krabbels die uit boeken komen. Een kinderbriefje, een blaadje van een scheurkalender. 'Bidden is geen toverformule', staat erboven. Ruth leest verder.

De geschiedenis van de kinderloze Hanna wordt aangehaald. Haar gebed om een kind werd verhoord. Hoe bidt een mens? Is je hart geopend voor God?

Duidelijk is dat er een vervolg op het stukje komt, maar Ruth heeft niet meer dan dat ene blaadje.

Ze legt het terug op de plaats en als ze de lade dicht schuift, lijkt het of dat anders aanvoelt, anders klinkt. Automatisch trekt ze de lade van de albums open en tot haar schrik glijdt die bijna makkelijk open.

Nog meer schrik: de albums zijn weg.

Ruth hapt naar adem, slaat een hand voor haar mond. Waar zou Daan ze gelegd hebben? Tóch in de kluis? Dat zou wel verstandig zijn, maar hij had het haar wel even mogen zeggen.

Daan komt pas tegen twaalf uur thuis en is de opgewektheid zelf. Maar Ruth geeft hem nauwelijks tijd om verslag van zijn bezoek te doen. 'Daan. Even wat anders. Waar heb je de albums opgeborgen? De postzegelalbums bedoel ik.'

Daan kijkt verstoord. 'Die gaan morgen in de kluis. Ik heb me laten vertellen dat er kostbare jongens tussen zitten, dus we gaan het zaakje op internet verkopen. Jij wilde toch al een site maken voor de kaarten? Maar de zegels gaan nu voor.'

Ruth trekt Daan aan een arm mee. 'Kijk dan, ze liggen niet meer in de la. Wanneer heb jij ze voor het laatst gezien?'

Daan moppert dat hij zeker weet dat ze er zaterdag nog waren. 'Die dingen hebben geen pootjes. Misschien ben jij in de war, meisje Ruth?'

Zeker niet. Ruth is ongerust.

Ze vraagt Daan uit over wat er zaterdag zoal in de winkel is gebeurd. Was het druk? Is hij even weg geweest?

Ze komen er niet uit en de albums blijven spoorloos.

Later kruipt Ruth boos in bed. Diefstal, het moet diefstal zijn geweest. Maar wie waren er op de hoogte van de albums, van de waarde ervan, van de opbergplaats?

Een paar klanten hebben er weet van, maar ze kent de namen van die mannen niet eens. Misschien is Ronnie aan het poetsen geweest en is Daan vergeten dat zij ze in veiligheid heeft gebracht?

Ze slaapt slecht die nacht en ook Daan is de volgende ochtend mopperig. Het wachten is op Ronnie.

Als deze blijmoedig binnenstapt, overvalt Ruth haar met de woorden: 'Weet jij iets van de postzegelalbums, Ronnie? Die liggen niet waar ze horen te liggen.'

Ronnie zet haar tas op de keukentafel en zegt bedaard: 'Ook goedemorgen. Ik weet van niets. Bovendien ben ik hier niet zo lang geweest als ik wilde. Eigenlijk kwam ik alleen om Daan de reisfolders te brengen. Ik heb niks bijzonders gemerkt, alleen dat Leopold voorbij kwam gedraafd. Hij was wat vergeten, geloof ik.'

Ruth staart haar aan. 'Wat dan wel? Misschien een klein boekje? Daar weet ik van. Lag op de toonbank.'

Ronnie zegt het niet te weten, wel dat ze verbaasd was dat hij met een weekendtas de deur uit rende. 'Hij was bang de trein te missen, geloof ik.'

Ruth krijgt een nare smaak in haar mond. Stel dat Leopold genoeg heeft van hun bemoeienissen. Spontaan andere plannen heeft bedacht. Maar nee, dan nog zou Leopold niet in staat zijn iets te stelen van Daan.

Daan loopt in de winkel te mokken. Ruth aarzelt hem te vertellen wat haar bevreemdt.

'Ik heb de politie al gebeld. Dit wordt te dwaas. Misschien kunnen ze nog vingerafdrukken vinden.'

Ruth betreurt het dat ze de toonbank heeft schoongepoetst.

'We doen aangifte en dat was dan dat. Ik had beter moeten weten en die spullen eerder in de kluis moeten gooien. Enfin, een wijze les.'

De politiemannen zijn nog jong en duidelijk onervaren. Ze komen onzeker over.

'Pas als de zegels op de markt komen, meneer, hebben we iets waar we mee verder kunnen. U zegt dat uw huisgenoot is vertrokken? Wel, misschien kan hij ons meer vertellen. Is het mogelijk dat hij de albums heeft ontvreemd?'

Daan steigert nog net niet.

Hij blijft de hele dag boos, steeds aan het mopperen, hij is kwaad op zichzelf. Tot hij tot de conclusie komt dat het

slechts 'geldwaarde' heeft. Maar Ruth merkt dat Daan, net als zij, een akelig gevoel heeft over de diefstal. En het is Ronnie die zegt: 'Stel dat Leopold zijn zelfstandigheid terug wil, dan heeft hij geld nodig. Toch?'
Ruth verdedigt hem en zegt: 'Ik geloof niet dat Leopold wat je noemt arm is. Hij bezit nog een huis.'
Ze verwachten Leopold die avond thuis, maar als hij er om twaalf uur nog niet is, geven ze de hoop op.

De volgende dag drentelen Ruth en Daan om elkaar heen, geen van beiden kan tot iets komen. Ze helpen een paar klanten, drinken op tijd hun koffie en dat was dat.
'Als hij vandaag niet terugkomt, Daan, is er iets aan de hand.'
Ruth kan zich bijna niet goed houden. Leopold die iets met de diefstal te maken zou hebben? Nonsens. Toch? Zo'n daad past niet bij zijn levensovertuiging.
De dag kruipt om.
Had hij maar een mobiele telefoon, denkt Ruth. Of hadden zij het nummer van die auteur maar.
En dan, alsof er niets aan de hand is, stapt hij de winkel binnen terwijl hij de wielentafel over de drempel duwt. 'Zo, dat hoef jij niet meer te doen. Dag Ruth, heb je me een beetje gemist?'
Ruths mond valt open. 'Meer dan dat... Waar zat je toch? We zijn zo ongerust geweest.' Ze kan nu echt haar tranen niet meer bedwingen en dat maakt dat Leopold zijn tas op de grond laat vallen en Ruth in zijn armen neemt.
'Dat is een goed teken, maar ik had toch tegen Ronnie gezegd dat ik wat langer wegbleef? Kom...'
Hij zoent Ruths natte ogen, streelt haar over het warrige haar.
'Ik ben een grote jongen, meisje. Je zou trots op me moeten zijn. Kom, ik doe de winkel op slot en daarna gaan we naar Daan!'
Ruth klost de trap op en stoot tegen Daan uit: 'Hij is terug. Alsof hij een wandeling heeft gemaakt!'

Daan zet zijn handen in de zij en wacht Leopold op. 'Vriend, waar zat je. Je was voor ons onbereikbaar. Heb jij wat te maken met de verdwenen postzegelalbums?'

Leopold schudt zijn hoofd als een hond die gezwommen heeft. 'Man, wat bazel je nou toch? Ik had wel wat anders te doen. Wat bedoel je eigenlijk?'

Daan en Ruth praten door elkaar en het duurt even voordat het tot Leopold doordringt dat er echt wat aan de hand is. Hij lacht hen uit. 'Dus omdat ik er met een volle tas vandoor ging, leek dat verdacht? Mooie vrienden zijn jullie. Maar ik ben in een vergevingsgezinde bui. Zullen we eindelijk gaan zitten?'

Ruth schaamt zich dat ze ook maar één moment geloofd heeft dat Leopold hen zonder meer verlaten zou hebben. Zonder verklaring. Mét de postzegels nog wel.

Wat een ontvangst hebben ze hem bereid. Terwijl hij toch een prestatie heeft geleverd door er voor het eerst zelf op uit te gaan. Hulp heeft gezocht bij een schrijver met pastorale gaven.

Daan schuift ongemakkelijk in zijn stoel heen en weer. 'We hebben een paar vervelende dagen gehad, vriend. Je had jezelf niet zo verdacht moeten maken. Enfin, de albums zijn we kwijt, basta. Ik denk dat je wat te vertellen hebt, maar als je het voor je wilt houden, ook goed!'

Het is typerend voor Leopold dat hij glimlacht om de verdenking een dief te zijn.

En dat hij langer dan verwacht is weggebleven, spijt hem. Dat wil zeggen, hij had het van tevoren duidelijker moeten aangeven. 'Anderzijds, Daan en Ruth, ben ik vereerd dat jullie me gemist hebben. Maar vanavond zal ik jullie beiden deelgenoot maken van mijn belevenissen.'

Hij neemt er de tijd voor. Twee koppen koffie én een sigaar zijn nodig voor hij een begin maakt met zijn verslag.

'Ten eerste het bezoek aan de auteur, een hoogbejaarde, wijze man die goed kan luisteren en daarna meteen de vinger op de zere plek legde. Zo'n mens dat je in liefde een spiegel voor-

213

houdt. Hij begreep dan ook goed dat ik aangesproken werd door de kreet 'innerlijke genezing'. Maar, vond hij, je moet die genezing in Christus ook willen aannemen, en dat trof me. Ik zag in dat ik de woorden uit de Bijbel niet had opgegeten.'
Daan kucht. 'Pardon?'
Weer die aparte glimlach, zo eigen voor zowel de zwerver als voor Leopold. 'Je kunt woorden horen en ze aannemen, maar als je er iets mee gaat doen, Daan, eet je ze als het ware op. Zo worden ze je eigen. Het was voor mij een eyeopener. Er vielen dingen op hun plek. Mijn misplaatste schuldgevoel. Ik heb een zware last gedragen, te zwaar voor een mens. En díe last is me afgenomen.' Hij zwijgt even en kijkt naar Ruth. 'Ruth, niet huilen.'
Daan komt voor Ruth op. 'Dat kind is duizend doden gestorven, ze dacht minstens dat je iets was overkomen.'
Nog meer vertelt Leopold over zijn gesprek met de auteur. Het is duidelijk dat er iets in zijn innerlijk gaande is.
'We willen alles zelf doen, presteren en ervoor beloond worden. Zelfs in het kleine. Maar als je niet inziet dat alles genade is... Iemand zei eens: 'Het is genade als je weet wat genade is.' Dat spreekt mij aan. Goed, een andere keer vertel ik misschien meer over mijn nieuwe vriend. Uiteindelijk ben ik naar de stad gegaan waarvan ik dacht er nooit meer te willen zijn. Ik heb er een makelaar bezocht en mijn huis te koop gezet. Ook heb ik een bezoek gebracht aan de huidige bewoners, die het misschien willen kopen. Ze zijn er gelukkig en hadden vernomen dat er met mij, de eigenaar, iets goed mis was. Ik heb hen met een paar woorden op de hoogte gebracht. En wat denken jullie: ik ben blijven eten en overnachten. Ik heb de nacht doorgebracht in de kamer waar mijn kleine meid heeft geslapen. Ja, ik kon slapen en er was rust in mijn ziel.'
De stilte die valt, is geladen van spanning. Wat wil Leopold hiermee zeggen?
'Na de tweede nacht, het was inmiddels maandag, kwam het echtpaar me vertellen dat ze het huis wilden kopen de make-

214

laar werd verzocht zijn bord maar weer mee te nemen. Enfin, ik heb toen een lange wandeling gemaakt om te ontdekken wat ik wil. Wat de afgelopen dagen met me gedaan hebben. En opeens herinnerde ik me het moment dat ik besloot weg te gaan uit het vertrouwde bestaan en te gaan trekken tot ik erbij neerviel. Zo is mijn zwerversleven begonnen. Elke dag werd het moeilijker om terug te gaan en uiteindelijk ontwikkelde ik een soort fobie voor mijn leven als echtgenoot, vader en arts. En toen kwamen jullie in mijn leven.'

Ruth herinnert zich hoe Leopold met het boodschappenkarretje de winkel binnenkwam. Ze heeft hem op een zebra zelfs bijna overreden.

Zacht verbetert ze: 'Jij kwam in óns leven, Leopold.'

Hij knikt. Houdt Ruths blik even vast.

'En nu brandt jullie de vraag op de lippen: wat gaat Leopold nu doen?'

Daan en Ruth knikken gelijktijdig, als geprogrammeerde poppen.

'Er zijn verschillende mogelijkheden. Dankzij jullie ben ik niet meer kopschuw voor de maatschappij, voor de medemens. Maar het is zaak kleine stapjes te nemen, en wel de goede kant op. Daarom heb ik deskundige hulp ingeschakeld. Een ex-collega...'

'Goed zo!' zegt Daan.

Ruth blijft knikken.

'Jawel, ik ben opnieuw het ziekenhuis in gewandeld. En het was afwachten of er leeuwen en beren op me af kwamen. Let wel: door mijzelf in het leven geroepen. Maar nee, ze hadden zich niet verscholen, ze waren weg. Mijn vriend begreep het goed, stelde toch therapie voor. Gesprekken. En hij gaf me de raad door te gaan met het opschrijven van mijn belevenissen. Ik ben nooit zo'n schrijver geweest, het zal dan ook bij dat ene boek blijven. Zo, dat was het in grote trekken. Ik ben van plan een huisje buiten te huren of kopen, waar ik over mijn jaren als zwerver kan schrijven. Jawel, ik heb ook een laptop

gekocht en morgen ga ik eropuit om een auto aan te schaffen.'
Nu kijkt hij bijna triomfantelijk.
'Vriend, het is wat je noemt geweldig. En heb je nu geen strijd
meer in je hart?'
Leopold aarzelt. 'Dat zou te mooi zijn. Maar nu herken ik mijn
vijanden, en heb de juiste wapens in handen. Niet vechten kan
óók vechten heten, begrijp je?'
Ruths stem is schor als ze vraagt waar Leopold denkt te gaan
wonen.
'Waar ik goed bereikbaar ben voor jullie. Maar eerst wacht mij
nog een moeilijke taak en dat is het sorteren van mijn eigen-
dommen, die zijn opgeslagen. Meubels, vanzelfsprekend.
Maar ook de dingen waaraan ik al die vijf jaar niet heb willen
denken. Die moeten weg, óf mee naar mijn nieuwe leven. Dat
was alles in een notendop. Nu moet ik me excuseren, ik ben
zo moe alsof ik de een of andere marathon heb gelopen!'
Als Daan en Ruth alleen zijn, kijken ze elkaar aan. Daan pinkt
een traan uit een ooghoek. 'Dit is meer dan ik had durven
hopen. Een fijne vent, die Leopold. We zullen hem missen!'
Dat weet Ruth wel zeker.

Opeens worden plannen snel omgezet in daden. Er wordt
door Leopold een tweedehands auto gekocht, en hij gaat op
zoek naar een woning. Uiteindelijk vindt hij in een van de vele
makelaarskranten iets wat hem wel lijkt. Aan de rand van een
bos, vlak bij een meer, wordt het tweede huis van de eigenaar
aangeboden.
'Ga je mee, Ruth, om het te bezichtigen?' Ruth zegt geen nee
en het tochtje wordt gemaakt in Leopolds eigen auto.
Ruth zit met veel vragen: past ze nog wel in het nieuwe leven
van Leopold, ervan uitgaand dat dit aanvankelijk wel zo was?
Hoe kijkt hij nu tegen haar aan?
Ze is gemaakt vrolijk.
Leopold is enthousiast over het navigatiesysteem waar zijn
auto mee is uitgerust. Ze arriveren al snel in het dorp waar ze

moeten zijn, maar het is moeilijker om de bewuste straat te vinden. Het blijkt uiteindelijk aan de rand van een bungalow-park te zijn, waar het huis aanvankelijk bij hoorde.

Ruth slaakt een kreetje als ze het ziet. 'Kijk toch, luiken voor de ramen! En er groeit van alles tegen de muren. En een ter-rasje, schattig, met die bloempotten. Je stapt zo van je huis het bos in!'

Leopold kijkt zwijgend met haar mee. 'Doe niet te enthou-siast,' stelt hij voor.

De makelaar arriveert precies op de afgesproken tijd en ver-telt dat de eigenaren het huisje verkopen wegens gezond-heidsklachten. 'Ze hebben iets anders gekocht in de buurt van een ziekenhuis. Vandaar.'

Na de bezichtiging weet Leopold wat hij wil, maar hij houdt zich aan de spelregels. De vraagprijs is redelijk, maar toch wil hij proberen er iets van af te krijgen.

Ruth snuift de boslucht op en vraagt zich af waar het meer is. Dat wil Leopold ook wel weten.

Als de makelaar is vertrokken, gaan ze op onderzoek uit. 'Is het hier niet te eenzaam voor je, Leopold?'

Leopold pakt de hand van Ruth en samen wandelen ze naar de oever van het meer. 'Ik denk dat het hier in de zomer wel wat drukker is. Kijk, zwanen met jongen. Ze dragen ze op hun rug. Prachtig, die natuur. Eenzaam? Ach, meisje, je kunt eenzaam zijn tussen een horde mensen. Ik kan goed alleen zijn.'

Ruth perst haar lippen op elkaar. Alleen, dus zonder haar.

Ze genieten van wat ze zien, voelen en ruiken.

Op de terugweg is Ruth stil. Ze heeft het gevoeld dat Leopold langzaam van haar af drijft en dat doet meer pijn dan ver-wacht.

Ook Leopold is zwijgzaam, maar terwijl Daan na hun thuis-komst van Leopold alles te horen krijgt, stort Ruth zich weer op haar werk.

Binnen een week is het huis van eigenaar verwisseld. Voor Leopold er kan intrekken, wil hij schoon schip maken wat betreft zijn bezittingen.

'Heb je daar hulp bij nodig?' vraagt Ruth voorzichtig.

Leopold aarzelt. 'Eigenlijk wel. Maar ik wíl dit alleen doen. Het heeft met verwerken te maken. Ik ga een dezer dagen naar de therapie en daarna naar de opslag. Ik moet gewoon doorbijten.'

Ruth was zo graag met hem mee gegaan.

Samen met Daan ploegt ze zich door een nieuwe zending boeken. Een verzamelaar wil in Spanje gaan wonen en heeft besloten bijna al zijn boeken van de hand te doen.

Ze maken stapels van de boeken die voor de winkel bestemd zijn en andere geschikt voor de markt. Af en toe vindt Daan een exemplaar dat veel waarde heeft.

Het is hem niet ontgaan dat Ruth depressieve buien heeft en hij weet als geen ander de reden daarvan. Uiteindelijk kan hij het niet laten haar dit te vertellen.

'Hoor eens, meisje Ruth, laat Leopold even los. Hij moet met zichzelf in het reine komen. Dan pas weet hij wat hij echt wil. Jij en ik hebben hem bij de hand gehouden en geholpen, zoals je een kindje leert lopen. Je mag je hart altijd bij mij uitstorten, hoor.'

Daans woorden en de warmte van zijn armen troosten inderdaad. Een beetje.

Als Leopold terugkomt van zijn missie, is hij stil en onder de indruk. Het zien van al die herinneringen heeft veel met hem gedaan. 'Wil je erover praten?' vraagt Daan, maar Leopold schudt zijn hoofd.

Nu het huisje zijn eigendom is, kan hij de spullen die hij wil houden, daarnaartoe laten brengen. In zijn eentje rijdt hij erheen op de dag van bezorging.

Ruth kijkt hem verdrietig na.

Daan heeft een vakantie uitgezocht, samen met Ronnie. Hij verheugt zich als een kind op de reis. Af en toe loopt hij fluitend door het huis.

Er is iemand die niets begrijpt van Ruths stemming en dat is Fabian. Ze heeft al een paar keer bedankt voor een uitnodiging. 'Ik dacht dat we samen iets moois aan het opbouwen waren, Ruth!'

Niet dus.

Hij mag een vriend zijn, maar meer niet. Niet nu ze die andere gevoelens kent.

Zo gaat de lente langzaam over in de zomer.

Leopold overnacht af en toe in zijn nieuwe huis. En dan komt het moment dat hij zijn spulletjes bij elkaar zoekt en een laatste nacht in het huis aan de Stationsstraat doorbrengt.

Daan roept dat hij benieuwd is naar het nieuwe huis. Wat Leopold doet beloven dat hij binnenkort een feestje voor hen geeft. 'Om jullie twee te bedanken. En eh... in het vervolg mogen jullie me Leo noemen. Ik heb mijn oude naam weer geaccepteerd.'

Leo. Leopold is voorgoed verdwenen.

'We sluiten de zaak voor twee weken, Ruth. Ik neem vakantie, jij ook. Wat ga je doen? Heb je al plannen?'

Plannen? Ruth zou het niet weten. Ze heeft geen zin in wat dan ook.

'Ik zie wel. Misschien houd ik de winkel wel open. En vergeet de markt niet.'

Daan maakt zich ongerust over haar en heeft moeite zich niet met de kwestie te bemoeien.

Als Daan met dochter en schoonzoon is vertrokken, overvalt Ruth de eenzaamheid. Ze houdt de winkel open, zit 's avonds als het mooi weer is in de achtertuin op het terrasje en vraagt zich af waar Leopold mee bezig is. Misschien heeft hij oude vrienden opgezocht. En vriendinnen.

Overdag komen er niet alleen vaste klanten, maar ook vakantiegangers, die graag en veel boeken kopen. Dus afleiding genoeg voor Ruth. Maar als er op een ochtend twee politieagenten binnenstappen, schrikt ze.

'Goed nieuws, mevrouw. We kunnen melden dat de door u ver- miste postzegelalbums boven water zijn.'

Ruth voelt haar hart een sprongetje maken… Het is vast haar verbeelding, maar opgewonden raakt ze er wel van. 'Hoe is dat mogelijk?'

De agenten hebben een plaatselijke postzegelhandelaar gevraagd hen te tippen als er albums of zegels worden zouden aangeboden. 'Gestolen waar, dat was duidelijk, en met de hulp van de handelaar zijn we achter de naam van de dader geko- men. Het is niemand minder dan een soort collega van meneer Van de Wetering. Ene Eybers.'

Ruth klapt als een kind in haar handen. Ze vertelt hoe lastig deze man voor Daan was. 'Maar dat hij zou stelen, dat valt toch tegen!'

Dezelfde dag nog worden de albums terug bezorgd en Ruth bergt ze meteen op in de kluis.

De eerste zomerdagen waren abnormaal warm voor de tijd van het jaar, maar van de ene dag op de andere slaat het weer om. De ene depressie volgt de andere op.

Als Ruth de straat in kijkt, ziet ze niets dan gehaaste mensen die schuilen onder paraplu's.

Bijna sluitingstijd. Ze heeft de wielentafel niet eens buiten kunnen zetten en op twee na heeft ze alle lampen uitgedaan. Klanten verwacht ze niet meer.

De lange avond grijnst haar aan. Ze zit achter de toonbank op een kruk en richt de laden eronder anders in. Ze is dankbaar dat Daan de boekhouding doet. Ruth sorteert zijn post en legt klaar wat mee naar boven moet.

Ze schrikt op als de winkeldeur wordt opengestoten. Even denkt ze met kwajongens van doen te hebben. Kattenkwaad wordt nog weleens uitgehaal: de deur opengooien en scheld- woorden roepen. Ze maakt zich er allang niet meer druk om. Een late klant?

Ze verschiet van kleur als ze een man achter een winkelwagentje ziet binnenkomen. Een vertrouwd beeld. Zo was ook de kennismaking met Leopold. Leo.

De man draagt een sjofele jas en een pet is diep over zijn ogen getrokken. Ruth deinst terug. Leopold, dat was wat anders. Maar lang niet alle daklozen zijn zo onschuldig als Leopold was.

Ze verbetert zichzelf: Leo, is het nu.

De man zet zijn karretje vrijmoedig naast de deur en kucht.

Ruth klemt haar handen om de rand van de toonbank. Wat moet ze doen? Informeren, zoals bij iedere klant, of ze iets voor hem kan doen?

Het komt er aarzelend uit.

'Kan ik… Kan ik iets voor u doen? Zoekt u iets speciaals?'

Ze knijpt haar ogen tot spleetjes om beter te kunnen zien. Ze kan maar beter de lampen weer aan doen.

De man komt langzaam dichterbij, met nog steeds zijn hoofd gebogen.

Hij zegt iets, maar Ruth verstaat hem niet. 'Wat wilt u kopen?'

'Wat ik wil, is niet te koop. Ik kom om je hart vragen.'

Dan gaat de pet af en ziet Ruth wie haar klant is.

'Leopold!'

De 'schooier' richt zich op. 'Leo is de naam!'

De jas gaat uit, valt op de grond. 'Heb je me verstaan?' De overbekende, versleten beurs komt tevoorschijn.

'Misschien mag ik hiermee betalen?' Hij loopt tot aan de toonbank en knipt de beurs open. Schuift hem naar Ruth toe. Met bevende vingers pakt ze het leren voorwerp op en werpt er een blik in. Geen geld zit erin, maar er schittert wel iets.

Ze steekt haar hand erin en slaakt een kreetje bij het zien van een gouden ring met daarin een hartvormig steentje.

'Leop… Leo dan toch. Wat moet dit betekenen?'

Leo draait zich om, loopt naar de deur en doet hem op slot. Dan draait hij het bordje 'gesloten' naar de straatkant.

Grijnzend van oor tot oor knipt hij ook de grote lampen uit, nu

221

schijnt alleen de nachtverlichting nog.

Ruth wordt door een merkwaardig soort verlegenheid overvallen.

Leo loopt met trage passen weer naar de toonbank toe. Zet zijn beide handen erop en buigt zich naar Ruth over. 'Geef me je hand, ik wil zien of ik goed gekozen heb.'

Hij schuift de ring aan haar vinger en houdt Ruths ijskoud geworden hand in de zijne. 'Je bent toch nog vrij? De apotheker...'

Nu moet Ruth lachen. 'Ik heb liever een zwerver.'

'Die kun je krijgen.' Even verdrinken ze in elkaars ogen, zo voelt het. Dan buigt Leo zich nog verder over de toonbank. 'Het huis wacht op jou. Het is leeg zonder jou. Stil zonder jou. Ik heb je zo gemist, maar nu ben ik er klaar voor, en kan ik je een toekomst bieden. Voor mij geen toekomst zonder jou.'

Zijn mond komt op de hare. Het gaat moeizaam, met de toonbank tussen hen in.

Leo laat haar los, loopt om de toonbank heen en neemt haar in zijn armen.

Er is zo veel te zeggen, te bespreken ook.

Tegen hem aan geleund huilt Ruth een deuntje. Vertelt dat ze hem zo heeft gemist en bang was dat hij haar had afgeschreven.

'Jou? Nooit. Ik moest alleen met een paar dingen in het reine komen. Wat er nu nog zit, daar heb ik jouw hulp bij nodig. Heb je al 'ja' gezegd?'

Ruth legt haar armen om zijn hals. 'Moet dat dan nog? Je wist het toch al wel...'

Ja, hij wist en weet. Er is nog een lange weg te gaan, maar die gaan ze samen!

'Wat komt is voor jou en voor mij nieuw, lieveling. Maar we kijken niet om. Ik houd van je met mijn ganse hart. Ik dacht dat ik wist wat liefde inhield, maar toen ik jou leerde kennen, Ruth, heb ik pas de wáre liefde ontmoet. En die laat ik nooit meer gaan!'

De komende avond grijnst niet langer dreigend, maar wordt niets minder dan een feest voor twee mensen die elkaar hebben ontdekt. Ruth en Leo.